KB253030

너무도 아름다워 눈물이 난다

강준희 칼럼집

너무도 아름다워 눈물이 난다

국학자료원

● 머리말

다시 칼럼 100 편을 묶어 강호에 내놓는다. 1999년 10월부터 2002년 10월까지 3년 간 충청일보 '강준희 칼럼' 란에 실은 것들이다. 이름하여 '너무도 아름다워 눈물이 난다' 이다. 나는 수없이 강조해온 바이지만 인간의 가치 중에서 '지조'와 '개결'을 최고의 가치로 아는 사람이다.

어찌 지조와 개결 뿐이겠는가. '조대(措大)'와 '경개(耿介)'도 나는 가치 중의 가치로 보는 사람이다. 그래서 여기 실린 칼럼들은 지조와 개결, 조대와 경개, 부정과 부패, 부도덕과 비인간화가 주류를 이루고 있다.

인생에 있어 깨끗한 것보다 더 큰 재산이 어디 있겠는가. 깨끗함은 떳떳함이며 당당함이다. 그런데도 사람들은 딱하게 이 귀한 재산(가치)을 원두한이 쓴외 보듯 한다. 슬픈 일이 아닐 수 없다.

나는 소원이 이 나라의 내로라 하는 고관과 대작들이 임종할 때 저 조선조 명종 때의 청백 재상 손 순효(孫舜孝)처럼 자식들을 불러놓고 가슴을 가리키며 "이 애비 가슴 속에 더러운 것이라곤 티끌만큼도 없다. 너희도 그렇게 살아라" 하고 유언했다는 소릴 듣는 것이다. 그러나 나는 아직 이 땅의 하고많은 고관대작들이 죽음에 앞서 자식들에게 "이 애비 가슴 속에 더러운 것이라곤 티끌만큼도 없다. 너희도 그렇게 살아라" 하고 눈을 감았다는 소릴 듣지 못했다. 그러므로 나는 이 땅에 손 순효 같은 고관대작이 한 사람만 있어도 이 진세예토(塵世穢土)를 살 충분한 가치를 느낄 것 같다.

끝으로 보잘 것 없는 칼럼이 신문에 실릴 때마다 빠뜨리지 않고 스크랩을 한다는 독자와 편지 또는 전화로 격려를 아끼지 않은 독자들께 이 자리를 빌어 감사 드린다. 그리고 꼭 인용할 수밖에 없어 그랬지만 칼럼 중에 고사(故事)나 내용이 몇 군데 중복된 데가 있어 양해를 구하니 너그러이 이해해주기 바란다. 고사나 내용 중복은 되도록 피해야 하는데, 인용할 수밖에 없는 불가피성으로 그리 된 것이므로 너무 나무라지 말았으면 한다. 내 본시 천학(淺學)에다 비재(非才)하고 보니 달리 방법이 없었던 것이다.

그러나 내 사훈(私訓) '하늘 무서운 줄 알자' 와, 좌우명 '깨끗한 이름(淸名)' 만은 어떤 일이 있어도 지킬 것을 굳게 약속한다.

2003년 어느 봄날

漁樵齋 夢含室 安樂窩에서

姜 晙 熙 사룀

● 차례

이 땅의 정치인에게 고함

내가 아는 최선의 정치란 「대학(大學)」의 팔조목(八條目)과 「맹자(孟子)」의 도의(道義) 신의(信義) 인의(仁義) 외에는 달리 없다고 생각한다. 이것만 제대로 지키면 최선의 정치, 최상의 정치가 되기 때문이다. 그렇다면 먼저 팔조목이란 무엇인가. 격물(格物), 치지(致知), 성의(誠意), 정심(正心), 수신(修身), 제가(齊家), 치국(治國), 평천하(平天下)가 8조목이다.

이를 좀더 구체적으로 설명하면 덕(德) 행(行) 예(禮) 즉 삼물(三物)을 천하에 밝혀 실천하고자 하는 이는 먼저 나라를 인의의 정치로 다스리고, 그 나라를 인의의 정치로 다스리려고 하는 이는 먼저 그 집을 효도와 우애로 가지런히 하고, 그 집을 효도와 우애로 가지런히 하고자 하는 이는 먼저 그 몸을 육례(六禮)로 닦고, 그 몸을 육례로 닦는 이는 먼저 그 마음을 바르게 가지고, 그 마음을 바르게 가지는 이는 먼저 그 뜻을 정성되게 하고, 그 뜻을 정성되게 하는 이는 먼저 그 지식을 극진하게 하니, 그 지식을 극진하게 하는 데는 덕, 행, 예의 삼물을 궁구하여 그것을 격(格)하는 데 있다.

덕, 행, 예의 삼물이 격한 뒤에야 지식이 극진하게 되고, 지식이 극진하게 된 뒤에야 뜻이 정성스레 되고, 뜻이 정성스레 된 후에야 마음이 바르게 되고, 마음이 바르게 된 후에야 몸이 닦이게 되고, 몸이 닦이게 된 후에야 집안이 효도와 우애로 가지런하게 되고, 집안이 효도와 우애로 가지런하게 된 뒤에야 나라가 인의(人義)의 정치로 다스려지고, 나라가 인의의 정치로 다스려진 뒤에야 천하가 공평하게 돼 외호이불폐(外戶而 不閉)하는 대동세계에 이르게 된다.

이렇게 되면 위로는 최고의 통치자로부터 아래로는 일반 백성에 이르 기까지 일체로 수신하게 돼 안으로 격물치지(格物致知)와 성의 정심(誠 意正心), 밖으로는 제가(齊家) 치국(治國) 평천하(平天下)가 된다.

그러니까 격물 치지와 성의 정심은 수신의 공부요, 제가와 치국과 평 천하는 수신의 효과인 것이다. 그리고 자기(개인)는 곧 일체 윤리와 정치 의 중심이 되는 것이다. 그러므로 수기(修己)의 본(本)을 하지 않고는 치 인(治人)의 본을 할 수 없는 것이다. 이를 대학에서는 지본(知本)이라 한 다. 그럼 맹자에서는 정치를 어떻게 말하고 있는가. 몇 가지 중요한 것만 예를 들어보자.

정치의 근본은 인의에 있다.(仁義而己). 위정자는 백성의 즐거움으로 제 즐거움을 삼아야 한다(樂民之樂者). 네게서 나온 것은 네게로 돌아간 다(出乎爾者反乎爾). 하늘은 백성의 눈과 귀를 통하여 보고 듣는다(天視 自我民視 天聽自我民聽). 위정자는 마음대로 불러내지 못할 사람을 스승 으로 삼아야 한다(故將大有爲之君. 必有所不召之臣). 인(仁)으로 정치를 하면 능히 적이 없다(夫國君好仁 天下無敵).

방대한 맹자의 정치 철학을 다 인용할 수 없어 몇 가지 예만 들었지만 맹자에서는 도의와 신의로써 인의의 정치를 해야 됨을 말해주고 있다. 이는 대학의 8조목과 크게 다를 바 없는 정치 철학이다. 때문에 이 두 책 에서는 법 이전에 도의요, 법보다는 인의를 너 높이 보고 있는 것이다.

그런데 지금 우리의 정치 현실은 어떠한가. 대학이나 맹자의 정치 철 학대로만 한다면 칸트의 「목적의 왕국」이 부러울 게 없고 플라톤이 말한 「이상국(理想國)」도 부러울 게 없다. 칸트는 사람이 지위가 높건 낮건, 재주가 있건 없건, 돈이 많건 적건 저마다 떳떳한 인격으로 사람답게 대접 받고 살 수 있는 사회를 「목적의 왕국」이라 했다.

이는 자연적 인과성(自然的 因果性)에 제약됨이 없이 자율적 의지와 자유가 지배하는 도덕적 세계를 말하는 것으로써 플라톤의 「이상국」에 대비될 만한 것이다. 그러므로 대학과 맹자에서 부르짖은 요체는 플라톤의 이상국과 칸트의 목적의 왕국 같은 이상적 완전주의로 도덕 정치의 표방이라 할 수 있다.

지금 우리가, 우리 정치가 시급히 찾아야 할 것은 대학과 맹자에서 말한 요체들이다. 이를 찾지 않는 한 우리 정치는 캄캄절벽이다. 하는 꼴이 하 역겨운 이 땅의 정치 부재에 한 마디 하니 정치인들은 참고하기 바란다.

1999년 10월 21일

이근안(李根安) 당신

　포악한 독재자로 유명한 중국 은(殷)나라의 주왕(紂王)은 얼마나 잔인
무도했던지 죄인을 벌할 때 기름 칠한 구리 기둥을 숯불 위에 걸쳐놓고
죄인을 그 위로 건너가게 했을 뿐만 아니라 쇠를 불에 벌겋게 달궈 살을
지지는 극형의 단근질을 예사로 자행했다. 이것이 그 유명한 포락지형
(炮烙之刑)이다.

　형벌은 그러나 이 포락지형 말고도 많아 죄인의 목을 쳐서 나무에 걸
어놓고 여러 사람이 보게 한 효수(梟首)가 있었고 양팔과 양다리, 그리고
목을 밧줄로 동여맨 채 다섯 마리의 말이 각기 다른 방향으로 끌고 달아
나게 해 다섯 군데로 갈가리 찢기게 한 거열형(車裂刑)이란 것도 있었다.

　그리고 압슬(壓膝)이라 하여 죄인을 꼼짝못하게 한 곳에 묶어 놓고 무
릎 위에 압슬기로 누르거나 무거운 돌을 올려놓아 초주검을 시키던 형벌
도 있었다. 그런가 하면 또 주리라는 것도 있는데 이는 본시 주뢰(周牢)
가 변한 것으로 죄인의 두 발목을 한데 묶고 다리사이에 주릿대를 끼워
서 사정없이 트는 형벌이다.

　이 외에도 태형(笞刑)과 곤장(棍杖)이 있었는데 태형은 매로 볼기를 치
는 형벌로 십도(十度)에서 백도(百度)에 이르렀고 곤장은 도둑이나 군율
을 어긴 죄인의 볼기를 치는 형구(刑具)의 일종인데 버드나무의 넓적하
고 길게 만든 몽둥이로 중곤(重棍) 대곤(大棍) 중곤(中棍) 소곤(小棍) 치
도곤(治盜棍)의 다섯 가지 종류로 나누어 매질을 했다.

　하지만 형벌은 또 이것만이 아니어서 사형이라는 최고형의 대벽(大辟)

이 있었고 평생 이마에 문신을 새겨 넣어 내가 무슨 죄인임을 만천하에 알리고 살아야 하는 묵형(墨刑)이란 것도 있었다. 다 원시적인 형벌이요 인간 이하의 고문이어서 인권 제일주의를 부르짖는 민주사회에서는 상상도 못할 일이다.

그런데도 방법만 달랐지 그 수단과 목적은 크게 다르지 않은 가혹 행위가 21세기를 앞둔 내냉천지 대한민국에서 공공연히 있었으니 그 이름도 악명 높은 이근안 전 경기경찰청 공안분실장이 바로 그 장본인이다. 그는 79년 남민전 사건과 81년 전노련 사건, 그리고 85년 남북 어부 김성학 씨 간첩 조작 사건을 비롯해 86년 반제동맹 사건, 88년 민청련의장 김근태씨 고문 사건 등 이루 헤아릴 수 없을 만큼 많은 고문을 악랄하게 자행한 인간 백정이다.

그러나 어디 또 이뿐인가. 박종철 군 고문치사 사건과 부천서 성 고문 사건 등에도 악독하게 가담한 희대의 살인마다. 그런 그가 세상이 바뀌어 11년 간을 숨어살았으니 그 속내가 오죽했으랴. 그는 고문 기술자답게 통닭구이 고문으로부터 날개 꺾기, 코에 고춧가루 붓기, 비녀 꼽기, 물 고문, 전기 고문 등 과거 일제(日帝)가 우리의 독립 투사와 애국지사에게 행하던 만행적 고문 그대로를 재현했으니, 대체 무슨 철천지 원한이 골수 깊이 사무쳤으면 그다지도 인간 이하의 짓거리를 자행했는지 그저 절치액완(切齒扼腕)할 뿐이다.

저 악랄 무도한 일제가 우리 한민족과 우국열사를 통닭구이 고문과 날개 꺾기 고문, 코에 고춧가루 붓기, 단근질, 물 고문, 전기 고문, 가죽채찍질 등으로 숱하게 죽여 그 원혼이 아직도 구천을 떠도는데 어쩌자고 같은 민족 같은 동포를 일제의 망령이 되살아나기라도 한 듯 길길이 발호해 무고한 민주시민을 혹은 죽이고 혹은 불구로 만들었는지 도무지 알 수가 없다. 아니 과잉 충성으로 출세해 여봐란 듯 살려고 그랬겠지. 그래서 천 년 만 년 제 세상이 될 줄 알았겠지. 불쌍타. 가련토다.

이근안 당신은 대체 당신이 지은 죄과를 무엇으로 어떻게 값할 것인가. 우리들 마음은 더도 말고 덜도 말고 당신이 무고한 사람을 고문한 것만큼만 고통을 받았으면 하는 것이다. 그래도 국민 감정은 설분이 안 된다. 당신은 문전성시(門前成市)만 알았지 문전작라(門前雀羅)는 모르는 사람이었다. 그러니 어찌 권불십년(權不十年)이니 화무십일홍(花無十日紅)이니 하는 말을 꿈속에서나마 생각했겠는가. 미련한지고. 우매한지고.

이제 당신이 할 일은 진실로 참회하고 회개해서 억울하게 고통 받다 죽은 원혼과 살아 있는 피해자들 앞에 머리 숙여 무릎 꿇는 일이다. 그런 다음 피눈물의 속죄로 하늘의 명을 기다려라. 이것만이 그래도 당신이 인간이 될 수 있는 최소한의 길이다.

1999년 11월 4일

이제 나라 제발 그만 망쳐라

나는 또 부득이 조선조 성종 때의 청백 재상 손순효(孫舜孝)를 말하지 않을 수 없다. 그는 당대 제일의 일인지하 만인지상의 영의정이었음에도 불구하고 변변한 집 한 칸이 없었다. 뿐만 아니라 재물이라는 것도 없어 걸핏하면 굶기를 부자 밥먹듯 했다.

그런 그는 죽을 때 자식들을 불러놓고 「너희들이 알다시피 애비는 초야에서 나서 초야에서 일어났기 때문에 너희에게 물려줄 아무것도 없다. 있다면 다만 「없는 것」을 물려주는 것뿐이다.」하고는 가슴을 가리키며 「이 가슴 속에 더러운 것이라곤 티끌만큼도 없다. 너희도 부디 그렇게 살아라」하고 눈을 감았다. 참으로 올곧은 아버지요, 결곧은 관인(官人)이다.

이 땅에서, 이 대한민국에서 이런 공직자가 단 한 사람이라도 있어 죽을 때 자식들에게 이런 유언을 할 수 있다면 나는 이것 하나만으로도 이 땅에 살 충분한 가치가 있다고 생각한다. 그런데 없다. 돈을 벌어 잘 살아라, 출세해서 떵떵거려라 할 유언은 있을 지 몰라도 애비처럼 깨끗하게 살다 죽으라 한 유언은 눈을 닦고 봐도 없고 귀를 씻고 들어도 없다.

솔직히 말해 이 나라는 공직자가 이바지한 것도 많지만 망치게 한 것도 많다. 이는 우선 뇌물이라는 더러운 커넥션의 먹이사슬과 상납 고리, 그리고 부정 부패 비위 비리가 그것이다. 공직자의 부정 부패가 하도 많아 일일이 열거할 수 없어(오죽하면 부패공화국이라는 오명이 생겼겠는가) 이번 인천 「라이브Ⅱ」의 호프집 사건만 예로 들어봐도 공무원의 부패가 얼마나 심각한 망국의 경지에 와 있는지를 알 수 있다.

이 호프집은 당국의 폐쇄명령쯤 우습게 알고 여봐란 듯 영업을 하다 생때 같은 젊은 목숨 55 명을 화재로 희생시켰다. 왜 그랬겠는가. 왜 이 호프집은 당국의 폐쇄명령을 무시하고 영업을 했겠는가. 돈 때문이다. 돈의 위력 때문이다. 호프집 주인 정성갑은 경찰, 구청직원, 소방서 등 관계 공무원에게 다달이 적지 않은 돈을 상납했고 이 돈을 상납 받은 공무원은 불법 호프집을 단속하기는커녕 되레 비호하고 엄호해 단속 정보까지 알려줬다.

이 바람에 정성갑은 외제차를 타고 다니며 여덟 개의 호프집을 운영해 한 달에 수억 원의 수입을 올렸고 이 수입의 20% 이상을 매달 관할 파출소(경찰서), 구청, 소방서 등에 세금 내듯 꼬박꼬박 바쳤다니 그래, 이들은 공직자로서의 긍지도 자존심도 없어 매양 받기만 하는 거지삼신이라도 씌웠단 말인가.

뿐만이 아니다. 뇌물을 받은 공무원들은 정성갑에게 회장님, 회장님 하면서 저두굴신으로 주인보고 꼬리치는 강아지처럼 요미걸련(搖尾乞憐)했다는 소문이고 보면 이 나라의 공직 기강과 윤리는 장사지내야 한다.

도대체 한 관내에 업소가 얼마나 많은가. 파출소나 구청 소방서 등이 관할하는 업소는 술집, 음식점, 소주방, 노래방, 바, 카바레, 단란주점, 룸살롱을 비롯해 그 밖의 업소와 공장, 사업체까지 합치면 적어도 수천 군데는 될 게 아닌가. 이 수천 군데의 업소가 전부는 아닐지라도 상당수 의무적(?)으로 뇌물을 상납하고 또 당연한 듯 뇌물을 받는 게 관례화 되었다면 한 달에 수백 수천, 또는 수억 원의 검은 돈을 챙기는 망국 공직자가 어찌 없다 할 것인가.

대저 사람이 더러워지는 것(타락)은 두 가지가 있다. 하나는 돈에 눈이 멀어 추해지는 것이고 다른 하나는 권력에 빌붙어 굴신하는 것이다.

지금 인천 「라이브II」의 호프집 사건으로 마음 졸이며 밤잠을 못 자는 공직자는 한두 사람이 아닐 것이다. 이들은 누가 뒤에서 부르기만 해도 가슴이 덜컹 내려앉을 것이고, 어디서 전화만 걸려와도 화들짝 놀라 간이 콩알만해질 것이다. 나는 이 난을 통해 여러 번 말한 바 있지만 사람이 떳떳한 것 이상 당당함이 없고, 당당한 것 이상 깨끗함이 없다. 그러니 부패한 공직자들이여, 이제 제발 더는 이 나라를 망치지 말라. 그대들은 하늘이 두렵지도 않고 양심이 부끄럽지도 않은가.

나는 이 나라 공직자 중에 앞에서 말한 손순효처럼 「이 애비 가슴에 더러운 것이라곤 티끌만큼도 없다. 너희도 그렇게 살아라」하고 자식들에게 유언하는 공직자를 보는 게 소원이다. 그러나 이 소원은 언제 이뤄질지 캄캄하기만 하다. 아니 어쩌면 영영 이뤄지지 않을지도 모를 일이다. 오, 슬픈지고…….

1999년 11월 9일

'아나기'와 '뻘때추니'

우리는 아줌마(아주머니의 준말)임을 자랑스럽게 생각한다.

우리는 산소 같은 사회를 만들기 위해 신 아줌마로 거듭난다.

우리는 남의 어려움을 나의 일로 생각하고 적극적으로 돕는다.

우리는 사치와 외제를 좋아하는 아줌마들을 부러워하지 않는다.

우리는 이 땅에서 공짜 문화를 없애기 위해 노력한다.

우리는 아무리 어려운 일도 스스로 해결하도록 한다.

우리는 일을 하며 환경 탓, 남의 탓을 하지 않는다.

우리는 나와 가족만 생각하는 이기주의를 항상 반성한다.

우리는 남편과 가족들의 협조를 당당히 받는다.

우리는 경제적 능력이나 전문 지식이 없음을 부끄러워하지 않는다.

우리는 매너 교육, 정신 교육, 컴퓨터 교육을 지속적으로 받는다.

우리는 목표가 없으면 타락한다는 것을 명심한다.

우리는 「아줌마는 나라의 기둥」임을 증명해 보인다.

우리는 「아줌마 헌장」을 준수하지 않는 단원은 모든 단원의 이름으로
　　　제명한다.

이상의 것은 지난 18일 창립총회를 가진 주부들의 모임(대표 김용숙) 아줌마는 나라의 기둥(일명 아나기)의 「아줌마 헌장」전문이다. 이날 모임은 그 선언문에서 「아줌마는 수다와 무식, 몰염치, 이기주의에 빠진 대명사로 통한다」며 이런 왜곡된 인상을 바로 잡기 위해서는 주부들 자

신이 앞장서야 한다고 밝히고 버스나 지하철에서 자리가 났을 때 뛰어가서 앉지 않기, 백화점 셔틀버스에서 어린이 자기 무릎에 앉히기 등 작은 예절 지키기 운동 등도 함께 채택했다.

그러며 사모님들 때문에(이른바 고급 옷 로비 사건으로 세상을 떠들썩하게 만든 연정희(전 검찰총장과 법무부장관을 지낸 김태정 씨 부인), 배정숙(전 통일부장관 강인덕 씨 부인), 이형자(동아그룹 최순영 회장 부인), 정일순 씨(고급 옷 라스포사 주인), 시끄럽고 망신스러운 나라를 보통 아줌마들인 우리 주부들이 팔을 걷고 나섰다며 결의를 다짐한 바 있다.

그렇다. '아나기 운동'의 헌장과 선언문이 아니라도 이 나라 주부들은 말도 많고 탈도 많다(일부라 할지라도). 특히 내로라 하는 '사모님'들은 하고한날 몰려다니며 갖은 사치 온갖 호사로 이 나라를 병들게 하는 데 크게 이바지했다. 가정주부면 가정주부답게 집안에 조신하게 들어앉아 남편 섬기고 자녀들 돌보며 시간 나면 책 읽고 음악 들으면서 가정에 충실한다면 얼마나 좋을까만, 이게 흡사 산매 들린 아낙이듯 한 시 반 시 못 참고 뻘때추니처럼 돌아치며 동네 접시 다 깨고 그래도 시원찮아 참새떼 여울 건너가듯 지지굴지지굴 짓떠들어 댔으니 이놈의 나라가 온전할 리 있겠는가.

페스탈로치의 말을 빌릴 것도 없이 '가정은 도덕의 학교'다. 그러므로 가정은 인간 최초의 가장 중요한 배움터다. 그래서 우리는 소크라테스가 아테네의 법정에서 사형 선고를 받고 독배를 마실 때 제자 크리스톤에게 '사는 것이 중요한 문제가 아니다. 바로 사는 것이 중요하다'고 한 말을 만고의 진리로 아는 것이다.

말할 나위도 없이 주부는 한 가정을 이끌어 가는 조련사다. 이 조련사가 조련을 잘하면 그 가정은 탄탄하고 평화로워 행복할 것이고 조련사가 조련을 잘 못하면 그 가정은 파탄되고 어그러져 불행할 것이다. 그러기 때문에 가정 주부의 역할과 책임은 실로 엄청나게 커 나라를 흥하게도 하고 망하게도 한다. 주부 한 사람 한 사람의 조련사가 모여 가정을 이루고 한 가정 한 가정이 모여 사회와 국가를 이루기 때문이다.

　지금 이 순간에도 산매들린 듯한 여인이나 한 자리에 좀이 쑤셔 가만히 있지 못하는 뺄때추니들은 혹은 술 마시고 혹은 고스톱 치고 혹은 관광버스에서 안반짝 만한 엉덩이를 동서남북 흔들어대며 볼썽사나운 짓거리로 고래고래 악을 쓸 것이다. 이런 주부들은 지금부터라도 아나기 정신을 본받아 환골탈태하기 바란다. 안 그러면 이 나라는 참 낭패다. 왜냐하면 주부가 이끄는 가정은 사랑의 안식처요, 평화의 안락처요, 양육의 배움터이기 때문이다.

1999년 11월 23일

한심과 야만과 천박과 저질

이게 무슨 기도 차지 않은 추태인가. 아니 이게 대체 무슨 가당치도 않은 행위보따리인가.

얼마 전 민노총 간부들이 파업유도사건을 수사 중인 강원일 특별검사에게 『야, 이 XX 놈아』, 『야 개XX야.』, 『이 싸가지 없는 X』하며 차마 입에 담기조차 민망한 욕설을 퍼부은 것과 국회 정무위원회 간담회에서 국민회의 국창근 의원이 한나라당 여성 의원 김선영 의원에게 『싸가지 없는 X』하고 육두문자를 써댄 것은 한 마디로 불학무식하기 짝이 없는 어로불변(魚魯不辯)의 판무식이 아니면 보고 들은 것 없이 제멋대로 자라 막돼 먹은 잡배들이나 할 소리다.

그런데 이 기도 차지 않고 가당치도 않은 육두문자를, 배울 만큼 배워 내로라 하는 국회의원과 노동계의 한다한 대표들이 하고 보니 정말 싹수머리(싸가지란 말은 싹수 또는 싹수머리의 잘못 된 방언임)라곤 없는 소리다.

지난 13일 민주노총 배종배 부위원장 등은 파업 유도 사건을 수사 중인 강원일 특별검사에게 입에 담지 못할 욕설을 퍼부었고 같은 날 국회 정무위원회 간담회의장에선 또 국민회의 국창근 의원이 한나라당 여성의원인 김영선 의원에게 입에 담지 못할 욕설을 퍼부었다. 이 같은 폭언과 욕설이 난무한 것은 이유 여하를 막론하고 결코 용납될 수 없는 통탄사요, 정권의 통제력 부재 현상이다.

생각해 보라.

　한쪽은 엄정한 수사를 의뢰해 국가가 지명한 특별검사요, 한쪽은 이 나라의 노동계를 대표하는 지도층이다. 그리고 또 한쪽은 이 나라의 법을 만들고 민생을 책임져야 할 막중한 소임의 국회의원이다. 이럼에도 민노총 간부들은 강 특별검사에게 항의 서한을 전달하는 자리에서 감정을 배제해 달라는 강 특별검사의 당부에도 불구하고, 『야, XXX. 네가 무슨 특별검사냐. 너는 보통검사다. 이 정도라면 나도 하겠다.』, 『이런 놈하고는 말할 필요도 없다』라며 길길이 뛰다가 『당신을 역사의 죄인으로 만들겠다』는 폭언을 했다함은 아직 특검팀의 수사 결과가 종결되지 않은 상태라는 점으로 볼 때 도저히 있을 수 없는 상식 밖의 저질행위다. 설령 판결이 나 불리하다 치더라도 이성을 찾아 법으로 따질 일이지 감정을 앞세울 일은 결단코 아니다.

　하지만 우리는 국민회의의 국창근 의원이 한나라당 김영선 의원에게 『싸가지 없는 X, 맞아 봐야 정신을 차리지. 따귀 서너 대는 맞아야 돼』라며 달려가 때리려는 시늉까지 했다는데 이르러서는 할 말을 잃을 지경이다. 그러나 국회의원의 폭언과 욕설은 이것만도 아니어서 지난 3일 국회 예결위 회의장 밖에선 국민회의 임복선 박광태 의원이 한나라당 이강두 의원에게 『개XX』라고 욕한 것까지 합치면 이들에겐 국회의원(國會議員)보다 욕회의원(辱會議員)이나 폭해의원(暴會議員)이 더 어울릴 것 같다.

　각설하고 어쩌다 이 나라가, 이 나라의 지도자라는 사람들이 이렇듯 형편없는 저질이 돼 천박할 대로 천박해졌는가. 개가 웃고 소가 웃고 말이 다 웃을 노릇이다. 아니다. 날짐승 길짐승이 웃고 산천초목이 웃을 노릇이다.

　여기서 우리는 이유는 묻지 말자. 왜냐하면 어떤 이유로도 욕설과 폭언은 합리화 되지 않고 정당화 될 수 없기 때문이다. 그러므로 민노총 간부들과 국창근 임복진 박광태 의원이 도덕적 규범과 윤리적 상궤를 넘어

행한 행투는 무엇으로도 견강부회(牽強附會) 할 수 없는 야만적 행위다. 안 그래도 세상이 가뜩이나 모럴 해저드(도덕적 헤이)로 강상지변(綱常之變)이 하루가 멀다 일어나는데 어쩌자고 이를 앞장 서 막아야 할 사람들이 먼저 수범하듯 모럴 헤저드를 자행하는가. 참으로 한심하고 또 한심해 이 나라의 앞길이 캄캄하고 백척간두에 선 듯 위태롭다.

1999년 12월 20일

우리, 용틀임으로 용솟음치자

새 천년이 밝은 지도 며칠이 지났다. 올해는 경진년(庚辰年) 용의 해. 이른바 뉴밀레니엄이라 일컬어지는 2000년의 태양이 온 누리를 장엄하게 수놓았다. 같은 태양 같은 누리건만 올해의 태양과 누리는 여느 해의 태양과 누리보다 더 장려하고 웅대하다.

어째서일까.

어째서 올해의 태양은 더 눈부시고 올해의 누리는 더 찬연할까. 이는 아마도 한 해가 바뀌고 한 세기가 바뀌어 새 천년이 되었기 때문일 것이다.

그래, 그렇다.

올해는 한 해가 바뀌고 한 세기가 바뀌어 새 천년이 된, 그래서 아무도 일찍이 누릴 수 없던 홍복(洪福)을 우리가 누린 까닭에서이다.

올해는 용의 해.

그렇다면 용이란 대체 무엇인가. 용을 우리는 상서로운 상상의 동물로 보는데 사전적 의미는 거대한 파충류로 동부(胴部)는 뱀과 비슷하며 비늘이 있고, 네 개의 발을 가졌다고 풀이하고 있다. 뿔은 사슴에, 눈은 귀신에, 귀는 소에 가깝다 했고 깊은 못에나 바다에 잠재하고 때로는 자유로 공중을 날아 구름과 비를 몰아 풍운(風雲) 조화를 부린다고 한다.

유럽 인도 중국 등지를 비롯해 신비적 민족적 신앙 숭배의 대상이 되고, 불교에서는 사천왕(四天王)의 하나로, 중국에서는 기린, 봉황, 거북과 함께 상서로운 사령(四靈)으로 부르고 있다. 이렇듯 용은 상서롭고 신비해 풍운 조화를 마음대로 불러 인간을 감탄시키는 지도 모른다.

그러기에 우리는 용이 하늘에 오르거나 썩 높은 지위(임금)에 오른 이를 항룡(亢龍)이라 부르고 있다. 임금은 지존(至尊)이요 절대자이기 때문에 용에 비유한 것이다. 그러므로 우리는 임금의 얼굴을 용안(龍顔)이라 하고 임금이 앉는 자리는 용상(龍床·옥좌(玉座) 또는 보좌(寶座)라고도 힘)이라 힌다. 뿐만이 아니다. 임금이 타는 수레는 용가(龍駕·또는 어가(御駕), 대가(大駕), 연(輦)이라고도 함)라 하고 임금의 수염은 용수(龍鬚), 임금이 사는 궁궐(대궐)을 용궐(龍闕)이라 높여 불러 떠받들기도 한다. 이만큼 용은 신비한 존재여서 불가사의하기 그지없다. 때문에 우리는 이런 용의 위용(威容)을 박종화의 「다정불심(多情佛心)」에서 한번 살펴보기로 하자.

「용의 뿔이 그려지고 용의 눈이 그려졌다. 붓은 비호같이 달렸다. 용의 몸이 꿈틀꿈틀 그려진다. 붓은 나는 듯이 뛰었다. 구름이요 안개였다. 용 수염이 그려지고 발톱으로 여의주를 안았다. 용꼬리가 하늘을 향하여 구름을 박차고 펄쩍 뛰었다. 다시 용의 대가리가 그려졌다. 구름 밖에 허리가 꿈틀 보였다. 길고 긴 용이 아니고 쌍룡이었다. 청룡 한 쌍이 만 길 운무 속에서 여의주를 희롱하면서 허리를 틀고 꼬리를 엇맡겨 구만 리 장천을 휘이휘이 감돌았다.」

이 짧은 문장 하나로도 우리는 용이 어떤 존재인가를 알 수 있다. 그것이 비록 상상의 동물일지라도…….

올해는 용의 해 경진년이다. 우리는 이 용의 해를 맞아 고기가 천의 강을 뛰어 오르고 용이 만 리의 구름을 날아 오르듯 어약천강수(魚躍千江水)하고 용등만리운(龍騰萬里雲)해야 한다. 자신을 위해 사회를 위해 나라를 위해 용틀임을 해야 한다. 갈등은 평화로, 오해는 이해로, 불화는 화해로, 오만은 겸손으로 훠이훠이 날려보내야 한다. 그런 다음 성실과 진실과 사랑과 정직이 강하(江河)처럼 흐르고 책임과 사명과 윤리와 인간애가 발길 닿는 곳마다 넘쳐흐르게 해야 한다.

그래야 정의 사회가 구현되고 복지 국가가 건설된다. 이것만이 인간성 상실이나 모럴 해저드(도덕적 해이)를 막을 수 있고 파렴치범이나 강상지범(綱常之犯)도 막을 수 있다. 그리고 반(反) 인간 반 사회 반 국가행위도 막을 수가 있다. 새 천년 21세기에 우리 다같이 용틀임으로 용솟음치자.

2000년 1월 5일

동전 3백 원

얼마 전 어느 장거리 버스 안에서였다. 그 날 나는 모처럼의 여행을 즐기며 차창 밖으로 난분분 난분분 내리는 은세계의 설경을 감상하고 있었다.

그 날 내가 앉은 바로 옆자리(왼쪽)엔 여대생으로 보이는 20대 초반의 두 낭자가 앉아 있었는데 이들은 뭐가 그리도 재미있는지 연실 깔깔대며 참새 여울 건너가듯 재잘거렸다. 그러더니 얼마 후 두 낭자는 입이 아픈지 잠시 재잘거림을 멈추며 의자를 뒤로 벌렁 젖혔다. 그 바람에 한 낭자의 색(sack)에서 동전 몇 닢이 또르르 굴러와 내 발 바로 앞에서 멎었다. 백 원짜리 동전 세 개였다.

그런데 이상한 현상이 벌어졌다. 아니 도저히 이해할 수 없는 현상이 벌어졌다. 백 원짜리 동전 세 개가 떨어졌는데도 이 낭자는 그것을 주울 생각조차 하지 않았다. 손가락으로 옆 친구에게 동전이 저기로 굴러갔다고만 가리킬 뿐 더는 어떤 자세도 취하지 않았다. 나는 고민하기 시작했다. 이 동전을 주워서 그 낭자에게 주느냐 마느냐 하는 갈등 때문이었다.

「설마 줍겠지. 아니 틀림없이 주울 거야, 암 줍고 말고.」

나는 내 발 앞에 떨어져 있는 동전에 신경이 가 모처럼의 설경도 제대로 감상할 수가 없었다.

이런 시간이 얼마나 흘렀을까. 아마 족히 20 분은 흘렀으리라. 그래도 학생은 동전은 거들떠도 안 봤다.

나는 도저히 더는 견딜 수가 없어 동전 3백 원을 주워 그 학생에게 주

있다. 그러며『학생, 공중전화 한번 거는데 얼마요? 50 원이지? 그럼 10 원이 모자라도 못 걸지? 10 원을 비웃는 자는 10 원에 우는 법이요.』했다.

그러자 그 학생은 할 수 없이 받기는 했어도 미안하거나 고마워 하는 표정이 아니었다. 미안하고 고마워하기는커녕 되레 뭐 이따위 3백 원이 돈이냐는 듯 장히 못마땅한 표정을 지었다. 그것은 아주 귀찮아하고 하찮아 하는 태도였다.

나는 이 학생의 태도(자세)에서 절망을 느꼈다. 마음대로 할 수만 있다면「네 이노옴!」하고 호통이라도 치고 싶었다. 동전 3백 원을 우습게 아는 이 학생의 태도에서 나는 이 나라의 장래를 보는 듯해 눈앞이 캄캄했다.

그것은 한심하고 가탄스러워 통탄을 금할 수 없는 작태였다. 장차 이 아이가 결혼을 해 주부가 되고 사회인이 되고 국가 경영에 참여라도 한다면 가정 경제와 사회 경제, 그리고 국가 경제는 어떻게 될 것인가. 생각만 해도 모골이 송연해 천 길 벼랑에 선 듯한 기분이었다

돈 귀한 줄 모르고 물건 소중한 줄 모른 채 풍요 속에서만 자라난 가련한 아이들. 그래서 무엇이 소중하고 무엇이 귀중한 줄 몰라 천둥벌거숭이처럼 자란 한심한 아이들이 지금 우리 주위엔 너무도 많다.

어쩔 것인가.

도대체 이 아이들을 어쩔 것인가. 아니 어떻게 키우고 가르쳤기에 아이들이 이 지경인가.

티끌 모아 태산이 되고 모래가 쌓여 사막이 된다. 도랑물이 보여 시냇물이 되고 시냇물이 모여 강물을 이룬다. 그리하여 천하의 강물은 또 대해라는 큰 바다를 이룬다.

단언하거니와 그 날 버스 안에서 동전 3백 원을 우습게 알아 줍지 않은

낭자는, 그래서 그까짓 동전 3백 원쯤 하는 생각을 가지고 있는 한 언젠가는 반드시 동전 몇 백 원에 울 날이 올 것이다.

이는 절대로 악담이 아니다.

하늘의 섭리가 그렇게 돼 있다. 그래 나는 그 학생에게 「돈은 최선의 종이요, 최악의 주인이다」라는 베이컨의 말을 들려주고 싶고 「아아, 돈, 돈! 이 돈 때문에 얼마나 많은 슬픈 일이 이 세상에 일어나고 있는가」라고 말한 톨스토이의 말도 들려주고 싶다.

그 날의 여행은 완전히 잡치고 말았다.

— 2000년 1월 12일

이 나라는 누구의 나라인가

　도대체 이 나라는 누구의 나라인가. 국민의 나라인가 정치인의 나라인가.

　여기 대해 나는 먼저 다산(茶山)이 「목민심서(牧民心書)에서 「목자(牧者)가 백성을 위해 존재하는가 백성이 목자를 위해 존재하는가?」라고 자문하고는 「아니다. 단연코 아니다. 백성이 목자를 위해 존재하는 게 아니라 목자가 백성을 위해 존재한다.」고 한 것으로써 대답하고자 한다.

　그렇다면 백성(국민)이 나라의 주인이라는 게 약여하게 드러난다. 그렇다. 국민은 나라의 주인이다. 이는 주권은 국민에게 있고 모든 권력은 국민으로부터 나온다는 주권재민(主權在民)이 분명하게 말해주고 있다. 그것도 그냥 시시하게 말해주는 게 아니라 국가 최고의 기본법이요, 상위법이라는 헌법에 도장찍듯 꽉 찍혀 명시돼 있다.

　그러므로 국체(國體)가 민주주의로 있는 한 헌법이 백 번 바뀌고 천 번을 바꾼다 해도 이 ‘주권재민’만은 절대로 바뀌지 않을 영원 불변의 고정법규다.

　그래서인지 몰라도 양의 가죽을 쓰고 개고기를 파는 양두구육(羊頭狗肉)의 정치인들은 언제 어디서나 국민을 하늘 같이 섬겨야 한다며 나불거린다.

　이럼에도 국회의원들 하는 꼴을 보면 말과 행동이 딴판 달라 국민 알기를 시래기 곤죽으로 안다. 그것은 위선자에 이중인격으로 표리부동에 지킬박사와 하이드 같은 작태로써 알 수가 있다.

여기서 우리는 이들의 전비(前非)는 따지지 말자. 속이고 야합하고 변절하고 거짓말 하고 능갈쳐서 코를 내두를 수 없을 만큼 부패한 부정도 논하지 말자.

그리고 사리사욕과 당리당략과 아부아첨에 난든집이 돼 돌 틈바구니의 들쥐처럼 머리를 쏘옥 내밀고 세가 유리한가 불리한가 관망하다 세 유리하면 쪼르르 나오고 세 불리하면 머리를 쏘옥 디미는 수서양단(首鼠兩端)도 거론치 말자.

그러나 체면도 염치도 없는 뻔뻔한 철면피적(鐵面皮的) 나눠먹기식 게리맨더링의 선거법 개정안만은 질타하지 않을 수 없다. 안 그래도 정치 불신이 극에 달해 낙선 낙천운동이 벌어지고 공천 부적격자가 발표돼 선관위의 불법 유권해석이 내려졌음에도 많은 시민단체와 국민이 요원의 불길처럼 일어나고 있는 판에 뭐가 어쩌고 어째? 선거법을 나눠먹기 식으로 고쳐 야합을 해?.

그래, 국회 정치개혁특위가 1 년하고도 1 개월을 넘게 용을 쓰다 내놓은 작품이 고작 국민 감정을 덧들이는 게리맨더링인가.

국민회의는 지난 해 정치개혁은 반드시 이루겠다면서 거창한 목표를 제시했다.

우선 지역감정 타파를 위한 중선구제의 도입, 국회의원 수 30 명 감축 등 몸집 줄이기, 1 인 2표식 권역별 정당명부제 등등.

이래놓고도 국민회의는 야당 때문이라며 남의 탓으로 덤터기 씌우기에 급급하다.

뿐만이 아니다.

선거사범 공소시효를 종전의 6 개월에서 4 개월로 단축시킨 것은 개정이나 개선이 아닌 개악(改惡)이다.

이는 수사기관이나 선관위의 조사를 빨리 모면하고자 하는 국회의원적 집단이기주의라고 밖에 달리 해석할 수가 없다.

오죽하면 김대중 대통령이 이만섭 총재 권한대행과 당 3역을 불러 도·농 통합지역 4 곳의 분구 유지 취소, 국가보조금 인상 철회, 4 개월로 줄인 선거사범 공소시효를 6 개월로 환원, 정치자금 및 후원금 1백만 원 이상은 수표로 기부, 비례대표 후보의 30%를 여성에 할당토록 법으로 규정, 시민단체의 낙천운동을 금지한 선거법 87조의 삭제 등을 야당과 재협상해 관철하라 했겠는가.

얼마 전까지 항간에는 공무원을 「철 밥통 챙기기 집단」이라 했다.

그런데 요즘엔 국회의원을 빗대 「금 밥통 챙기기 집단」이라 부르고 있다.

당초 그렇게도 정치개혁 약속을 큰소리로 외쳐 놓고도 객사한 자 지팡이 버리듯 내동댕이쳤으니 이 소리야 열 번 들어도 싸지. 국회의원 당신들은 입이 열 개 있어도 할 말이 없다.

— 2000년 1월 21일

제발 좀 그대로 두라

조선조 선조 임금의 사위 「부마도위(駙馬都尉) 도위(都尉) 부마(駙馬)
또는 국서(國壻)」이자 영의정 신흠(申欽)의 아들인 신익성(申翊聖)은 시
문이 뛰어난 당대의 선비였다.

그는 병자호란 때 척화 오신 (斥和 五臣) 중의 한 사람으로 주화파(主和
派) 대신들이 세자를 청나라에 불모로 보내 화의를 맺자고 하자 칼을 뽑
아 위협한 기개 있는 협객이었다.

그의 자(字)는 군석(君奭)이요, 호는 낙전당(樂全堂) 또는 동회거사(東
淮居士)였다.

그는 척화 오신의 한 사람으로 끝내 청나라 심양으로 붙잡혀갔다 돌아
왔는데, 돌아온 후론 시주(詩酒)로써 세월을 보냈다.

그는 효성과 충의가 지극했고 문장과 글씨에도 능했다. 시호는 문충
(文忠)이었다. 이런 그는 자연 사랑도 남다른 바 있어 장자(莊者)처럼 무
위자연(無爲自然)을 신념이듯 부르짖었다.

그것은 다음과 같은 시로써 알 수가 있다.

한식풍전곡우여(寒食風前穀雨餘)
마시어대상탄초(磨顋魚隊上灘初)
승시진물비오의(乘時盡物非吾意)
고교아동결망소(故敎兒童結網疎)

이를 풀이하면

「한식은 바람 앞에 있고 곡우는 아직 남았다. 고기떼 뺨 비비며 여울 위
　로 올라온다. 때 만났다 다 잡는 것은 내 뜻이 아니지. 아이들에 일러 그
　물을 드문드문 성기게 짜라 이른다.」

이 얼마나 기막힌 자연 사랑의 극치인가. 보라. 한식은 산들산들 부는
봄바람 앞에 있고 곡우는 아직 다가오지 않았는데, 냇물의 고기떼는 벌
써 서로 뺨을 비비며 여울 위로 올라오고 있다. 그런데 못된 인간들은 때
를 만난 듯 고기를 다 잡으려드니 이는 내 뜻(자연의 뜻)이 아니다. 그러
니 아이들에게 그물을 배게 짜거나 촘촘히 짜지 말고 듬성듬성 성기게
짜라고 일러 고기를 조금만 잡도록 하겠다는 이 시의 절륜함을…….
　그러나 지금은 어떤가.
　잘나고 잘 살고 잘 배워 똑똑하다는 현대인들은 대체 어떤가. 몸에 좋
다면 물불을 안 가리고, 몸에 이롭다면 무엇이든 가리지 않고 아귀아귀
먹어대 자연이란 자연은 모조리 파괴하고 생태계란 생태계는 깡그리 결
딴내는 이 천벌 받을 인간들. 저주가 있지, 앙화가 있지, 이러고도 저주
를 안 받고 앙화가 없다면 세상은 끝장이다.
　아니 이미 여러 군데서 끝장의 조짐이 보이고 있다. 멧돼지 오소리 너
구리 고라니 꿩 토끼 노루는 말할 것도 없고 개구리 도룡뇽 굼벵이 지렁
이 뱀 까마귀 올빼미를 잡아먹고 이러고도 모자라 구더기까지 먹는다는
이 속물들의 몬도가네 앞에 자연과 생태계는 장송곡을 부르고 있다.
　그렇다면 우리는 권위 있는 의사를 통해 쥐가 몸에 좋고 바퀴벌레가
정력에 좋다고 공포할 일이다. 그러면 약이나 덫을 놓아 쥐를 잡을 필요
가 없고 귀찮게 소독을 해 징그러운 바퀴벌레를 안 잡아도 될 테니까.

하지만 못된 짓이 어디 이뿐인가.

배터리로 물고기란 물고기는 씨를 말려 물에 고기 노는 모습을 볼 수가 없고 아름다운 산하는 개발이란 미명 아래 처참한 몰골로 죽어 가고 있다.

여기다 물고기는 또 기형(畸形)이 아니면 떼죽음을 당해 절체절명의 위기를 맞고 있는데 서로 뺨 비비고 노는 물고기를 전기로 지져 씨를 말리니 이는 자연 파괴의 대역죄인이다.

그러니 제발 좀 가만히 두라.

제발 좀 그대로 두라. 저 1960년대 영국의 4인조 그룹 비틀스가 노래 불러 히트한 렛 잇 비 (Let it be)처럼 그냥 좀 내버려 두라.

그러면 자연은 제 스스로 잘 처리한다. 이 세상 어천만사 중에 자연보다 더 장하고, 더 위대하고, 더 질서정연한 게 어디 있는가.

사람들이여.

모든 것의 영장이라 뽐내는 인간들이여. 이제 더는 제 눈 제가 찌르는 우일랑은 제발 범하지 말자.

이것만이 우리가 살 수 있는 유일한 길이다.

− 2000년 1월 27일

지금 '한국정신'은 무엇인가

정신이란 무엇인가.

정신을 일반론적으로 풀이하면 「마음이나 생각」또는 「영혼」이라 할 수 있다.

그러므로 정신은 「의식」이라고도 부를 수 있고 「얼」이나 「넋」이라고도 부를 수 있다.

그러나 이 정신을 좀 더 구체적 외연(外延)으로 풀이하면 물질이나 육체에 대한 마음의 일컬음과 지성적 이성적 능동적 목적 의식적 능력이 정신일 수도 있다.

그리고 형이상학(形而上學)에서 헤겔이 말한 대로 「만물의 이성적 근원」이 정신일 수도 있다. 이만큼 「정신」은 중요해 우리 인간을 인간일 수 있게 하는 가장 절대한 존재 가치다.

그런데 이 절대한 존재 가치를 지금 우리는 송두리째 잃어버린 채 신념(철학) 없는 망석중이처럼 살고 있다. 안타까운 일이 아닐 수 없다.

고구려 때는 상무(尚武)정신이, 신라 때는 화랑(花郞)정신이, 조선조 때는 선비정신이 그렇게도 도도히 흘러 대하 장강(大河長江)을 이루더니 이제는 참혹하게도 이기(利己)와 공리(功利)와 명리(名利)와 재리(財利)와 출세와 탐욕과 훼절(毀節)과 실정(失貞)으로 탈바꿈 해 요령과 아첨과 교언(巧言)과 영색(令色)에 탐닉하고 그래도 모자라 불법 탈법 위법 범법을 능사로 하는 부정 부패 비리 부조리가 판을 치며 찰나주의적(刹那主義的) 관능에 빠져 허우적이고 있다.

상무정신의 의연한 기개(氣槪)와 화랑정신의 당당한 기백(氣魄)과 선비정신의 대쪽 같은 올곧음은 다 어디로 갔는가.

찾아야 한다. 찾아야 한다. 하루 속히 우리 정신을 찾아야 한다.

선비정신을 중히 여겨(自主) 남의 것(外來文化)을 좋은 점만 캐 들이는(받아들이는) 자주채서적(自主採西的) 선비정신을 찾아야 한다.

보라. 아직도 미국은 개척정신이라 일컬어지는 「프런티어 스피릿」이 전 미국민에게 있고 영국은 「젠틀맨십」과 「페어플레이」, 그리고 「기사도 정신」이 맥맥히 흐르고 있다. 독일은 「근검 절약정신」이 생활철학으로 돼 있고 프랑스는 콧대 높은 「국어 사랑정신」을 파리장과 파리젠느의 가슴마다 아로새겨 놓고 있다.

뿐만이 아니다.

희랍은 여태도 「스파르타 정신」이 면면히 흐르고 이스라엘은 2천 년 동안이나 광야를 떠돌며 박해 받은 민족답게 잃어버린 고토(故土) 팔레스티나를 찾자는 「시오니즘」을 지금껏 국시(國是)로 내걸고 있다.

그렇다면 중국과 일본은 어떠한가.

중국은 태평천국의 난(太平天國之亂) 이후 일어나기 시작한 양무운동(洋務運動)을 반대하고 그 기운을 완화하기 위해 중국 본래의 학문인 유학(儒學)은 변함 없이 숭상하되 부국 강병을 위해서는 근대의 서양 문명을 크게 섭취 이용해야 한다며 「중체서용론(中體西用論)」을 부르짖었고 일본은 「야마또다마시」라 하는 「대화혼(大和魂)과 일본혼(日本魂)」을 제일의(第一義)로 내걸고 여기에다 또 매사에 힘쓰자는 「완장정신(頑張精神)」의 「간바레 정신」을 국시처럼 내걸었다. 그리고 이 야마또다마시 정신과 간바레 정신은 지금도 변함 없이 일본인의 정신 깊이 박혀 있다.

그런데도 선비의 나라요 군자의 나라요 예의의 나라라는 우리가 상무정신도 화랑정신도 선비정신도 없어진 지 오래여서 장삼이사(張三李四)

의 오합지중에 다름아니다.

대개 한 사회의 정신은 한 나라의 정신이 되고 한 나라의 정신은 한 국민(민족)의 정신이 된다. 때문에 한 사회와 한 나라가 어떤 정신을 가지느냐로 그 나라의 운명은 결정지어진다.

이것이 혼이요 얼이요 의식이다. 그래서 헤겔은 정신을 「만물의 이성적 근원」이라 했는지도 모른다. 끝으로 월남 이상재(李商在)선생의 「청년이여」한 대목을 인용하며 이 글을 마친다.

「정신이라 함은 공성(孔聖)의 가르친 바 양성(陽性)이요, 기독(基督)의 논한 바 영혼이라. 정신이라야 능히 호흡의 생명과 시청(視聽)의 이목과 활동의 수족을 사용하나니, 이목이 아무리 청명하고 수족이 아무리 민활할지라도 정신이 없는 즉, 이목 수족은 사토후목(死土朽木)과 동귀(同歸)하여 주인 없는 공옥(屋玉)과 같으리로다.」

— 2000년 2월 2일

곡필아세(曲筆阿世)의 타락 언론인 붓을 꺾어라

흔히 붓(펜)은 칼보다 강하다 한다. 그리고 신문을 「사회의 목탁」이라 하기도 한다. 뿐만이 아니다. 신문을 일러 제4부(府)라 하기도 하고 신문기자(언론인)를 일러 「무관(無冠)의 제왕(帝王)」이라 하기도 한다. 그런가 하면 제퍼슨은 그의 논설집에서 「나는 신문 없는 정부보다 정부 없는 신문을 택하겠다」는 유명한 말을 남기기도 했다. 이렇듯 신문은 그 힘이 막강하고 강대해 영향력이 대단히 크다. 그러므로 신문은 자칫 곡필하기 쉽고 아세하기 쉽다.

어찌 곡필과 아세 뿐이겠는가. 펜이 칼보다 강하다 하여 펜을 함부로 휘두르고, 언론인이 무관의 제왕이라 하여 카리스마처럼 군림한 적이 있고 보면 신문이라고 다 같은 신문이 아니요, 언론인이라고 다 같은 언론인이 아니다.

폐일언 하고 언론은, 언론인은 곡필하지 않는 춘추필법(春秋筆法) 정신과 아세하지 않는 동호직필(董狐直筆) 정신으로 정의 편에 서서 올곧은 비판과 파사현정(破邪顯正)을 제일의(第一義)로 해야한다. 그래야 신문이요, 그래야 신문인(언론인)이다.

그러자면 권력에 붙좇아 굴복 말아야 하고 금력에 유착해 비굴하지 말아야 한다. 그러니까 의연하고 떳떳하고 깨끗해서 대의명분(大義名分)의 기개(氣槪)에 투철하고 대의멸친(大義滅親)의 협기(俠氣)에 철저해야 한다. 말하자면 어떠한 세력에게도 영합하지 않는 오상고절(傲霜孤節)로 강항령(强項令)이 돼야 한다. 그런데 이런 언론과 언론인이 이 땅에 과연 얼마나 있을는지 의문이다.

보도에 따르면 총선 시민연대 등 시민 단체의 국회의원 공천 부적격자 명단 공개가 끝나면 다음 공개 대상은 언론계가 될 것이라는 소리가 높게 일고 있다. 물론 언론사에 대한 「문제 인물」비판과 이에 따른 인적 청산 주장은 이번이 처음은 아니다. 현 정권 출범 직후와 지난 해 「중앙일보 사태」가 한창 논란일 때도 이 문제는 거론됐었다. 그러나 문제 인물의 명단 발표를 앞장서야 할 언론계가 어찌 고양이 목에 방울을 달 것이며 제 목을 제 스스로 칠 수 있을 것인가. 이래서 결국 곡필하고 아세하고 타락하고 부패한 언론인 명단 공개는 이렇다 할 성과 없이 끝나고 말았다. 한데 이번엔 상황이 좀 다른 것 같다. 왜냐하면 언론계 일각에서 「정치인 낙천·낙선운동이 성공하면 다음 차례는 언론이다」라는 추론이 공공연히 나돌고 있기 때문이다. 여기에 언론 개혁의 주도적 역할 담당을 자임하는 강준만 교수(전북대 신방과)는 「정치권 일각에서 제기하고 있는 「음모론」의 배후는 일부 언론이라면서 「언론을 바꾸지 않고는 정치개혁은 절대 불가능하다고 해 언론계의 인적 청산 운동에 불을 붙였다. 이에 또 한겨레신문 손석춘 여론 매체부장은 「손석춘 여론 읽기」에서 「추락하는 정치인 못지 않게, 아니 그 이상으로 마땅히 추락해야 할 언론인들이 권세를 누리고 있다」지적하고 「총선 시민연대에 참여한 언론 관련 시민단체들은 적어도 수구언론인들이 캄캄한 밀실 속에 숨긴 「증거물」에 빛을 비춰야 한다며 명단 공개를 본격 제기했다. 손 부장은 그 대상자로 국보위 참여자, 군사정권에 추파를 보낸 자, 민주화 운동가들을 난동자 소영웅수의자로 매도한 자, 학생운동 대표들을 향해 철퇴를 내리라고 주문한 자, 노동자들을 용공분자 또는 빨갱이로 내몬 자 등을 구체적으로 거론했다. 이는 시민단체의 공천부적격자 선정 기준을 언론인에 그대로 적용한 것으로 사주나 대주주의 사적 이익에 영합해 왜곡

편파보도를 일삼은 자, 총선 및 정권 교체기 등 격변기에 시세에 영합한 곡필자, 특정 정치인, 정파의 하수인 노릇을 한 소위 ○○장학생, 기타 부정 부패 언론인 등도 모두 청산 대상에 포함되고 있다.

그렇다. 위에서 열거된, 그래서 여기 해당된 언론인은 이제 스스로 물러나야 한다.

대저 언론이란 무엇인가. 언론이란 사회의 목탁이요 향도요 양심이요 보루요 교두보 아닌가. 그리고 언론인이란 그 목탁 그 향도 그 양심 그 보루 그 교두보로 의연하고 당당하고 떳떳하고 깨끗하게 살면서 바른 말 곧은 소리로 세상을 광정(匡正)할 책임이 있지 않은가. 나는 누가 뭐래도 언론인은 바르고 곧고 당당하고 깨끗해야 한다고 생각하는 사람이다.

—2000년 2월 18일

추악한 정치 양태

　우리는 저 허유(許由)의 고절(苦節)한 고사(高士) 정신은 바라지 않는다. 우리는 저 소부(巢父)의 초세속적 은일(隱逸) 정신도 바라지 않는다. 그리고 또 우리는 저 개자추(介子推)의 은사(隱士) 정신과 백이 숙제(伯夷叔齊)의 절의(節義) 정신도 바라지 않는다. 지금은 그럴 수도 없고 그런 세상도 아니다. 아니 그럴 필요도 없다.

　그러나 우리는 적어도 그들의 높은 절의 정신과 깊은 은일 사상만은 아주 높이 사야 한다. 아니다. 아주 높이 떠받들어 우러러야 한다.

　그런데 보라. 지금 정치판이 대관절 어떻게 돌아가고 있나를. 허유의 고절 정신과 소부의 은일 정신과, 개자추의 은사 정신과, 백이 숙제의 절의 정신은 차치하고 그분들이 무엇하던 분들이었는지 이름조차 모른 채 기고만장 날뛰는 무식한 이 땅의 정치인이 얼마나 많은가를……

　허유는 요(堯)임금이 왕위를 물려 받으라 하자 그 말을 들은 자기 귀가 더러워졌다며 영천(潁川)의 물에 귀를 씻고 기산(箕山)으로 숨어들었고, 소부는 허유의 귀 씻은 물이 더럽다 하여 자기가 몰던 소를 영천 상류로 끌고 가 소에게 물을 먹인 고사(高士)였다. 물론 요임금은 소부에게도 왕위를 물려주려 했지만 이를 받아들일 소부가 아니었다.

　잘 알다시피 요임금은 순(舜)임금과 함께 천하에 어질기로 이름난 임금이었다.

　요·순이 얼마나 어질어 선정을 베풀었으면 「요순지절(堯舜之節)」이란 말이 생겼을 것이며, 요·순이 얼마나 정치를 잘했으면 요·순 때 사람

이 다 착해 집집마다 표창할 만했다는 「비옥가봉(比屋可封)」이 생겼겠는
가. 그런데도 이런 요임금이 왕위를 맡아달라 하자 그 말을 들은 귀가 더
러워졌다 하여 귀를 씻고 그 귀 씻은 물이 더럽다 하여 소에게까지 먹이
지 않고 상류로 올라갔겠는가.

그렇다면 개자추와 백이 숙제는 어떤 사람인가. 개자추는 춘추시대의
은사로 진(晉)나라의 문공(文公)이 비운에 몰려 공자(公子)로서 망명할
때 19년을 하루같이 모셨는데 문공이 뜻을 이뤄 귀국하자 본체만체 해
면산(緜山)에 숨어들었다. 문공이 뒤늦게 깊이 뉘우치고 그 산에 불을 질
러 자추를 나오도록 했으나 자추는 끝내 나오지 않고 불에 타 죽었다.(이
날이 한식(寒食)이라고 함) 백이 숙제는 같은 형제로 고죽군(孤竹君)의
아들이자 은(殷)나라의 선비였는데 주(周)나라의 무왕(武王)이 은을 치려
하자 눈물로 말렸으나 듣지 않으므로 불의로 빼앗은 무왕의 주나라 곡식
을 먹는 게 부끄럽다 하여 수양산(首陽山)에 숨어들어 고사리를 캐 먹으
며 노래부르다 굶어 죽은 의인이다. 이것이 그 유명한 「채미가(採薇歌)」
인데 그 채미가에 이르되

「저 서산에 올라/고사리를 캐도다/모진 것으로 모진 것을 바꾸고도/그것
이 잘못인 줄 모르도다/신농의 소박함과 우하의 사람이/하루 아침에 없
어지고 말았으니/나는 어디로 돌아갈거나?/아 슬프다. 이젠 가리라/운명
의 기박함이여.」

요즘 한창 정치한다고 나선 이들이여.
아니 따뜻한 곳만 골라 다니며 입신양명(立身揚名)에 명철보신(明哲保
身)하려는 철새정치인들이여. 당신들은 까마귀고기를 먹어 그리도 잘 잊
어버리는가. 한고조(寒苦鳥) 삼신이 걸려 그리도 잘 잊어버리는가. 참으

로 딱하고 참으로 가련하다. 떠날 때는 떠나고 물러날 때는 물러날 줄 알아야지. 그게 장부요, 그게 금도(襟度)아닌가. 그런데 어째서 그리도 추하고 그리도 지저분한가. 훼절 실절 변절을 능사로 하고 데마고기(Demagogy)와 애지테이션 (Agitation)을 밥먹듯 하면서도 잘 났다고 뻔뻔하게 곤댓질 하는 당신들은 도대체 오장육부인가. 오장칠부인가. 당신들 같은 사람이라면 중상 모략은 물론 도덕적 관념이나 종교적 정신에 구애됨이 없이 수단과 방법을 가리지 않는 마키아벨리즘도 능히 행사할 것 아닌가.

정치란 무엇인가. 정치는 국민을 편하게 해 주는 것 아닌가. 한데도 반대로 국민을 불편하게 해 주니 이게 무슨 정치인가. 아니 되레 분통터지게 해 놓고도 치사하게 변명이 구구하다. 정치가 아무리 이합집산(離合集散)의 집단이라지만 어제의 동지가 오늘의 적이 돼 으르렁거리는 꼴은 차마 못 볼 추악상이다. 여기에 웬놈의 신당 창당은 그리 많은지 눈뜨고 볼 수가 없다.

노회(老獪)한 정치인들이여. 타락한 정치인들여. 정치란 치자(治者)와 피치자(被治者)간의 상대주의 철학이 근간임을 명심하라.

— 2000년 2월 25일

하마터면 큰일날 뻔했다

나는 또 여기서 부득이 논어의 자솔이정(子帥以正)과 숙감부정(孰敢不正)을 말하지 않을 수가 없다.

이 말은 공자가 노나라 실권자 계강자에게 한 말로 「정치란 정(正)이니 그대가 거느리기를 바로 하면 누가 감히 바르지 않겠는가」라는 뜻이다. 그러나 어찌 자솔이정과 숙감부정 뿐이겠는가. 역경이란 책에서는 이귀하천 대득민야 (以貴下賤 大得民也)라 하여 「귀한 지위에 있는 사람이 겸허한 자세로 낮은 데로 내려와 백성의 뜻을 구하면 크게 백성을 얻는다」는 것도 있다.

하지만 어찌 또 이 두 가지뿐이겠는가. 대학이라는 책에는 팔조목(八條目)이라는 것이 있는데 격물(格物) 치지(致知) 성의(誠意) 정심(正心) 수신(修身) 제가(齊家) 치국(治國) 평천하(平天下)가 팔조목이다. 수렵에 있어서도 낚시질로는 고기를 잡되 벼리 달린 그물로는 고기를 안 잡고, 새 짐승을 잡음에 있어서도 나는 새는 주살로 쏘되 잠자는 새는 쏘지 않고 가만히 둔다 했다. 이것이 유명한 논어의 조이불망 익불사숙(釣而不網弋不射宿)이다.

콧대 높기로 유명한 프랑스인들은 창녀와 국회의원, 그리고 고급 공무원을 백해무익한 존재로 매도해 국가 발전에 저해 요인이 되므로 일고의 가치도 없는 무용지물에 다름아니라는 극단론까지 펴고 있다. 그래서인지는 몰라도 세계적 석학이요 부조리문학의 선구자였던 실존주의 작가 겸 사상가인 알프레드 카뮈는 「정치란 거짓말을 어떻게 해야 그럴 듯하게 할 수 있고 정치인은 어떻게 해야 국민이 곧이 듣고 잘 속아넘어가느냐를 연구하는 사기집단이다」라고 극언까지 했다. 때문에 그는 이 구역질나는 「사기집단」에 평생 동안 단 한번의 투표도 안 했는지 모른다.

신은 죽었다며 신의 존재를 부정, 신이 만일 필요하다면 내가 신이 되어 주마고 독설한 독일의 초인철학자 니체도 「정치인은 쓰레기와 같다」했고 막스 베버는 정치인을 가리켜 「좋은 관료는 나쁜 정치가다」라고 했다. 시성이라 일컬어지는 괴테도 「나는 정치인을 미워한다. 왜냐하면 그것은 기백만의 인민을 불행과 참혹에 빠뜨려 괴롭히기 때문이다」했고 고대 희랍의 희극작가 아리스토파네스는 「오늘날 정치를 하는 것은 이미 학식 있는 사람이나 성품이 바른 사람은 아니다. 불학 무식한 깡패들에게나 알맞은 직업이 정치다」라고 했다.

그런가 하면 유태인에게는 「한 가지 거짓말은 거짓말이고 두 가지 거짓말도 거짓말이다. 그러나 세 가지 거짓말은 정치다」라는 속담이 있다. 정치가 오죽 거짓말을 잘하고 정치인이 여북 중상 모략 부정 부패를 능사로 했으면 세상의 성인 석학들이 이런 말을 했겠는가.

각설하고, 한나라당 노원갑 지구당 공천을 받았다가 6일 만인 지난 달 24일 공천을 스스로 반납한 이가 있어 화제가 되고 있다. 연세의료원 가정의학과 윤방부 교수가 바로 그 당사자다. 그는 공천 반납의 변을 만나는 사람마다 모든 것을 돈과 연결짓는 게 곤혹스러웠고 당선하려면 꼭 만나야 한다는 지역 인사 방문에도 염증을 느꼈다 했다.

어떤 사람은 처음부터 다짜고짜 돈을 얼마나 쓸 수 있느냐 물어오기도 했고 어떤 사람은 열심히 두움 테니 당선 후 청구되는 계산서만 처리하라 하기도 했다. 그리고 또 어떤 사람은 한 20억 원 정도는 준비했느냐 하기도 했고 비윗장 좋은 사람은 노골적으로 손을 내밀기도 했다 한다. 그는 메뚜기도 한 철이라고 찾아오는 사람은 하나 같이 선거에 한 몫 잡

으려는 사람 같았고 이들(선거 브로커)을 통하지 않으면 안 된다는 구조
적 왜곡 모순에 환멸을 느끼기도 했다 한다.

게다가 또 웬 전화는 그리 많이 걸려오는 지 1주일 사이 2천 통 가까운
전화를 받았다고 했다. 이중엔 물론 아는 이들로부터 받은 축하 전화도
있지만 생판 모르는 정체불명의 사람으로부터 걸려오는 음해성 전화와
데마고기 전화 그리고 표를 모아줄 테니 얼마나 주겠느냐는 흥정식 정치
전화도 상당수 있었다 한다. 그래서 그는 공천 6일만에 아하, 이게 내가
갈 길이 아니구나 하고 공천을 반납했다 한다.

잘했다. 참 잘했다. 만일 그가 기존의 정치권에 뛰어들어 저들과 같이
동화(同化)된 채 이전투구(泥田鬪狗)로 싸운다면 모를까 그렇지 않고 학
문하는 학자면 고고하고 경개(耿介)해 학자답게 살아야지. 그것이 학문
의 길이요 학자의 길이 아닌가. 그는 하마터면 큰일날 뻔했다.

—2000 년 3월 3일

이 땅에 진정 대기(大器)는 없는가

　우암 송시열(尤庵 宋時烈) 하면 모르는 이가 없을 만큼 유명하다. 그는 서인(西人)의 거두이자 노론(老論)의 영수로 일생을 주자학(朱子學 · 性理學)에 몰두한 거유(巨儒)였다.

　그는 율곡 이이(栗谷 李珥)의 학통을 계승, 기호학파(畿湖學派)의 주류를 이루었으며, 사단칠정론(四端七情論)에 있어 퇴계 이황(退溪 李滉)의 이원론적(二元論的) 이기호발설(利己互發說)을 배격하고 이이의 기발이승일도설(氣發理乘一途說)을 지지, 사단 칠정이 모두 이(理)라 하여 일원론적(一元論的) 사상을 발전시킨 이였다. 그는 학문은 물론 예론(禮論)에도 밝아 문묘(文廟)와 효종묘(孝宗廟)에 배향 되기 까지한 인물이다.

　그런데 이런 그가 어느 여름 날 미복(微服) 차림으로 경기도 장단 땅에 미행(微行)을 나섰다. 날아가는 새도 떨어뜨린다는 시임(時任) 좌의정 때의 일이었다. 우암은 종자(從者) 하나 거느리지 않은 단신으로 어느 고갯길을 추어 올랐다. 이때 갑자기 하늘이 머흘거리며 폭우가 쏟아졌다. 우암은 허위단심 고갯마루로 올라와 아랫마을을 향해 달음질을 쳤다. 마을에 다다르니 마침 주막이 있어 우암은 주막으로 들어섰다. 비를 거느르고 갈 요량에서였다.

　『여보게 주모, 여기 탁배기 한 사발 주게나.』 우암은 물이 뚝뚝 띨어지는 옷을 대강 쥐어짜고는 마루 난간에 걸터앉았다. 『옛수.』 주모가 우암의 행색을 훑어보더니 술상을 불공스레 갖다 놓았다. 생김생김이 목도꾼같은 데다 인상마저 호상(虎相)이니 영락없는 상것이었다. 한데 이런 상것이 누구한테 함부러 하게를 해. 내가 아무리 천한 술장사를 할 망정…… 주모는 이런 표정으로 아니꼽다는 듯 우암을 능멸했다. 그래도 우암은 얼굴색 하나 변하지 않고 술을 마셨다. 바로 이때 말발굽 소리가 요란하더니 한 패의 군사(軍士)가 들이닥쳤다. 비를 피해 들어온 모양이었다. 아이구, 나리들 어섭쇼. 여봐요 영감, 저리 비키슈. 나리들이 올라가시게.』주모는 우암을 발로 툭툭 차며 연신 허리를 굽신거렸다.『여봐라. 비가 그칠 때까지 예서 쉬었다 가자.』수장(首長)인 듯한 자가 부하들을 보고 말하며 마루로 올라섰다. 그러더니 우암을 보고 다짜고짜『자네 누군 지는 몰라도 바둑 둘 줄 아나』했다.

우암이『예. 잘은 못 둡니다만 그저 겨우 흉내는 냅지요.』했다.『그럼 잘 됐네, 여보게 주모 여기 바둑판 가져오게.』우암은 바둑을 한번은 져주고 한번은 이기고 했다.『거 제법이구만. 자네 혹시 맥동지(麥同知 : 보리를 주고 사는 하찮은 벼슬)라도 한 자리 했나.』수장이 우암의 바둑 솜씨에 놀라 수작을 걸었다.『어찌 소인 같은 위인이 그런 걸 하겠습니까요.』우암은 바둑판만 들여다봤다.『우리 이렇게 만난 것도 인연이니 통성명이나 하세. 난 아무갠데 지금 평양으로 부임해 가는 길일세.』『아, 예. 소인은 막일을 해 먹고 사는 사람인데 성은 송(宋)가고 이름은 때 시(時)자 매울 열(烈)자를 쓰는 송시열이 올습니다.』

그러자 수장이 느닷없이 우암의 따귀를 올려붙이며『네 이노옴. 이 천하에 무엄한 놈. 네 놈 같이 천한 것이 감히 천하의 대 학자요, 시임 좌의정 송 정승 대감을 함부로 잠칭하다니. 네 놈이 그러고도 살아 남길 바라느냐. 내가 네 놈의 목을 단칼에 벨 것이로되 인생이 가련해 살려주니 앞으로 송 정승 대감을 하늘 같이 알거라.』하고는 군졸들과 함께 말을 타고 내뺐다. 수장은 우암이 진짜임을 알고 행한 일이었다. 우암이 이 광경을 보고 빙그레 웃으며『아깝도다. 아깝도다. 저 놈의 기지(機智)가 아깝도다. 저 놈의 임기응변이 아깝도다」했다.

　이러고 얼마 후 우암은 평양의 그 수장을 불렀다. 『내 비록 너한테 따귀는 맞았다만 네 기지를 높이 사 너를 승차(승진)시키고자 하니 원이 있으면 말하라.』 우암은 따귀를 맞았을 때처럼 또 빙그레 웃으며 『자네 나하고 오늘 술 한 잔하세』했다.

　생각느니 왜 요즘엔 이런 대인이 없을까. 이런 대기(大器)가 없을까. 우암 같은 인물이 아쉬운 작금이다.

—2000년 3월 10일

역린(逆鱗)과 불수진(拂鬚塵)

좀 어려운 말이 될지 모르지만 한비자(韓非子)의 「세난편(說難篇)」에 「역린(逆鱗)」이란 말이 나온다. 역린이란 용의 턱에 거슬러 난 비늘을 뜻하는 것으로 용은 이 비늘(역린)을 건드리기만 하면 그 건드린 사람을 죽이기 때문에 임금의 노여움을 사는 것을 「역린에 부산친다」고 한다. 그러므로 아무도 이 역린을 함부로 건드리지 못한다. 건드리기만 하면 죽을 판이니 죽음을 각오하지 않는 한 누가 감히 건드릴 수 있겠는가. 이러니 임금의 노여움을 사는 「역린에 부산치는 행위」야 더더욱 할 수가 없다. 임금은 법이요 절대요 지존인데 어찌 그런 임금에게 목숨을 걸고 역린 할 수가 있단 말인가. 그러나 했다. 지난 날 선비정신이 시퍼렇게 살아 있을 때의 참 선비들은 임금이 비정(秕政)을 하거나 옳지 못한 일을 하면 대궐밖에 부복하고 죽음으로 역린(참소 및 충간)을 했다. 대쪽 같이 곧은 선비(신하)들은 시퍼렇게 날이 선 도끼를 옆에 놓고 「신의 말이 옳으면 가납해 주시고 신의 말이 옳지 않으면 이 도끼로 신의 목을 쳐달라」며 임금과 담판을 했다. 이게 중봉(重峰) 조헌(趙憲)과 면암(勉庵) 최익현(崔益鉉)으로 대표되는 그 유명한 부월상소(斧鉞上疎) 또는 지부복궐(持斧伏闕)이다.

역시 좀 어려운 말이 될지 모르지만 송사(宋史)의 「구준전(寇準傳)」에서는 불수진(拂鬚塵)이란 말이 나오는데 여기서 불(拂)은 턴다는 뜻이요 수진(鬚塵)은 수염의 먼지를 말한다. 그러니까 「불수진」은 수염의 먼지를 터는 것을 의미한다. 그런데 이 수염의 먼지를 턴다는 불수진은 남의 환심을 사려는 염량배(炎凉輩)를 가리키는 것으로 철학 없고 소신 없고 지조 없고 신념 없는 무정견의 아첨배들에게 했다.

다시 또 어려운 말이 될지 모르지만 사마천(司馬遷)의 사기(史記)「상군열전(商君列傳)」에는 천인지낙낙(千人之諾諾)과 일사지악악(一士之諤諤)이란 말이 나온다. 천인지낙낙은 천명이나 되는 많은 사람이 덮어놓고「예, 예」하고 아부하는 것을 말함이요, 일사지악악이란 그 반대로 한 사람의 바른 말하는 올곧은 참 선비를 말함이다.

어찌 역린과 불수진과 천인지낙낙과 일사지악악 뿐이겠는가. 19세기 영국의 철학자이자 경제학자였던 존 스투어트 밀은 그의 역저「대의정치론(代議政治論)」에서「신념 있는 한 사람은 자기 이익(또는 출세)밖에 모르는 아흔 아홉 사람에 맞먹는 사회적 역량이다」라고 말해 지조 없고 철학 없는 무신념의 인간들을 매도한 바 있다. 교언영색(巧言令色)이라는 것도 크게 다르지 않아 취할 바 못되는 행위다. 교언영색이란 무엇인가. 남의 환심을 사기 위해 교묘한 말과 좋은 얼굴빛으로 듣기 좋게 꾸며대는 말을 우리는 교언영색이라 한다. 그래서 일찍이 논어에서도 교언영색 선의인(巧言令色鮮矣仁)이라 하여 공교로운 말과 좋은 얼굴 빛을 짓는 사람은 어진 사람이 적다고 했다.

교언영색으로 번드레하게 말만 잘하는 사람을 가리켜 우리는 기어가(綺語家)라 한다. 말이 비단처럼 곱다는 뜻이다. 이는 십악(十惡)중의 하나로 구업(口業)이라고도 한다.

위에서 예로 든 말들은 내가 이 난을 통해 이미 한두 번씩 얘기한 것들이다. 그럼에도 또 말할 수밖에 없는 것은 지금 싱황이 나로 하여금 다시 쓰지 않고는 못 견디게 하기 때문이다.

바야흐로 정치의 계절이다. 4월 13일이 제 16대 총선이니, 선거일이 한 달도 안 남았다. 그래서 말하거니와 제발 소인배보다 못한 비졸한 짓

거리로 물고 뜯고 욕하고 흉보며 수캐 뭐 자랑하듯 제 자랑 좀 그만하고
정정당당 정책으로 대결하라. 그렇지 못할 바엔 어느 당 누구의 말대로
바다에 빠져죽든지 깨끗이 사퇴하라. 이제 국민은 정치꾼들의 야비한 작
태에 신물이 난다. 도대체 국민을 뭘로 알기에 그따위 짓거리로 표를 얻
으려 하는가. 부끄럽지도 않고 치사하지도 않은가. 명문 옥스퍼드 대학
에서는 「정당하고 공평한 페어플레이를 못할 바엔 차라리 떳떳한 패자
의 영광을 안는 것이 낫다」했고 케임브리지 대학생들은 「더티플레이의
승자보다는 페어플레이의 패자가 훨씬 훌륭하다」고 했다. 야누스와 카
멜레온과 지킬박사와 하이드 씨 같은 정치꾼들이여! 그토록 추하게 나댈
양이면 그만 자진이라도 하라. 자진을 못할 양이면 원형이정(元亨利貞)
대로 하라. 국민은 지금 대단히 분노하고 있다.

— 2000년 3월 17일

그대들 할고공친(割股供親)을 아는가

　사람의 머리가 점점 깨쳐지고 과학이 날이 다르게 발달해 마침내 양(羊·둘리)을 복제하는데 성공하더니 이번엔 또 소와 돼지까지 복제에 성공해 무슨 개가라도 올린 듯 야단법석 떠들어대고 있다. 이런 식으로 간다면 미구 불원 사람도 애비 에미 없는 호래자식을 복제해 근본 없는 인간을 양산할 듯하다. 휴머니스트들이나 모럴리스트들이 아니라 할지라도 이는 인간 경외사상으로 볼 때 크게 잘못된 일이어서 반드시 금해야 한다고 전 세계의 양식 있는 이들이 아우성을 치나 별무신기인 모양이다. 말이 났으니 말이지만 과학이 이대로 간다면 10 년 후의 일을 아무도 예측할 수 없어 어떤 세상이 도래할지 모른다. 컴퓨터는 지금보다 몇십만 몇 백만 배의 역할과 기능을 발휘해 사람이 컴퓨터에 완전히 지배당해 노예 아닌 노예로 전락할 것이고 윤리나 도덕이나 인간 가치의 존엄성은 고리타분한 전설이 돼 놀림가마리가 될지도 모를 일이다. 그러니 효가 무슨 소용이며 외경이니 신비가 무슨 소용 있겠는가. 조금 불편하면 어떻고 조금 모르면 어떤가. 아니 지금도 충분히 편하고 지금도 알 것은 다 알고 있지 않은가. 더 발달해 무엇하자는 것이며 더 알아서 어떡하자는 것인가. 사람에게는 신비가 있어야 하고, 꿈이 있어야 하고, 동화가 있어야 하고, 낭만이 있어야 한다. 그런데 이런 신비, 이런 꿈, 이린 동화, 이런 낭만을 모조리 빼앗기면 그게 어디 인간인가.

　세상이 아무리 변하고 과학이 아무리 발달해도 모든 행위의 근본은 「효」다. 그러기에 효를 백행지원(百行之源)이라 하지 않는가. 그런데 모든 행실의 근본인 효가 지금 가봉자보다 더한 괄시를 받고 있다. 이는 사람이, 사람이 아니라는, 그래서 사람으로서의 도리를 하지 않고 있다는 말세적 요세지계(澆世之季)다.

내 다른 것 다 그만두고 삼국사기(三國史記)에 나오는 「할고공친(割股供親)」몇 가지만을 말하고자 하니 여러분은 관심 해주기 바란다. 할고공친이란 무엇인가. 흉년이 들어 어버이가 굶자 자식이 자신의 넓적다리를 베어서 공양한 것이 할고공친이다. 이 얼마나 가열한 효심의 극치인가. 우리는 여기서 어버이의 병고를 함께 고통 받기 위해 손가락을 태워 고통 공감을 함께 나누는 소지(燒指)까지는 바라지 않고 자식이 어버이의 병을 지극 정성 보살펴 하늘에 닿게 하자는 감천치병(感天治病)도 바라지 않는다. 오륜행실도(五倫行實圖)의 고어(皐魚)처럼 객지에 나가 있는 동안 부모님이 돌아가셔서 슬피 울며 나무가 조용히 서 있고 싶어도 바람이 그치지 않고(樹欲靜而風不止), 자식이 부모를 봉양하고 싶어도 부모가 기다려 주지 않는다(子欲養而親不待) 하고는 칼을 물고 자결한 고어 도곡(皐魚道哭)의 풍수지탄(風樹之嘆)도 바라지 않는다. 그리고 또 우리는 왕상(王祥)의 이어(鯉魚)잡고/맹종(孟宗)의 죽순 꺾어/검던 머리 희도록/노래자(老萊子)의 옷을 입고/일생에 양지 성효(養志誠孝)를/증자(曾子) 같이 하리라! 하던 저 24효도 바라지 않는다.

뿐만이 아니다. 우리는 또 강시 천이(姜詩泉鯉)니 문양 오조(文讓烏助)니 하여 강시가 붕어를 잡숫고 싶다는 어머니의 말씀에 날마다 축천(祝天)으로 붕어를 구했다는 효심과, 문양이 어머니 장례에 집이 워낙 가난해 상주 손수 무덤을 짓고 있을 때 난데없는 까마귀 떼가 흙을 물어와 무덤을 만들었다는 효성도 바라지 않으며, 곽거(郭巨)가 어린 아들이 어머니께 드릴 음식을 빼앗아 먹자 아내와 짜고 아들을 땅에 묻으려다 황금 솥을 얻어 부자가 되었다는 곽거 매자(郭巨埋子)도 바라지 않는다. 모기를 쫓으면 날아가 부모님을 물까 봐 자기 피를 실컷 파먹게 한 오맹 문서(吳猛蚊筮)며, 종아리 때리는 어머니의 매가 전날 같이 힘이 없다 하여 슬피 울었다는 백유 읍장(白楡泣杖)이며, 여름엔 부모의 베개맡에서 부채질하고 겨울엔 부모의 이부자리를 몸으로 따뜻이 녹여드렸다는 황향 선침(黃香扇枕)도 바라지 않는다. 어머니를 저다 버린 원오(元悟)의 지게를 아들 원각(元覺)이 되 지고 오자 크게 뉘우쳐 어머니를 도로 지고 왔다는 원각 경부(元覺警父)와, 어머니가 돌아가시자 나무로 어머니의 상을 깎아 놓고 아침 저녁 문안드렸다는 정란 각모(汀蘭刻母)도 우리는 바라지 않는다. 그러나 적어도 나를 낳아 길러주고 입혀주고 재워주고 가르쳐 준 어버이를 헌신짝처럼 내다버리지는 않아야 할 게 아닌가. 진실로 인간의 가치란 인간적인 데 있다.

— 2000년 3월 24일

세상의 자식들이여!

나는 지금 이런 글은 앞으로 제발 더는 안 썼으면 얼마나 좋으랴 싶은 생각을 하면서 이 글을 쓴다. 그리고 아름답고 감동적인 글만을 써서 강호에 내놓았으면 얼마나 좋을까를 생각하면서 이 글을 쓴다.

그렇다. 나는 아름다운 글, 감동적인 글만을 써서 독자 앞에 내놓는 것이 소원이라면 소원이다. 그런데도 그 소원은 야속하게 이뤄지지 않은 채 나를 분개시키고 있다. 정치, 경제, 사회, 문화, 교육, 종교, 공직, 언론, 국방, 의료 할 것 없이 어디 한군데 성한 데(깨끗한 데)가 없는 것만도 분통터져 땅을 칠 노릇인데 여기에 차마 입에 담기조차 민망한 패륜까지 판을 쳐 세상을 망가뜨리니 기가 막히다 못해 하늘 보기가 두렵다. 패륜이란 무엇인가. 인륜에 어그러진 행위가 패륜이다. 그러니까 배륜(背倫), 불륜(不倫), 역륜(逆倫), 파륜(破倫)이 다 패륜에 속한다.

보도에 따르면 안양에 사는 20대의 한 청년(23 · 회사원)이 어머니를 시해하고 아버지마저도 시해했다 한다. 아버지는 지난 2월 27일 자신의 아파트에서 흉기로 찔러 숨지게 했는데 이유는 할머니가 돌아가셨는데도 슬퍼하는 기색이 없어 그랬다 했고, 어머니는 검찰에서 조사를 받던 중 지난 98년 4월 음주운전을 못하게 하는 어머니가 미워 발로 밟아 죽였노라 했다. 그렇다면 이는 강상(綱常)을 어그러뜨린 강상지변의 강상지범으로 패륜 중에서도 가장 큰 패륜이다. 강상이란 삼강(三綱)과 오상(五常)을 짓밟은 행위로 옛날 같으면 조리돌림과 멍석말이는 물론 그 고을의 목민관이 파직되고 고을 또한 강등이 돼 대효(大孝)나 충신 또는 열녀가 나야 예전대로 명예가 회복됐다.

세상의 자식들아. 누가 너희보고 옛날처럼 부모님을 모시라고 하더냐. 누가 너희에게 옛날처럼 부모를 섬기라고 하더냐. 효경(孝經)이나 부모은중경(父母恩重經)처럼 부모를 양지 성효(養志誠孝) 하라고도 하지 않고, 예기(禮記)나 오륜행실도(五倫行實圖)처럼 부모를 친친대효(親親大孝) 하라고도 하지 않는다. 그러나 최소한 아침 저녁 문안드리는 혼정 신성(昏定晨省)과 나갈 때 고하고 돌아와 아뢰는 출필곡 반필면(出必告反必面)만은 할 수 있지 않느냐. 말 못하는 미물 까마귀도 어버이가 늙으면 효성이 극진해 먹이를 물어다 먹이고, 말(馬)도 5대조까지 알아 봐 근친 상간을 하지 않는다 하거늘 어찌 사단(四端)을 떠들어 만물의 영장이라는 사람이 제 부모를 시해해 하늘 보기를 두렵게 하는가.

부모에 불효하는 발칙한 자식들아. 이미 부모를 시해한 강상지변의 자식들아. 너희도 자식을 기르고, 너희도 앞으로 늙는다. 이제라도 까마귀한테 배워 부모께 효도하라. 효조(孝鳥)라 불리고 반포조(反哺鳥)라 일컬어지는 까마귀를 본받아 부모 공양에 깍듯하라. 백낙천(白樂天 같은 대시인도 「까마귀여, 까마귀여 새 중의 증삼(증자)이로다(慈烏復慈烏 鳥中之曾參)」하고 까마귀의 효를 시로써 기렸다. 공자도 오형(五刑)에서 「오형지속(五刑之屬)이 3천이로되 이죄(而罪) 막대어 불효(莫大於不孝)」라 하여 형벌의 종류가 3천이나 되지만 여기서 그 죄가 불효보다 더 큰 것이 없다고 했다.

사람이 어떤 일에 빠져 그것만 노심초사 생각하면 그 대상이 착시(錯視) 현상으로 나타나 환시(幻視), 환영(幻影), 환각(幻覺) 같은 곡두를 볼 수 있다. 그리고 이 곡두가 때로 엄청난 기적이나 이변을 낳기도 한다. 이를 프로이트식으로 보면 「잠재의식의 힘」이요, 해롤드 셔먼식으로 보면 「신념의 힘」일 수 있다. 인간에게는 누구나 영묘한 정신력이 있고 신비롭고 경이로운, 그래서 불가사의한 마술적, 초자연적, 초능력적 힘을 나타내기도 한다. 학자들은 이를 오카르트 현상이라 부르고 이 현상은 또 예지능력(豫知能力)의 초감각적 인지력(認知力) 내지 영감을 나타내는 ESP(Extra Sensory Perceptin) 현상까지도 보여준다 했는데 이는 모두 잠재의식의 정신력과 신념의 힘으로 나타나는 현상이다.

그러니 세상의 자식들이여. 오늘부터라도 부모 한번 잘 모시겠다는 일념에 빠져 보라. 그러면 그것이 잠재의식이 돼 효라는 이적(異蹟)을 낳을 것이다. 그리고 그 이적은 반드시 경이롭고 불가사의한 힘까지 발휘해 사람이 달라질 것이다. 이렇게 될 때 너희도 장차 효도를 받을 것이다.

— 2000년 3월 31일

결혼 청첩장

또 봄이 되었나 보다. 여기 저기서 정신 못 차리게 결혼청첩장이 날아오는 것을 보니…….

봄은 여인의 옷차림에서 오고, 들녘 산자락에 아른대는 아지랑이에서 오고, 진달래 개나리 지천으로 피는 고갯길에서 오는 법인데 언제부터인가 우리네 봄은 이런 아름다운 자연 현상에서 오는 게 아니라 결혼 청첩장에서부터 오기 시작했다. 그러나 이는 봄만이 그런 것은 아니어서 가을도 마찬가지다. 하늘이 아슬히 높고 마알간 햇살이 주렴처럼 좔좔 내려 온 산이 불타듯 만산홍엽(滿山紅葉)을 이루면 여축없이 날아오는 것이 결혼 청첩장이다. 그러니까 이 결혼 청첩장이 1년에 두 번 봄 가을을 가장 먼저 확실하게 알려주는 전령사(傳令使)인 셈이다.

계절이야 좀 좋은가. 개나리, 진달래, 연산홍, 산 벚꽃은 말할 것도 없고 울너머로 구름 같은 살구꽃이 무더기무더기 흐드러지고 돈들막 언덕배기엔 졸 듯이 피어 있는 복사꽃 환몽은 얼마나 근사한 봄만의 특권인가. 게다가 들녘 밭두둑 가에 하얀 소금을 뿌려 놓은 듯한 조팝꽃은 또 얼마나 멋진 봄의 향연인가. 여기다 명지바람이라도 불어보라지. 그 현란한 벚꽃잎의 꽃보라가 어지러이 날아내려 무아경의 꽃멀미에 어리어리 취하게 한다. 아가의 손길처럼 야드르르한 연초복색 새 잎이 피는 것도 이맘 때요, 박새 어치(산까치) 곤줄박이 같은 산새들이 저마다 청아한 목소리로 즐거이 노래하며 이 나무 저 나무로 포록포록 날아다니는 것도 바로 이맘 때다.

뿐인가. 여기서 몇 파수만 더 지나면 뻐꾸기, 꾀꼬리, 지쪽새, 밀화부리, 호루래기, 휘파람새, 찌르레기 같은 나그네새도 제철 만난 듯 온갖 교성 다 질러대며 봄을 만끽한다. 이러고 또 조금만 지나면 초롱꽃 금낭화(며느리 밥풀꽃), 은방울 꽃, 풀솜대, 쥐오줌풀, 타래붓꽃, 개불알꽃(복주머니꽃), 매발톱꽃(보금취), 괭이눈, 복수초, 금붓꽃, 단풍제비꽃, 현호색, 바위말발도리 같은 야생화도 다투어 핀다. 그러니 이런 계절에 백년가약을 맺는 결혼을 누가 반대하랴. 그리고 또 누가 이왕이면 이런 현란한 계절에 결혼을 하고 싶지 않으랴.

좋다. 이런 계절에 결혼식을 올리는 것은 백 번 환영한다. 그런데 문제는 청첩장에 있다. 마구잡이로 돌리는 무작위 청첩장에 있다. 결혼식은 성스러워야 하고 그런 만큼 진정한 축하 속에서 이뤄져야 한다. 이럼에도 청첩장을 받아 기분이 상할 때가 많다. 단 한번 인사한 사람이라든가 누군지도 모르는 사람한테서 「부디 오셔서 축복해 주십시오」라는 청첩장을 받으면 기분이 상하다 못해 불쾌하기까지 하다. 어떤 사람은 1 년 가야 안부 한번 전하지 않다가도 자녀의 결혼식 때는 잊지 않고 전화로 주소까지 묻는 친절(?)을 베풀기도 한다. 여간 뻔뻔한 몰염치가 아니다.

결혼이란 젊은 남녀가 인생을 새로 시작하는 출발점이니 만큼 가까운 친척과 친지들의 축복 속에 치러져야 한다. 이럼에도 청첩장을 돈 몇 푼 때문에 아무한테나 보내는 것은 솔직히 말해 고지서 이상의 의미가 없다.

가난한 것이 자랑은 아니지만 나 같은 백면한사(白面寒士)에겐 친하지 않은 사람의 청첩장은 큰 부담이 될 때가 여간 많지 않다. 그래 생각다 못해 축의금 대신 흰 종이에 정성스레 천배양연 영욕애하(天配良緣 永浴 愛河 · 하늘이 맺어준 좋은 인연이니 오랜 사랑의 물로 목욕을 하라)가 아니면 미만양연 비익쌍비(美滿良緣 比翼雙飛 · 좋은 인연이 아름다움으로 가득 찼으니 날개를 가지런히 하고 하늘을 날 듯 살아라)라고 써서 도장(낙관)까지 찍어서 전해주는데 이러면 대개 결혼식 후에 의례적으로 보내는 인사장도 잘 안 온다. 정성스레 써서 갖다준 글이 돈 몇 만 원보다 못하다는 얘기다. 이는 저서를 보낼 때도 그렇다. 직업이 작가니까 줄 것은 저서밖에 없는데 저서에 덕담을 써서 선물해도 반응은 비슷하다. 그리고 나도 왠지 돈 대신 글씨나 저서를 내고 돌아서면 얼굴이 화끈해진다. 그래서 이제는 축의금과 함께 저서까지 준다. 하지만 정성스레 쓴 글씨나 피를 말려 쓴 작품집이 어찌 시시하게 돈 몇 만 원에 비하랴. 글씨나 작품집은 혼이 담기고 얼이 담긴 아주 귀한 가치 아닌가. 한데도 속물들은 가소롭게도 돈 몇 만 원을 더 높이 평가한다.

결혼식 문화. 이는 반드시 그리고 하루 속히 바뀌어져야 할 비졸(鄙拙)이다.

―2000년 4월 7일

백호 임제(白湖 林悌)를 그리워 함

　세상이 하 멋없고 재미 적으니 오늘은 천하의 풍류 남아 백호 임제(白湖 林悌) 얘기나 한 자락 해 볼거나.

　호방무애(豪放無碍)의 표일달사(飄逸達士) 백호 임제가 서도병마사란 벼슬을 제수 받고 평양으로 부임하다 송도 객관에 들어 전패(殿牌)에 망궐례(望闕禮)를 올리고 당대 명기(名妓) 명월(明月 · 황진이의 아호) 진이를 찾았다. 한데 아뿔사, 진이는 애석하게도 불귀의 객이 된 다음이었다. 『오호라. 하늘이 내 뜻을 접음이로다.』 임제는 장탄식으로 하늘을 우러르며 술 한 병 꿰어차고 천마산 진이의 무덤을 찾았다. 달이 휘영청 밝은 밤이었다.

　"여보게 명월이 내가 왔네. 천하의 백호 임제가 왔네."

　임제는 잔에 술을 쳐 진이의 무덤에 붓고 즉흥시 한 수를 읊조렸다.

　"청초 우거진 골에 자는다 누웠는다/ 홍안은 어디 두고 백골만 묻혔는다/ 잔 잡아 권할 이 없으니 이를 설워하노라."

　임제는 허허로이 자작을 하며 진이의 무덤을 쓸어안았다.

　"이 사람 진이. 무슨 일이 그리 급해 표표히 떠났는가. 그 풍류 그 문장 어디 두고 떠났는가. 내 그대 만나기를 일구월심 했었거늘, 그대 또한 나 만나기를 학수고대 했다하니 우리 살아 만났다면 그 절(絶)이 어떠했겠는가. 명월이, 지금 막 천마산 위로 명월이 둥실 솟았네. 자네 아닌 자네가 이 무주공산에 덩그렇게 돋았어."

　백호는 밤 깊도록 진이와 술잔을 나누다 만뢰가 잠든 시각에야 나부끼

듯 산을 내려 다음 날 임지로 떠났다. 그러나 백호는 부임하기도 전에 졸피조허(猝被朝許)를 당했다. 임지에 당도하니 이미 파직의 전교가 내려와 있었던 것이다. 관원의 신분으로 더욱이 부임하는 관원이 한낱 기녀의 무덤을 찾아 수작을 했다는 게 파직의 이유였다. 백호는 껄껄 웃었다.

"차라리 잘 됐다. 이 기회에 풍표표 설분분(風飄飄 雪紛紛)으로 천지간을 뇌락무애(磊落無碍)하리라."

백호는 "네 성정이 분방자재 해 호방불기 하니 풍표표 설분분으로 뇌락무애 하라"던 스승 대곡 성운(大谷 成運)의 말이 떠올랐다. 백호는 폐포파관 차림으로 평양의 풍류 명기 한우(寒雨)를 찾았다. 한우는 찰한자에 비우자여서 의역하면 "찬비"였다. 백호는 한우가 거문고를 타자 좋도다. 과시 절조로다. 저 왕산악이 이 음률을 들었다면 울고 갔으리라. 백결선생이 이 가락을 들었다면 응당 대악(碓樂)을 새로 고쳤으리라" 백호는 흥히 도도해 즉흥시를 읊조렸다.

"북천이 맑다커늘 우장없이 길을 나니/ 산에는 눈이요 들에는 찬비로다/ 오늘은 찬비 맞아시니 얼어잘까 하노라."

한우를 찬비에 견줘 읊은 절창이었다. 그러자 한우가 즉각 화답을 보냈다.

"어이 얼어자리 무슨 일 얼어자리/ 원앙침 비취금을 어디 두고 얼어 자리/ 오늘은 찬비 맞아시니 녹아잘까 하노라."

백호는 한우의 시재에 경탄해 마지않았다. 한우는 절륜한 가인(佳人)에 절등한 재녀(才女)였다. 이날 밤 두 사람은 구름 밭에 집을 짓고 석밀(石蜜)처럼 농익은 운우지정(雲雨之情)을 나눴다.

조선 왕조 전기소설사에 큰 몫으로 획을 그은 백호 임제. 그는 수성지(愁城誌), 화사(花史), 원생몽유록(元生夢遊錄) 등의 걸출한 작품을 남겼고 율곡 이이(栗谷 李珥), 우계 성혼(牛溪 成渾), 송강 정철(松江 鄭澈),

서산대사 휴정(西山大師 休靜), 백사 이항복(白沙 李恒福) 등 당대의 기라성 같은 대현 거유 문장 선사들과 교유했다. 그러나 한편에서는 백호를 법도지외인(法度之外人)이라 해 문사(文詞)는 취하되 인간으로는 가까이 하길 꺼려하는 이도 많았다. 일체무애 하고 분방자재한 직선적 즉흥적 성격과 겸손 예절 같은 거추장스러운 너울을 벗고 가식 없는 솔직한 행동과 해학, 골계, 기지, 호방으로 세상에 두려울 게 없는 오연한 행적이 형식과 예절을 생명시 하던 당시의 위선적 유생들에게 외면당했기 때문이다. 그런 그가 임종할 때 자식들에게 "울지 마라. 천하의 나라가 중국에 가 천자를 일컫지 아니한 나라가 없었다. 한데도 우리 조선만이 중국에서 천자 한 번 못했느니라. 그런데 그런 못난 나라의 못난 애비가 죽는데 무에 그리 슬퍼 우느냐" 라고 한 것은 너무나 유명한 일화일 뿐만 아니라 우리에게 시사하는 바가 무척 크다. 생각느니 이 땅엔 백호 임제 같은 이가 한 사람도 없단 말인가.

— 2000년 4월 21일

누구를 위한 공항인가

공항은 이용객의 편익을 가장 우선시해야 한다. 공항의 접근성에서부터 항공시설의 편의, 운항시간 및 노선의 다양성에 따라 기능 및 효용성이 평가될 뿐 아니라 탑승객이 편리하게 이용할 수 있도록 배려돼야 함은 두 말할 나위가 없다.

대한 항공과 아시아나 항공이 취항하고 있는 청주 공항은 이 같은 관점에서 볼 때 이용객의 편익 위주라기보다 항공 시간의 치졸한 유치 경쟁과 수익에만 연연하고 있다는 비난을 면키 어려울 것이다. 그 예는 아시아나 항공에서 쉽게 찾아볼 수 있다.

물론 관계부처는 운항 시간표를 해당 항공사로부터 비행기 운항 시간 계획을 제출 받아 공항 사정 등을 고려하여 결정했겠지만 이용객으로부터 비난을 사고 있음을 아는지 묻지 않을 수 없다.

지난 해 12 월부터 청주 제주간을 재 취항하기 시작한 아시아나 항공이 기존의 대한 항공 시간대와 불과 10 분에서 30 분 사이로 엇비슷하게 운항 시간을 짜놓았으니 어찌 비난을 받지 않을 수 있겠나를 생각해 보라. 우리는 2 시간 여 단위 오전, 오후로 여유 있게 운항 시간을 재조정할 것을 강력히 요구하는 바이다.

아시아나 항공의 취항 시간은 평일은 오전 8 시와 오후 1 시 40 분 등 하루 두 차례이며 휴일에는 한 차례를 더 늘려 오전 8 시 30 분과 오후 1 시 30 분이라는 점으로 볼 때 10 분에서 30 분밖에 차이가 나지 않아 지극히 의도적인 시간 편성이라는 지적이 높게 일고 있다.

이렇듯 10 분에서 30 분 사이로 짧게 배정된 취항 시간 때문에 탑승객들은 울며 겨자 먹기로 다음 비행기를 한도 끝도 없이 기다려야 하는 불편을 감내하고 있다. 이러니 이게 어디 가당키나 한 일인가. 여기다 아시아나 청주 항공은 한 술 더 떠서 초과예약(오버 부킹)까지 받아 탑승객을 당해기(當該機)에 탑승시키지 못하는 사례마저 빚고 있어 골탕 먹는 건 탑승객 뿐이라는 불평이다. 이 같은 사례는 실제로 있어 지난 1월 말 청주 공항을 통해 제주도를 가려던 탑승객 5 명이 공항 측의 초과예약으로 멀고 먼 김포 공항까지 가서 제주도로 간 일이 있고 같은 달 중순에도 탑승객 4 명이 역시 아시아나 항공 측의 초과 예약으로 탑승하지 못한 채 청주에서 하룻밤을 자고 다음 날 제주도로 간 사실로서 알 수가 있다. 이에 대해 아시아나 항공 청주 지점 관계자는 『초과예약으로 일부 예약한 승객들이 탑승하지 못한 사례가 있었으나 모두 사전에 연락을 해 주고 있으며 최근에는 모두 탑승하고 있다.』는 그럴듯한 입발림으로 말을 꿰맞추고 있지만 이것이 임시 변통의 고식책임을 우리는 모르지 않는다.

대관절 어쩌자고 상식 이하로 청주 관문의 이미지를 손상시키는가. 이제 내년 10 월부터 11 월초까지 한 달 여에 걸쳐 오송 보건의료 과학단지의 조기 조성을 위한 「국제 보건산업박람회」가 청주 국제 공항 화물 터미널 용지에서 열리지 않는가. 이런 중차대한 국제행사를 앞둔 마당에 잿밥에만 마음이 가 있어 승객 알기를 원두장이 쓴 외 알 듯 한데서야 어찌 국제 공항 구실을 한다 할 수 있는가.

세상은 바야흐로 국제화 시대요 세계화 시대다. 그리고 또한 최첨단의 글로벌 시대다. 더욱이 항공은 첨단 중의 첨단이라 할 수 있어 빠른 운송 수단을 생명으로 해야 한다. 때문에 항공사는 서비스도 최첨단 못지 않게 앞서가야 한다. 이는 탑승객에 대한 항공사의 의무요 책무다. 이럼에도 불구하고 제 논에 물대기식 이익 추구에만 눈이 어두워 시간을 멋대로 편성한다면 발전적 미래는 기약할 수 없다. 대체 누구를 위한 공항이며 누구를 위한 운항인가.

　아시아나 항공 청주 공항의 시간 배정은 탑승객 편의로 재편성 돼야 한다. 10 분에서 30 분 간격으로 배정된 취항 시간을 몇 시간씩만 뒤로 미루면 불평하라 해도 안 한다. 낡은 구호 같고 새삼스런 얘기 같지만 「고객은 왕이다」라는 의식만 가진다면 아시아나의 장래는 밝아 일취월장 할 것이다. 아시아나 항공은 이런 진리를 알아야 한다.

— 2000년 4월 25일

강남 간 제비는 어디로 갔을까

「정이월 다 가고 3월이라네

  강남 갔던 제비가 돌아오면은

  이 땅에도 또다시 봄이 온다네

  아리랑 아리랑 아라리요

  아리랑 강남을 어서나 가세.」

위의 노래는 제비에 대한, 제비를 주제로 한 동요다.

「버들 숲 하도 깊어 문 닫고 있노라니, 쌍지어 제비 날고 동산엔 꽃질 제,

  외론 맘 임 그리워 어이할 줄 몰라라.」

위의 시 또한 제비를 주제로 한 삼의당 김씨(三宜堂 金氏)의「제비」란
시다.

「비리고 배리고 건너 집

  김첨지네 갔더니

  콩 한 쪽 안 주더라

  비리고 배리고.」

이는 제비에 대한 예산지방의 민요요.

「뒷집 김서방네 집에 갔더니

  부뚜막에 콩 한 쪽 떨어진 것을

시어멈도 안 집어 먹기에

내가 집어 먹었더니

비리고 배리고 빼로드뜩」

이는 또 제비에 대한 이원(利原)지방의 민요다.

제비에 대한 얘기는 한두 가지가 아니다. 여기서 한 가지만 더 소개하면 제비가 빨랫줄에 앉아 지지배배 지지배배 하면 어른들은 『제비 「논어(論語)」읽네』했다. 제비의 지지배배가 마치 논어에 나오는 「지지위지지(知之爲知之) 부지위부지(不知爲不知) 시지야(是知也)」라는 말과 비슷한 데서 생긴 말이다. 이 말은 「아는 것을 안다 하고 모르는 것을 모른다고 하는 것이 아는 것이다」라는 것인데 이 말은 공자(孔子)가 제자 유(由·子路)에게 「유(由아), 회여지지호(誨汝知之乎)인저 (유야, 네게 안다는 것이 무엇인가를 가르쳐주겠다)」하고는 지지위지지 부지위부지 시지야라 했다. 제비가 논어를 어떻게 알아 읽을까만 얼핏 들으면 지지배배 지지배배 하는 것이 흡사 지지위지지 부지위부지 하는 것처럼 들린다. 그래서 어른들은 제비가 입싸게 재재거리면 제비 논어 읽는다 했을 것이다.

각설하고.

삼월 삼짇날 우리 곁에 왔다가 9월 9일(음력) 남쪽 나라로 간다는 봄의 전령사 제비가 언제부터인가 우리 곁에서 멀어지는가 싶더니 요 근래에는 숫제 볼 수가 없다. 제비는 어느 새보다 귀소본능이 강해 한 번 와 처마 밑에 둥지를 틀면 해마다 그 집을 찾아들어 떠날 때까지 주인집과 한 식구처럼 지내는 익조요 서조(瑞鳥)요 길조(吉鳥)다. 그런데 이런 제비가 안타깝게도 우리에게서 멀어져가고 있다. 사계(斯界)의 전문가들은 제비가 이렇듯 보기 어려운 것은 환경 공해와 지구의 온난화 현상으로 말미암은 생태계의 변화 때문이며 서식지와 먹이부족도 제비가 오지 않는 이유 중의 하나라고 한다. 게다가 제비가 진흙과 지푸라기를 물어다 집(둥지)을 쉬 지을 수 있는 초가나 한옥이 사라지고 아파트 단지가 늘어남에 따라 마땅한 서식지가 줄어든 것도 제비가 오지 않는 원인이 되고 있다 한다. 여기다 농촌 지역은 또 독한 농약 살포로 지표 생물과 곤충 등이 사라져 먹이감도 여간 귀하지 않다고 하니 강남 갔던 제비가 돌아올 리 만무다. 어찌 비단 제비뿐인가. 그 놈의 농약 때문에 여름밤의 고샅과 밤 하늘을 찬란히 수놓던 그 많던 반딧불도 사라진 지 오래요, 가을이면 벼 포기마다 풀풀 날던 메뚜기 떼도 구경한 지 이미 오래다. 그러니 어찌 제 비라고 찾아들 것인가.

산에는 노루 토끼 다람쥐 등이 뛰어 놀아야 산이요, 개울에는 고기떼 가 서로 뺨을 비비며 노닐어야 개울이다.

아아 언제 다시,

「제비들이 난다

앞서거니 뒤서거니

그녀가 시집 갈 때

멀리 성 밖에는 전송하고

바라보아도 보이지 않아

눈물이 비 오듯 한다」

라는 「시경(詩經)」의 구절을 읽을 수 있을 것이며,

「삼월 삼일 저 제비야

너 어디 갔다 돌아왔니

강남 화류 천(花柳天)에

춘경(春景)이 무한 좋건만은

그래도 주인을 차마 못 잊어

또 찾아왔구나」

하는 무명씨(無名氏)의 제비송(頌)은 언제 다시 읊을 수 있을까.
제비가 안 오는 곳이면 사람도 살 수가 없다.

— 2000년 4월 28일

5월 송(頌) 가정의 달에

5월이다.

온갖 새 청아히 우짖고 온갖 꽃 다투어 피는 5월이다. 햇살은 하늘에서 찬란히 내려오고 신록은 찬란한 햇살을 받아 영롱히 반짝인다. 아름답다. 눈부시다. 명지바람은 코끝과 목덜미를 간질이며 지나가고 재넘이는 신록과 기화요초의 방향(芳香)을 실어와 흩뿌리고 지나간다. 그래서 5월은 계절의 여왕인가. 어디를 둘러봐도 찬란하지 않은 데가 없다. 하늘, 산, 들, 강 모든 누리가 온통 축복 속에 파묻힌 듯하다. 이럴 때는 저 도연명(陶淵明)의 「도화원시(桃花源詩)」나 이백(李白)의 「청평조사(淸平調詞)」라도 읊조려야 하는데 이 시는 너무 길어 짧은 두보(杜甫)의 절구(絶句) 「긴긴해 봄바람」과 소동파(蘇東坡)의 「춘야(春夜)」나 간단히 읊어볼거나.

> 「긴긴해 강과 산 아름답구나
> 봄바람에 꽃과 풀 향기롭도다
> 진흙이 풀리니 제비가 날고
> 모래가 따뜻하니 원앙이 존다.」

두보의 이 절구는 봄의 아름다움을 노래한 절창 중의 절창이다. 그러나 어찌 두보뿐인가. 소동파의 봄밤 춘야에서도 절창은 극에 달해 봄 값을 더해 주고 있다.

「봄밤의 한 시각은 천금에 값하고

　꽃에는 맑은 향기 달엔 그늘이 있다

　노래와 피리의 누대는 소리가 가늘고 또 가늘어

　그네 뛰던 안뜰에는 밤이 깊고 또 깊구나.」

　봄밤이 얼마나 귀하고 소중하면 봄밤의 한 시각은 천금에 값한다 했을까. 이를 춘소일각치천금(春宵一刻値千金)이라 하는데 꽃향기 그윽한 봄밤에 정인과 함께 나누는 정담 밀어(蜜語)는 시간이 너무 짧아 그 값이 천금에 당한다 했을 터이다. 달이 건곤에 교교한 밤 배꽃 살구꽃 복사꽃이 환몽이듯 피어 있고 두견이는 서럽고 애달파 피를 토할 제 그리운 이와 함께 하는 봄밤이 너무 짧아 생겼다는 춘소일각치천금.

　그래서일까, 이 달 5월은 5일이 '어린이 날'이고 8일이 '어버이 날'이다. 그리고 15일은 '스승의 날'이다. 모두 소중해 뜻깊은 날이다. 게다가 또 5월 11일의 석가탄신일까지 들어 있다. 그러니 이런 5월이 계절의 여왕일 수밖에 없고 계절의 여왕이니 뜻깊은 날이 많을 수밖에 없다. 하지만 어디 또 이뿐인가.

　이 달 5월은 「가정의 달」이기도 해 「아아, 가정으로 돌아가고 싶다」고 외쳤던 빈센트 반 고흐를 생각나게 한다. 가정이 얼마나 소중하면 괴테도 「임금이는 백성이는 자기 가정에서 평화를 찾는 자가 가장 행복한 자」라 했고 페스탈로치는 「가정의 단란이 지상에 있어서의 가장 빛나는 기쁨」이라 했겠는가. 그리고 「자녀를 보는 즐거움이 사람의 가장 성스러운 즐거움이다」했겠는가.

　한 평생을 집도 절도 가정도 아내도 없이 유리표박의 방랑으로 부초처럼 떠돌다 튀니스의 한 길가에 쓰러져 눈을 감은 존 하워드페인. 그는 오늘 날 전 세계의 많은 사람들이 즐겨 부르는 「즐거운 나의 집」즉, 「홈 스위트 홈」을 작사한 사람이다. 그가 얼마나 일구월심으로, 또한 오매불망으로 가정을 그리워했으면 즐거운 나의 집 스위트 홈을 지었겠는가. 한데도 그가 안주(安住)해 영면(永眠)한 곳은 아이러니컬 하게도 스위트 홈이 아닌 쓸쓸한 한 노변이었다.

이 딜 5월은 가정의 달이다.

가정은 모든 것의 시원(始元)이요 시원(始原)이다. 가정은 출발이요 귀착이다. 가정은 평화요 안식이다. 그러기 때문에 가정이 화목하면 모든 것이 순조롭게 이뤄지는 가화만사성(家和萬事成)이요, 가정이 불화하면 모든 것이 안 이뤄지는 가불화불성(家不和不成)이다. 사회가 건강하고 국가가 건강하려면 먼저 시원이요 출발이요 귀착이요 평화요 안식처인 가정부터 화목해야 한다. 가정은 우리의 영원한 보루이자 교두보이다.

— 2000년 5월 5일

효(孝)가 백행지원(百行之源)이거늘

지난 8일은 「어버이 날」이었다.

어버이 날이라!

어버이란 무엇인가. 어버이란 아버지와 어머니를 함께 일컬을 때 쓰이는 말이다. 그러니까 부모, 쌍친(雙親), 양친(兩親), 이인(二人), 이친(二親)을 모두 합친 게 어버이다. 그러므로 어버이 날이란 조상과 부모 또는 어른들에 대한 감사와 효도와 존경심을 되새기게 하기 위해 국가가 1974년 제정 공포한 날이다.

이 어버이 날이 처음엔 「어머니 날」로 불려지다 아버지는 부모가 아니냐는 반발이 있어 어버이 날로 명칭이 바뀌어졌다. 자식들이 얼마나 효도를 하지 않고 자식들이 얼마나 부모를 섬기지 않으면 국가가 강제해 어버이 날을 제정 공포했나 싶어 씁쓰레하다. 이는 마치 하도 책을 안 읽으니까 「독서 강조주간」이 만들어진 것과 크게 다를 바 없다.

그런데도 우리는 「밥 먹기 강조주간」이라던가 「잠자기 강조기간」같은 건 없다. 어째서인가. 밥 먹기 강조주간을 설정하지 않고 잠자기 강조기간을 제정하지 않아도 이게 아주 신통하리만큼 잘 지켜지고 있기 때문이다.

나는 그동안 이 난괴 논설을 통해 「효」에 대한 글을 무던히도 많이 썼다. 그 때마다 물론 내용이 달랐고 인물도 달랐다. 어떤 때는 옛날 사람의 대효(大孝)에 감복해 눈시울이 붉어졌고 어떤 때는 오늘 날의 강상(綱常) 불효에 분개해 비분하기도 했다. 이런 천하에 죽일 놈 하고…….

오늘 내가 말하고자 하는 효는 충주시 연수동에 사는 67세의 김태진 씨로 그는 올해 미수(米壽)를 맞은 88세의 병든 노모를 그 어려운 애옥살이에도 불구하고 30년이란 긴 세월을 하루 같이 숙수지공(菽水之供)으로 모셔온 효자다. 대개 장병(長病)에 효자 없다고 웬만한 효자도 병이 길면 소홀하게 되고 또 외면하게 마련인데 김태진 씨는 기동은 물론 거동소차 못하는 어머니의 대 소변을 받아내고 목욕을 시기고 아침 저녁 따스한 진지 상을 차려 올리면서도 단 한번 얼굴을 찡그리거나 불평이 없어 하늘이 낸 효자로 알려지고 있다. 말이 쉬어 30년의 똥·오줌 수발이지 이는 보통 어려운 일이 아니어서 우리를 머리 숙이게 하고 있다.

자기를 낳아서 먹이고 입히고 길러서 가르쳐준 부모가 치럽고 귀찮아 짐짝이듯 내다버리고 짐승 패듯 두둘겨 패고 그래도 시원찮아 시해까지 하는 불효 막급한 패륜이 경성드뭇한 지금 오직 병든 노모만을 위해 불철주야 효성을 다하는 김태진 씨야말로 아름답고 또 아름다운 사람이어서 어떤 칭찬도 차라리 유위부족(猶爲不足)이다.

김태진 씨의 이런 효행을 하늘이 알았을까. 보건복지부는 지난 8일 어버이 날을 맞아 민간인 효행 부문 대통령 표창을 전수했다.

자식이 부모에게 효도하는 것은 당연 중의 최당연이어서 옛날 사람들은 자랑으로 여기질 않았다. 말 못하는 미물 까마귀도 반포(反哺)라는 안갚음으로 부모 까마귀를 지극 정성 봉양해 효조(孝鳥) 소리를 듣는데 하물며 만물의 영장이라는 사람이 부모에게 효도함이 무에 그리 대단하냐 여겼던 것이다.

그렇다. 자식이 부모에게 효도하는 것은 당연 중의 최당연이어서 자랑할 게 못 된다. 이럼에도 왜 우리는 부모에게 효도하는 자식을 입에 침이 마르게 칭찬하는가. 효가 하도 없고 효가 하도 귀하기 때문이다.

나는 앞에서(제목에서) 효가 백행지원(百行之源)이라 했다. 백행지원이란 무엇인가. 온갖 행실의 으뜸이요, 모든 행위의 근원이 백행지원이다.
그러기 때문에 효도하는 이는 형제에 화목하고 이웃에 화락하며 동기에
우애 있고 직장(사회)에 화합한다. 아니 또 있다. 나라에 충성하는 이도
효도하는 이다. 하지만 불효하는 자는 형제에 불애하고 이웃에 불목하
며 동기에 불칙하고 직장(사회)에 불화 한다. 그러니 어찌 나라의 충성을
바랄 수 있겠는가. 그러므로 우리가 사람을 평가할 때 이 사람이 부모에
효도하느냐 불효하느냐로 따져 평가한다면 틀림이 없다.

　김진태 씨. 그는 우리에게 참으로 많은 것을 가르쳐준 불립문자(不立
文字)요, 심심상인(心心相印)이요, 교외별전(敎外別傳)이다. 그가 효도를
받아야 할 나이임에도 불구하고…….

— 2000년 5월 12일

산천이 통곡한다

마음 같아서는 『이 천하에 주리를 틀 X들』하고 호통을 치거나 『너희 죄를 너희가 알렷다』하고 대갈 일성 한 다음 글을 써도 쓰고 싶으나 꾹꾹 참고 넘어가니 재수 좋은 줄 알라.

나는 매주 이 난을 통해 강준희 칼럼 「효행열전」을 쓰고 있다. 하도 효가 그립고 하도 효가 아쉬워 쓰지 않고는 도저히 견딜 수가 없어 붓을 든 것이다. 잘 알다시피 효는 모든 것의 근본인 백행지원(百行之源)인데 그 백행지원인 효가 지금 가뭇없이 사라지고 있어 이대로 가다가는 짐승 세상이 될 것 같아 효행열전을 쓰기 시작한 것이다.

한 사람의 짐승이라도 막기 위해, 한 사람의 효행자라도 생겼으면 하고…….

전국의 신문 방송이 하루 한 차례씩 만이라도 효에 대한 말을 하고 교과서를 비롯한 모든 기관 직장 그리고 공공건물 공공장소마다 효에 대한 경구들이 상품 광고 반의 반의 반 만이라도 표어처럼 붙어 있다면 세상이 이 지경으로 요계지세(澆季之世)는 안 되련만, 바쁜 세상에 효가 무슨 밥 먹여 주냐며 치지도외 거들떠도 안 보니 오호라, 나만 홀로 굴원(屈原)처럼 거세개탁아독청(擧世皆濁我獨淸 · 온 세상이 다 흐린데 나만 홀로 맑고)에 중인개탁아독청(衆人皆濁我獨醒 · 뭇 사람이 다 취해 있는데 나만 홀로 깨어 있다)인가.

오늘 내가 효행열전을 쓰지 않고 「산천이 통곡한다」를 쓰는 이유는 국가의 기간(基幹)이요 국민의 공복(公僕)인 공무원이 아름다운 조국 금수

강산을 개발이란 미명 하에 돈 받아먹고 마구 팔아먹다시피 해 그 망국의 한이 신문에 보도됐기 때문이다. 그래서 국토가 깨지고 동강나고 끊어지고 허물어지고 바수어지고 떨어져나가 처참한 몰골로 만신창이가 됐기 때문이다. 어쩌자는 것인가. 도대체 어쩌자는 것인가. 살아 있는 자연을, 생명 있는 자연을 그 개도 안 물어갈 돈(뇌물) 받아 먹고 마구 허가해 줘 대관절 어쩌자는 것인가.

말해보라. 눈이 있으면 한번 보고 입이 있으면 한번 말해보라. 지금 이 땅 대한민국의 산천은 지자체의 수입 증대와 부패 공무원의 사복(私服) 채우기에 죽어가고 있다. 남개발(濫開發·이는 신문이 쓰는 대로 난(亂)개발이 아니라 남개발이라야 맞다. 난개발은 일본식 발음일 뿐만 아니라 뜻에 있어서도 「난」아닌 「남」이 맞다)로 인해 국토야 망가지든 말든 산천이야 결딴나든 말든 돈이나 받아먹고 허가나 해 주자는 탐관오리(貪官汚吏)의 썩은 정신들. 이러니 이 노릇을 어찌 하면 좋단 말인가. 오죽하면 이 나라 대한민국을 부패 공무원의 천국이요 부패 공화국의 표본이라 하여 Republic of Total Corruption으로 부르겠는가.

남개발을 허가해준 대가로 돈 먹은 더러운 공직자들은 이 강토를 결딴내고, 이 국토를 결딴내고, 이 강산을 결딴내고, 이 산천을 결딴내는데 앞장서 이 나라를 망치는데 헌신 기여 공헌한 일등공신들이다. 산이 잘려 신음하는 통곡 소리가 들리지도 않는가. 초목이 묻혀 질식하는 단말마가 들리지도 않는가. 정부는 공직 개혁을 하는가 안 하는가. 정권은 공직 사정을 하는가 안 하는가. 큰 도둑 작은 도둑이 묘서동면(猫鼠同眠)으로 회동하여 나라 망친 것은 이제 고전이 돼 말단의 작은 도둑들도 나라 망치는데 크게 일조하고 있다.

그래서 일찍이 시경(詩經)에서는 탐관오리 망국지상(貪官汚吏 亡國之像)이라 하여 썩고 더러운 관리는 망국의 상징이라 일컬었다.

맹헌자(孟獻子)는 「대학」에서 「벼슬아치의 집에서는 백성의 재물을 거둬들이는 부하를 기르지 않아야 한다 했고, 만일 백성들의 재물을 거둬들이는 부하가 있다면 차라리 도둑질을 하는 것이 낫다」라고 말한 바 있다. 「채근담」에서는 이속(吏屬)들이 자칫 한번 뇌물을 먹고 몸을 시장바닥의 거간꾼으로 전락시키면 이는 깨끗이 살다 구렁텅이에 떨어져 죽는 깃만 같지 못하다 했다.

한국판 민약론(民約論)으로 일컬어지는 다산의 「목민심서(牧民心書)」에는 민이토위전 이이민위전(民以土爲田 吏以民爲田)이라는 말이 나오는데 이는 백성들은 토지를 밭으로 삼는데 이속들은 백성을 밭으로 삼는다는 뜻이다.

하늘이 우리에게 내려준 천혜의 국토 산천을 썩은 이속들이 죄 망가뜨렸으니 이 일을 어찌할 거나. 생각할수록 기가 막혀 복장거리라도 하고 싶다.

— 2000년 8월 11일

‘호미씻이’의 부활을 환영함

참으로 반가운 일이다. 참으로 다행한 일이다. 단양군 매포지역 주민들이 아득히 잊혀져 가뭇없이 사라져 간「호미씻이」를 부활시켰다니 어찌 반갑고 다행한 일이 아닐 수 있으랴. 호미씻이의 부활은 정겹고 눈물겨워 소리라도 치고픈 그리움이다. 이 땅에 그 잘난 산업화와 새마을사업이 시작되면서 씨도 싹도 없이 사라져 간 민속과 양속. 그 미풍 양속이 어디 하나 둘이랴만 그 중에서도 호미씻이는 가장 안타까운 우리들의 상실이었다. 그래 나는 이 안타까운 상실을 견디다 못해 여러 해 전에「호미씻이」란 제목으로 작품(소설)을 써서 세상에 내놓은 바 있다.

호미씻이란 일명「호미걸이」라고도 불리는 잔치로 세서연(洗鋤宴)이라 하기도 하는데, 이는 문자 그대로 호미를 씻는 잔치라는 뜻이다. 봄부터 여름까지 피땀 흘려 농사지어 아시와 이듬과 만물의 논매기가 끝나고 논둑 밭둑 다 접은 어정칠월이면 동네는 날을 받아(대개 음력 7월 보름 백중날로 잡는다) 마을 앞 느티나무 숲이나 개울가 버들 방천 숲에서 잔치를 벌여 하루를 즐기는데, 이날은 동네가 집집마다 음식 추렴을 해 질탕하게 노는 것이다. 누구네는 술을 빚고, 전을 부치고, 국수를 말아내고, 누구네는 또 감자와 옥수수를 쪄내고……

봄부터 여름내 뼈빠지게 농사지었으니 이날 하루만이라도 시름 잊고 온 동네 사람들이 한데 모여 화기애애하게 놀아보자는 호미씻이(이 호미씻이는 대게 논다하지 않고 먹는다 한다). 이날은 동네 잔치로 남녀 노소 모두 나와 풍물에 맞추어 혹은 노래하고 혹은 춤추며 흥겹게 노는 것이다. 어른들은 어른들 대로 젊은이는 젊은이들 대로. 그런가 하면 부녀자는 부녀자들 대로 아이들은 아이들 대로 맘껏 노는 호미씻이. 풍물소리에 신명이 절로 나 어깨춤이 으썩으썩 춰지고 노랫소리에 짓이 나 덩실덩실 엉덩춤이 춰지는 호미씻이.

노인들은 무릎장단을 탁탁 치며 「만고 강산 유람할 제 삼신산이 어디메뇨」를 찾고 섦은이들은 어깨동무를 한 채 지신 밟듯 주위를 빙빙 돌며 선소리꾼의 가락에 따라 쾌지나칭칭나네를 부르던 호미씻이. 그 소리가 어찌나 구성지게 듣기 좋은지 수줍음 잘 타는 처녀들은 아낙들의 뒤에 숨어 옷고름 잘근잘근 씹으며 그 소리에 숨을 죽였다.

이렇듯 구성진 쾌지나 소리가 장중한 코러스가 돼 산과 들로 퍼져 가면 호미씻이는 바야흐로 절정에 이르러 하나의 거대한 덩어리가 된다. 완전한 대동(大同)이요 완전한 혼연이다.

호미씻이는 해가 서산에 이울고 대지에 어슴막이 내릴 때까지 계속되는데 사람들은 그래도 아쉬워 자리를 뜨질 않는다. 그러다 주위가 캄캄하고 밤하늘의 별이 총총해져야 가을 추수 잘하고 내년 농사 잘 짓자는 약속으로 술잔을 높이든 후 헤어진다. 그러나 젊은이들은 따로 남아 밤이 깊도록 마시고 노래하고 춤을 춘다. 호미씻이의 여흥이 다 가시지 않았기 때문이다.

"꽃다발 걸어주던 달빛 푸른 파시장
떠나가는 가슴에 희망초 핀다……"

젊은이들은 어깨동무로 원을 그리며, 못다 푼 흥을 합창으로 고창한다. 노랫소리는 마을을 돌아 건넛산과 장승백이로 메아리치고…… 그러면 처녀들은 가슴 설레며 살며시 집을 나와 노래를 듣는다. 돌담이나 나무 뒤에서 까치발을 한 채.

"만포진 꾸불꾸불 육로 길 아득한데
　철쭉꽃 국경 선에 황혼이 서리는구나……"

　젊은이들은 춤추고 노래하며 여흥을 풀다 개밥바라기가 한쪽으로 척 기울어서야 헤어진다. 처녀들은 한숨과 함께 아쉬움만 머금고…….
　위의 풍경은 1960년대까지 있어 온 농촌의 호미씻이 풍속도다. 물론 지금은 그 때와는 달라 호미씻이가 부활돼도 그 때처럼 되진 않을 것이다. 그러나 부활해야 한다. 그래서 그 정겹고 푸근하던 어제 날로 돌아가야 한다. 거기 혼연이 있고 일체가 있고 융화가 있고 협동이 있기 때문이다. 그리고 무엇보다 조상이 물려준 혼이 있기 때문이다. 어찌 또 이뿐이겠는가. 호미씻이는 시가 있고 낭만이 있고 풍류가 있다. 없는 미풍도 만들고 사라진 양속도 찾아 계승 발전 시켜야 할 일이거늘 어찌 있는 미풍 있는 양속을 내박지른단 말인가. 호미씻이는 반드시 지켜져야 한다.

―2000년 9월 1일

기다림의 미학

사람이 사람을 기다리는 건 얼마나 정겨운 일인가. 그리고 얼마나 아름다운 일인가. 그런데 요즘은 사람이 사람을 기다리지 않는 세상이 되고 말았다. 아니 사람이 사람을 찾아오는 것 자체를 싫어하는 세상이 되고 말았다. 참 정떨어지는 세상이 아닐 수 없다. 사람을 다른 말로 「인간(人間)」이라 부르고 인간이란 사람과 사람 사이라는 뜻이어서 찾고 찾아감이 당연한 일이건만 언제부터인가 사람이 사람을 찾고 찾아감을 싫어하고 기피해 「필요」에 의해서만 만나려 한다. 이는 특히 군거(群居)의 집합주택 아파트가 더해 가족 이외의 사람은 방문을 꺼려한다. 이러니 이게 어디 사람 사는 세상인가. 그래서인지는 몰라도 대개의 아파트는 방문객이 현관을 나서기 급하게 기다렸다는 듯 「찰칵」문을 잠그기 일쑤다. 그러면 왠지 무연해져 쫓겨남을 당한 기분이 된다. 찰칵하는 금속성도 정떨어지지만 사람(손님)이 아직 복도에 있는데 문을 잠그니 그 몰인정성(沒人情性)에 정이 떨어진다. 이것이 잘 아는 사람이거나 친분이 두터운 사람이라면 더 무연해져 어떤 배신감(?)마저 느끼게 된다.

나는 어릴적 부모로부터 사람의 집에는 사람이 찾아와야 하고 찾아오는 사람은 귀한 손님이어서 성의를 다해 반갑게 맞아야 한다고 배웠다. 찾아오는 사람만 그런 게 아니었다. 떠나는 사람도 동구 밖까지 따라나가 배웅을 하는 게 도리라고 배웠다. 그래 나는 이를 지금껏 잊지 않고 지켜오고 있다.

어찌 또 이뿐이겠는가.

통신과 교통이 발달 안 돼 편지가 통신 수단의 전부요 기차가 교통 수단의 전부일 때도(국도에는 더러 버스가 있었지만) 손님맞이는 각별해 마중을 가고 전송을 했다. 나는 역(기차 정거장)이 40 리나 떨어진 두메에서 자랐기 때문에 누가 며칟날 몇 시 기차로 온다고 편지하면 역까지 40 리를 타박타박 걸어가 손님을 맞았고 손님이 떠날 때는 또 40 리 밖 역까지 전송을 가 그 손님이 탄 기차가 떠난 다음에야 발길을 돌렸다. 그래도 손님이 마냥 좋고 반가워 헤어질 때는 절류(折柳)가 서러워 콧마루가 짠했다. 따뜻한 봄날, 아지랑이 아물아물 피어오르고 고갯길 언덕바지에 진달래꽃 눈물겨운 계절이거나, 하늘 높고 바람 맑아 새털구름 아슬한 가을이면 그 절류는 더욱 슬퍼 눈물을 흘리곤 했다. 이는 지금도 마찬가지여서 정다운 벗 그리운 사람이 온다고 하면 방안을 서성이며 그가 오길 기다린다.

어머니는 늘 말씀하셨다. 사람의 집에 사람이 오는 건 반가운 법이어서 손님은 절대 빈 입으로 보내서는 안 된다 하셨다. 흘러가는 물도 떠주면 공인데 어찌 주인 되어 손님을 그냥 보낼 수 있느냐는 거였다. 그러며 어머니는 정 대접할 게 없으면 찬물에 간장을 타서라도 대접해야 도리라 하셨다. 이는 아버지도 마찬가지여서 「문전나그네 흔연 대접」을 입버릇처럼 뇌이셨다.

부모님의 영향 때문인지는 몰라도 나는 누가 나를 찾아오면 무조건 반갑다.

그래 어린아이처럼 들떠 쓴 커피라도 꼭 대접을 한다. 절대 뜨악해 하거나 못마땅하게 대해 상대를 곤란하지 않게 한다. 아리잠직 하게 맞거나 마지못해 대해 상대가 민망해 하지 않게 한다. 이 세상, 하고많은 사람 중에 나를 지목해 찾아왔는데 어찌 반갑지 않을 수 있겠는가.

사람이 사는 세상은 사람과 사람의 관계다. 사람과 사람의 관계라면 당연히 사람이 사람을 찾게 마련이다. 사람이 사람을 찾고 사람이 사람을 맞는다는 건 우리 인간만이 누릴 수 있는 특권이다. 때문에 인간의 삶은 생활이라 하고 동물의 삶은 군거(群居) 군집(群集) 또는 군서(群棲)라 한다.

귀뚜라미 소리 섬돌에 애잔하고 풀벌레 소리 귓가에 추연한 가을이다. 이 가을 우리 한 번 누군기를 기다려 보자. 읽던 책 덮어두고 창가를 서성이며 누군가를 기다려 보자.

아니다. 편지 한 장 써 부치고 오늘이나 내일이나 하고 기다려보자. 이때 전화나 컴퓨터는 절대 금물이어서 반드시 편지로 할 일이다. 이 가을, 나는 또 누구를 서성이며 기다려야 할까.

— 2000년 9월 8일

추성부(秋聲賦) −또다시 가을은 오고−

「잎 하나 떨어지는 것을 보고 온 천하가 가을인 것을 안다」라는 일엽낙지천하추(一葉落知天下秋)는 너무도 유명한 말이다. 이를 줄여서 일엽지추(一葉知秋)라 하는데 바야흐로 그런 계절이 돌아왔다.

회남자(淮南子)의 설산훈편(說山訓篇)에는 견일엽낙이 지세지장모(見一葉落而 知歲之將暮)라 하여 「한 잎 떨어지는 것을 보고 해가 장차 저무려는 것을 안다」했고 이자경(李子卿)의 추충부(秋蟲賦)에는 일엽낙혜 천지추(一葉落兮 天地秋)라 하여 「한 잎 떨어지니 천지가 온통 가을이다」라고 했다. 그렇다. 이제 그런 계절이 우리 앞에 다가왔다. 그러고 보면 우리는 「가을바람 불어와 흰 구름 날아가네/초목은 황락(黃落)한데 기러기는 남쪽으로/난초가 빼어났다 국화도 향기롭네/가인(佳人)을 부여잡네 잊지 못할 정이어라」한 저 전한(前漢) 한무제(漢武帝)의 「추풍사(秋風辭)」라도 한 수 읊조림직 하다.

어찌 한무제의 추풍사 뿐이겠는가.

「단풍은 연홍(緣紅)이요 황국은 순금(純金)이라/신도주(新稻酒) 맛이 들고 금은어회(金銀魚膾) 더 좋아라/ 아이야 거문고 내어라 자작자가(自酌自歌) 하리라」라던 김장생(金長生)의 자연한거(自然閑居)나

「수국(水國)에 가을이 드니 고기마다 살쪄 있다/만경징파(萬頃澄波)에 슬카시 용여(容與)하자/어즐한 인세(人世)를 돌아보니/멀도록 디욱 좋다」라던 윤선도(尹善道)의 어부사시사(漁父四時詞) 추사이(秋詞二)도 한번 멋지게 읊어봄직 하지 않은가. 그래 나는 이 가을 가슴(기억)에 남을 만한 쉬운 명시 몇 편을 소개해 황폐하고 황량한 세상에 내놓는

바이다. 먼저 당(唐) 시인 맹호연(孟浩然)의 초가을(初秋)이라는 시다.

「어느새 초가을, 밤은 점점 길어지고
 솔솔 맑은 바람 쓸쓸함이 더해 가네
 불볕더위 물러가고 초가집에 고요함이 감도는데
 섬돌 밑 잔디밭에 이슬이 맺혀있네.」
 (불각초추야점장 · 不覺初秋夜漸長)
 (청풍습습중처량 · 淸風習習重凄凉)
 (염염서퇴모재정 · 炎炎暑退茅齋靜)
 (계하총사유로광 · 階下叢莎有露光)

이 시에서 습습(習習)은 바람이 살랑살랑 불어옴을 말함이고, 염염(炎炎)은 매우 더운 것을 말함이다. 모재(茅齋)는 띠지붕을 얹은 소박한 집(초가)을 말함이고, 총사(叢莎)는 촘촘히 자란 잔디를 말함이다. 그러니까 이 시 초가을은 계절의 변화를 감각적으로 민감하게 포착하고 이를 알기 쉽게 묘사했다 할 수 있다.

다음은 명(明)나라 진자룡(陳子龍)의 도중(途中, 「편지」로 풀이됨)이라는 시다.

「손가락 굽혀 편지 보낸 날 세어보니
 지금쯤 임께서는 이미 받으셨겠구나
 그러나 어찌 아시리 백 가지 근심
 편지 보낸 뒤 새삼 떠오르는 것을.」
 (굴지회상서 · 屈指准上書)
 (고인응이관 · 故人應已觀)

(나지 백종수 · 那知百種愁)

(도재 함서후 · 都在緘書後)

이 시에서 굴지(屈指)는 손가락을 꼽아가며 세는 것을 말하고, 회상서 (准上書)는 편지 보낸 날짜를 말함이며, 함서(緘書)는 편지 넣은 봉투를 봉한다는 말이다. 우리는 흔히 편지를 보낸 뒤, 하고 싶은 말을 다 하지 못한 것 같아 아쉬워하는 경우가 종종 있는데 이 시는 바로 그런 감정을 잘 묘사했다 할 수 있다.

「가을 연잎의 이슬 한 방울은

　맑은 밤 저 하늘에서 떨어져 내렸구나

　옥 쟁반 위에 곱게 받아놓으니

　그 소리 떼그르르 둥근 구슬이어라.」

　(추하 일적로 · 秋荷一滴露)

　(청야 타현천 · 淸夜墮玄天)

　(장래 옥반상 · 將來玉盤上)

　(부정 시지원 · 不定始知圓)

위의 시는 당나라 위응물(韋應物)이 지은 것으로 영로주(詠露珠) 즉, 연 잎에 맺힌 이슬이라는 뜻이다. 이 시에서의 추하(秋荷)는 가을 연잎이고 현천(玄天)은 아득히 먼 하늘이라는 뜻이다. 장래(將來)는 ～을 가져가다 의 뜻이며 장(將)은 현대 중국의 파(把)와 같다. 부정(不定)은 이슬방울이 둥글어서 구슬처럼 구르는 상태를 묘사한 것으로 가을 밤 연잎에 맺힌 이슬방울을 환상적으로 묘사한 간결하고도 담아(淡雅)한 정취의 명편이 다. 이 가을 우리는 위의 시 한 수쯤 읊조려 메마른 가슴을 적시는 게 어

떨까. 특히 하고한날 쌈박질만 하는 정치인들에게 위의 시를 권하고 싶
다.

—2000년 9월 15일

국민은 봉인가

도대체 어쩌자는 것인지 우리는 도무지 알 수가 없다. 이 나라는 그래 정부와 의사들만의 나라인가. 아니 이 나라는 환자를 볼모로 하고 국민을 봉으로 삼는 그런 나라인가. 환자들은 죽어도 아랑곳 없고, 국민들은 기가 차 복장거리를 해도 모르쇠 하는 그런 나라인가. 그래도 되는 나라고, 그래도 괜찮은 나라인가.

대한의사협회 의쟁투가 또 총파업을 선언하고 나섰다. 오는 27일까지 구속자 석방과 수배자 해제, 정부의 사과 및 현 의료 체계에 대한 개선안을 제시하지 않으면 다음 달 6일부터 무기한 총파업을 단행하겠다 벼르고 있다. 이에 대해 정부는 안 된다 안 된다 하면서도 할 테면 하라, 우리는 법대로 한다 식의 강경 일변도로 맞서고 있다. 고래 싸움에 새우 등 터지듯 이래저래 죽어나는 건 환자요 국민이다. 만만한 사람은 성도 없다더니 하찮은 건 환자요 국민인가. 결론부터 말하거니와 의사들은 무조건 병원으로 복귀하라. 그리고 정부는 여하한 수단을 강구해서라도 의료분쟁을 해결하라. 이는 국민의 지상명령(至上命令)이며 동시에 정언적 명법(定言的命法)이다. 지금 정부나 의료계가 하는 꼴을 보면 국민은 애시 당초 안중에도 없다. 말이야 바로 말이지 정부가 의약분업을 우격다짐으로 하지 않고 충분한 준비과정을 거지든지 아니면 국민에게 물어보고 했으면 의사들이 병원 문을 닫고 거리로 뛰쳐나가 극한 투쟁을 벌이는 어처구니 없는 일은 생기지 않았을 것이다. 그런데 뭐가 그리 급해 벼락치듯 의약분업을 강행해 요모양 요꼴을 만드는지 모르겠다. 이유는 있다. 국민의 건강을 지키고 약의 오·남용을 막자는 게 그 이유다. 그렇다면 묻겠는데 의약분업을 실시한 결과 얻은 게 무엇인가. 국민 건강인가. 약의 오·남용 방지인가.

　정부가 생존권을 위협받고 뛰쳐나온 의사들을 달래기 위해 내놓은 처방은 두 차례에 걸친 의료수가 인상이었다. 그래도 의사들이 병원으로 돌아오지 않자 올해에 20%, 내년에 20% 도합 40%의 의보료를 올리겠다 한다. 환자들은 시난고난 죽어 가고 더 급한 환자들은 생명이 경각에 달려 있어 의사 돌아오기만 눈 빠지게 기다리는데 정부가 해법으로 내놓은 건 고작 국민 등골 빼먹는 의보료 대폭 인상의 졸책이다. 밉다니까 업어 달라 하고 냄새난다니까 바람맞이에 선다더니 정부가 하는 짓이 처처히 그렇다. 국민들은 지금 억장이 무너져내려 가슴에서 돌 구르는 소리가 난다. 두 차례에 걸쳐 의료수가가 오르고 이 약국 저 약국 찾아다니며 없는 약 구하느라 애를 먹는데 또 의보료 40%를 올려? 이러고도 국민을 위하는 정부고 국민을 위하는 정책인가. 국민은 등 따시고 배부르면 불평을 하래도 안 한다. 정부가 고집을 부려 막무가내로 강행한 의약분업이 사불여의(事不如意) 하자 의보료를 올려 국민들에게 덤터기를 씌우려는 것은 국민을 하찮고 만만하게 본 소이연이다. 지금 진실로 급한 건 의약분업이 아니라 각종 식품에 들어 있는 유해 물질 규명이다. 보라. 꽃게엔 납덩어리가 들어 있지, 콩나물엔 농약이 들어 있지, 참기름엔 황산이 들어 있지, 묵이나 두부엔 방부제가 들어 있지. 이걸 장기간 먹으면 건강이 나빠져 간접 살인을 당할 수도 있는데 이는 뒷전인 채 의약분업 강행에만 매달리는 정부를 우리는 도저히 이해할 수 없다. 그래, 국민 건강을 해치는 유해식품이 더 문제인가, 국민이 반대하는 의약분업을 밀어붙이기로 강행하는 정부가 더 문제인가. 결자해지(結者解之)가 아니더라도 의료분쟁 폐단은 정부가 책임지고 풀어야 한다. 그 방법은 지극히

쉬워 국민에게 물어보면 된다. 안 그러면 정부가 의·약·정(醫藥政) 협의 하에 유보할 수도 있다. 그렇다고 정부의 체면이 깎이고 자존심이 망가지는 게 아니다. 국민을 위하는 일인데 체면이고 자존심이고가 어디 있는가.

끝으로 「귀한 지위에 있는 사람이 겸허한 자세로 낮은 데로 내려와 백성의 뜻을 구하면 크게 백성을 얻는다」는 역경(易經)의 이귀하천 대득민야(以貴下賤 大得民也)와 천지 조판 이래 「백성은 나라의 근본이요 군주(통치자)의 하늘」이라는 민자국지 본이군지천(民者國之 本而君之天)을 예로 들며 이 글을 마친다.

국민은 절대로 봉이 아니다.

─2000년 9월 22일

국민은 어쩌란 말인가

어느 날 맹자가 제선왕(齊宣王)에게 물었다.

『왕께서는 혼자 풍류를 즐기시는 일과 사람들과 더불어 즐기시는 일에
　서 어느 것을 더 즐겁다고 생각하십니까.(獨樂樂과 與人樂樂이 孰樂
　이니꼬)』

제선왕이 대답했다.

『그야 사람들과 더불어 즐기는 편이 낫지 않겠습니까.(不若與人)』

맹자가 다시 물었다.

『적은 사람들과 풍류를 즐기시는 것과 많은 사람들과 풍류를 즐기시는
　일에서는 어느 편을 더 즐겁다고 생각하십니까.(與少樂樂과 與衆樂樂
　이 孰樂이니꼬)』

제선 왕이 대답했다.

『그야 많은 사람들과 같이 즐기는 편이 낫겠지요.(不若與衆)』.

사마천의 사기(史記)에 보면 왕자이민위천(王者以民爲天) 이민이식위
천(而民以食爲天)이란 말이 나온다. 왕(통치자)은 백성(국민)을 하늘처럼
위하고 백성은 먹는 것을 하늘로 여긴다는 뜻이다. 이를 좀더 자세히 풀
이하면 임금에게는 백성이 가장 소중하고 백성에게는 먹는 것이 가장 소
중하다는 뜻이다. 그러니까 「백성은 나라의 근본이요 군주의 하늘」이라
는 말과도 상통한다 할 수 있다. 그러므로 임금은 백성을 하늘처럼 여기
고 통치를 해야 세상이 바로 서 백성이 마음 놓고 편안히 살 수 있는 법
이다. 이를 우리는 논어의 자솔이정 숙감부정(子帥以正 孰敢不正)에서

찾을 수 있는데, 이는 정치란 정(正)이니 그대가 거느리기를 바로 하면 누가 감히 부정을 할 수 있느냐는 뜻이다.

　임금에게는 백성이 가장 소중하고 백성에게는 먹는 것이 가장 소중하다. 먹는 것은 경제의 바탕인 동시에 정치의 핵심이다. 뿐만 아니라 도덕의 뿌리가 되기도 한다. 정치가 백성의 먹는 것 하나 해결못해 민생을 도탄에 빠지게 한다면 백성은 곧 예절을 잃고 만다. 「의식(衣食)이 족해야 예절을 안다」라는 말은 이래서 생긴 말이다. 그래서 맹자는 일찍이 항산(恒産)이 없으면 항심(恒心)도 없다는 무항산(無恒産) 무항심(無恒心)을 부르짖었는지도 모른다. 정치란 먼저 일에 앞장 서고 스스로 수고하는 선지로지(先之勞之)다. 이 말은 자로(子路)가 공자에게 정치를 물었을 때 「정치란 선지로지다」라고 대답한데서 나온 말이다. 공자는 정치가 올바르면 명령을 내리지 않아도 저절로 시행되고, 위정자가 올바르지 않으면 비록 명령을 내려도 복종하지 않는다고 했다. 그러면서 진실로 자신(위정자)이 바르다면 정치를 하는 데 무슨 어려움이 있겠느냐 했다. 자신이 바르지 못하고서야 어찌 남(백성)을 바로 다스리겠느냐는 뜻이다. 이 땅의 많은 정치인들이 금과옥조(金科玉條)로 받아들여야 할 경구다. 아니 대오각성으로 환골탈태해 받아들여야 할 금언(金言)이다. 그런데 지금 우리의 정치 현실, 정치 풍토는 어떤가. 국민이야 죽든 말든 아랑곳하지 않은 채 자기들 이익과 당리당략에만 매달려 있는 게 이 땅의 정치 현주소 아닌가. 게다가 부패는 또 얼마나 극심한가. 아직도 가장 썩은 데가 정치집단이란 보도고 보면 이 땅의 정치 부패는 잘라도 잘라도 달라붙는다는 히드라의 목인가. 도대체 왜 이러는가. 지금 국민은 살얼음판을 걷듯 살고 있다. 국제 유가는 하늘 높은 줄 모르게 오르지, 의약분쟁은 끝없이 계속되지, 반도체 값은 곤두박질치지, 거액대출 비리는 안개 속이지, 원자재 값은 물가와 함께 날개 단 듯 오르지, 태산 같이 믿은 포드는 대우차 인수를 포기했지 뭐 하나 신통한 게 없다. 여기다 천문학적인 공적자금은 국민 목을 조이지, 구조조정은 지리멸렬 제자리걸음이지, 시장경제는 신뢰를 잃고 갈팡질팡 하지, 남북관계는 알맹이만 자꾸 파 먹힌 채 애드벌룬을 띄우지 도무지 어디 한 곳 마음 붙일 데가 없다. 그런데다 국회는 파행과 대치 정국인 채 밤낮 쌈박질만 하니 국민은 대관절 누구를 믿고 어떻게 살란 말인가. 국회가 민생을 걱정하고 위정자가 국민을 걱정해 노심초사 한다해도 이 난국을 타개할까 말깐데 하고한날 물고 못 먹는 범처럼 으르렁대니 무슨 놈의 상생정치를 하고 위민정치를 한단 말인가. 마음 같아서는 그저 걸직한 막걸리 한 사발 거나하게 마시고 질탕한 육자배기나 불러제치며 신명지게 풍장이나 한 마당 놀았으면 좋겠다. 까짓 것.

— 2000년 9월 22일

이 땅에 참 의사는 정녕 없는가

　명의(名醫) 또는 훌륭한 의원(의사)의 조건으로 일족(一足) 이구(二口) 삼약(三藥) 사기(四技)라는 것이 있다. 의원이 직접 병자(환자)를 찾아가 자주 말을 나누고 병자의 마음을 편안하게 해준 다음 정성을 다해 약을 써서 병을 고치는 것을 말한다. 그러니까 의원이 병자에게 정성을 다해 인간적으로 대하는 의원을 훌륭한 의원, 즉 심의(心醫)로 보았던 것이다.

　병을 많이 앓았던 세조(世祖)는 평소 그가 접했던 많은 의원과 의료체험을 바탕으로 「팔의론(八醫論)」이란 책을 손수 지어 팔도에 반포함으로써 의원의 정도(正道)를 제시한 바 있다. 그 팔의론에 따르면 으뜸 의원은 첫째 병자의 마음을 편안하게 해 안심시키는 심의(心醫)요, 둘째는 병자에게 먹는 것을 잘 조절시켜 병자가 하루 빨리 원기를 찾을 수 있게 하는 식의(食醫)며, 셋째는 약을 잘 써서 병자가 병고에서 해방되게 하는 약의(藥醫)다. 그런데 이와는 반대로 일관된 소신이나 처방 없이 병자를 대하는 혼의(昏醫)와, 최악의 경우를 상정해 겁을 주고 극단 처방을 하는 광의(狂醫)와, 병자에게 맞지 않은 약을 써 병자를 더 고통스럽게 만드는 망의(妄醫)가 있고, 돈 많은 병자에겐 병을 늘리고 가난한 병자에겐 병을 줄이는 사의(詐醫), 일족 이구 삼약 사기가 하나도 갖춰지지 않아 병자를 죽이고 마는 살의(殺醫)가 있는데 이 여덟 가지를 세조는 「팔의론」이라 명명했다.

　의사는 환자가 마음을 편히 가져 인간적인 사랑으로 병을 고치게 하는 이른바 심인설(心因說)이 가장 바람직한 의사상이다. 동양의 이상적인 의사상은 화타(華陀)와 편작(扁鵲)인 바 이들은 인체 속의 오장 육부를 꿰뚫어 보는 투시안으로 환자의 병세와 심리상태를 점쳤다. 이 심인설에 기초한 것이 유명한 육불치설(六不治說)인데 이는 환자에게도 책임이 있어 오만 방자하고, 의심이 많고, 불안해하고, 겁먹고 불신하며, 절제가 없고, 돈에 급급하는 등 마음의 평정을 잃으면 병을 고치기 어렵다는 설이다. 그러나 뭐니뭐니 해도 환자에게는 역시 일족 이구 삼약 사기의 심의가 하늘이요 구세주다. 이를 우리는 조선조 선조 때의 천하 명의 허준(許浚)에게서 찾을 수 있고 근세의 생명 경외주의자(生命敬畏主義者) 슈바이처에게서 찾을 수 있다. 다 알다시피 허준은 오직 환자만을 위해 자신의 영달도 헌신짝처럼 버린 채 평생을 인명 존중과 환자 제일주의를 고수한 참 의원이었고 슈바이처 또한 아무도 따를 수 없는 박애주의로 모든 영화를 초개처럼 버린 참 의사였다.

그는 1953년 노벨 평화상을 타자 상금 전액을 가지고 원시의 아프리카 콩고를 찾아 토인들과 고락을 같이 하며 진료와 전도로 평생을 함께 했다. 철학박사에 신학박사요, 의학박사에 음악박사인 그가 무엇이 답답해 그 화려한 명성과 지위를 하찮게 버리고 인간 이하의 생활을 하는 아프리카로 갔는가. 이는 참으로 훌륭한 인류애적 휴머니스트여서 위대하고 거룩하다. 세상의 어느 누가 자기 일신 편할 줄 모르고, 세상의 어느 누가 자신의 입신 영달을 모르겠는가.

우리가 메시아라 우러르는 것은 그리스도만이 아니다. 생명 경외의 박애주의자 슈바이처야말로 메시아가 되고도 남을 위인이다. 이렇게 볼 때 성질은 좀 다르지만 충북 괴산의 박진석 원장(43 · 정형외과 전문의 · 괴산 병원 원장)도 슈바이처에는 못 미친다 해도 환자들에게는 메시아 같은 존재였다. 그는 의료계의 폐업 투쟁 와중에서도 오직 환자만을 위한 자세로 일관, 의도(醫道)를 잃지 않았다. 그는 거의 모든 의사들이 환자야 죽든 말든 아랑곳 없이 자기들 권익만 주장하며 병원 문을 박차고 거리로 뛰쳐나와 무한 투쟁을 할 때도 농촌 환자들을 모르쇠 할 수 없다며 밤낮 없이 진료를 하다 끝내 과로로 쓰러져 숨진 참 의사였다.

아직도 새파랗다면 새파란 청년 의사가 얼마나 고된 진료에 자기 한 몸 돌보지 않았으면 생때 같은 목숨이 과로사로 숨졌을까. 삼가 그의 명복을 빌며 부디 천국에 들어 극락왕생 하기 바란다. 그리고 차제에 이르노니 전국의 의사들은 옷깃 숙연히 여미고 박 원장의 영전에 무릎 꿇고 이렇게 속죄하라.

박 원장 당신은 참으로 거룩한 참 의사였다고…….

— 2000년 10월 6일

학생은 피에로가 아니다

아무리 세상이 엉망으로 변했다 해도 우리는 여기서 공자가 증자에게 「자기의 몸과 터럭과 살갗은 부모로부터 받은 것이니 감히 상하지 않게 해야 효의 시작이라」던 신체발부(身體髮膚)는 수지부모(受之父母)니 불감훼상(不敢毀傷)이 효지시야(孝之始也)를 한 번쯤 상기할 필요가 있다.

그리고 「다시 몸을 세워 도를 행하고(立身行道) 이름을 후세에 드날려(揚名於後世) 부모를 빛나게 하는 것이(以顯父母) 효도의 마침(孝之終也)이다」라는 것도 한 번쯤 떠올릴 필요가 있다. 그런 연후에 「효도란 부모를 섬기는 데서 시작해(始於事親) 다음으로 임금을 섬기고(中於事君) 끝으로 제 몸을 세워야 된다(終於立身)」라는 것도 한 번쯤 상정(想定)할 필요가 있다.

하지만 어찌 또 신체발부와 입신행도 뿐이겠는가. 잘못될 가능성이 있는 일은 언젠가 잘못 되고야 만다는 「치솜의 법칙」과 나쁜 결과가 일어날 수 있는 일은 틀림없이 일어나고야 만다는 「파이나글의 법칙」도 우리는 생각하지 않을 수 없다. 뭔가 잘못될 수 있는 일이라면 틀림없이 누군가가 그 잘못을 저질러 원하는 대로 되지 않는다는 「머피의 법칙」도 그냥 흘려 넘겨서는 안 될 일이다. 그러므로 규범 해체라 할 수 있는 아노미현상이며 썩은 사과 하나가 건강한 다른 사과까지 썩게 할 수 있다는 도미노현상도 이런 요소에서 비롯될 수 있다.

요즘 중·고생 두발 자율화 문제가 세간의 쟁점으로 떠오르고 있다. 두발 규제에 대한 학생들의 인터넷 항의에 교육당국이 전면 자율화라는 선언으로 백기(?)를 든 것이다. 이리 되면 어찌 되는가. 통제력은 약하고 호기심은 강한 천둥벌거숭이 10대 사춘기 학생들이 아이들(idol)현상에 물들어 무분별하게 성행하는 연예인의 대걸레형 노랑머리와 빨강 머리를 흉내내고 거기다 무스나 스프레이를 칠한 도깨비형 머리와 흡사 벼락 맞아 타버린 듯한 소나무형 볼썽사나운 퍼머를 한 채 산매들린 듯 돌아칠 게 아닌가. 자, 이래도 이게 학생이요, 학생의 복장이라 할 수 있는가.

학생은 학생다워야 한다. 안 그래도 작금 학생(청소년들)들의 탈선과 일탈행위가 위험 수위를 넘어 사회문제로 대두된 지 오래여서 청소년에 대한 선도와 보호대책이 시급한데 어쩌자고 불난 데 키질하듯 두발 자율화를 부채질하는가. 때문에 「학생들의 신체권은 학생들에게 맡겨져야 한다」는 주장과 논리는 자가당착적 어불성설이다.

학생은 그리고 교육은 본시 자기 제어의 훈련을 기르고 동시에 어른이 향유하는 자유를 얼마는 억제 내지 유보하는 가운데 시행되고 성장해야 한다. 이것이 학생을 학생답고 교육을 교육답게 하는 길이다.

그런데 뭐가 급해 교육부가 철부지 부등깃 열중이들에게 두발 자유라는 전대미문의 희한 번쩍한 정책(?)을 학교측에 일임하겠다 하는지 도저히 알다가도 모를 일이다. 교육부가 이런 따위 책임회피적 짓거리나 하고 있으니 뜻 있는 국민으로부터 욕을 얻어먹을 수밖에 없다.

건전한 육체에 건전한 사고(정신)가 깃들 듯 학생은 복장은 물론 두발도 단정해야 한다. 그래야 학생의 자격이 있고 학생의 신분에 맞다. 우리는 보아오지 않았는가. 한 때 이상주의를 지향한 어느 여성 교육부장관이 중·고등학생들에게 복장 자율화를 시행하다 실패한 사례를…….

학생은 정형의 틀에서 그 규범을 지킬 때 비로소 학생답다. 공장 직공인지 불량 청소년인지 분간할 수 없는 옷을 입고 휘돌아치는 아이들을 우리는 도저히 학생이라 볼 수가 없다. 교복 자율화가 실패하자 다시 옛

날로 돌아가 학교마다 교복을 입게한 처사는 소신도 철학도 없는 주먹구구식 발상이다.

학생이 학생답게 교복을 입고, 특히 여학생의 경우 흰 블라우스에 검정 치마를 입고 흰 스타킹에 까아만 학생화를 신어 보라. 여기다 단발머리나 양쪽으로 갈라 묶은 갈래머리를 해 보라. 뉘라서 이런 여학생을 집적대고 추근내겠는가. 불량기 있는 복장의 여학생을 희롱하던 치한도 단정한 여학생에게는 범접을 못한다.

성인도 종시속(終時俗)하랬다고, 세계의 추세가 이러니 도리가 없다 할 지 모르지만 이는 핑계에 지나지 않다. 청소년은 전적으로 어른들이 보호하고 선도해야 한다.

학생은 학생다워야 한다. 학생은 결코 피에로가 아니다.

— 2000년 10월 13일

우리 오늘부터 까마귀한테 절하자

우리는 인륜에 어그러지는 행위 즉, 파륜(破倫)을 패륜(悖倫)이라 하고 그런 행위를 한 사람을 패륜아라 한다. 패륜은 윤상(倫常)을 깨뜨린 행위이며 그것을 강상지변(綱常之變) 또는 강상지범(綱常之犯)이라 한다. 강상이란 삼강오륜(三綱五倫)의 다른 말로 곧 사람이 지켜야 할 도리를 일컬음이다. 그러기 때문에 파륜과 패륜으로 윤상을 깨뜨려 강상지변이나 강상지범이 된 자는 천하에 용서 받을 수 없는 강상지죄인(綱常之罪人)이 돼 하늘의 법인 천도(天道)를 어겼다 할 수 있다. 그러므로 자식에게 있어 부모는 하늘이요, 천지 만상의 우주 일체와 같은 것이다. 그래서 이를 천도의 원형이정(元亨利貞)이라 하고 사단(四端)의 인의예지(仁義禮智)라 한다. 그러기에 원형이정은 하늘의 도리인 천도지상(天道之常)이요, 인의예지는 사람의 도리인 인성지강(人性之綱)이다.

보도에 따르면 또 아들이 아버지를 시해한 강상지변이 생겼다 한다. 하늘 무서운 일이 아닐 수 없다. 사연은 30대 아들이 70대 아버지에게 택지개발 보상금으로 받은 돈 2천 8백만 원을 주지 않는다고 개 패듯 패 숨지게 했다 한다. 교육의 도시 청주에서, 충절의 고장 청주에서.

세상에 어쩌면 그래 자신을 낳아 기르고 입히고 재우고 먹이고 가르쳐서 결혼까지 시켜준 하늘 같은 아버지를 돈 안 준나고 마구 때려 살해할 수 있는가. 앙화가 있지. 천벌이 있지. 이는 하도 끔찍해 인간이기를 포기한 인간 이하의 금수만도 못한 짓이어서 하늘 보기가 두려워 고개를 들 수 없다. 하기야 공자 당년에도 도척이 같은 흉악무도한 악인이 나 세상을 공포에 떨게 했고 천하의 폭군 걸·주(桀·紂)시대에도 이윤(伊尹)과 태공망(太公望) 같은 현인이 나 세상에 희망을 주었다. 그러니 더 무엇을 말하겠는가.

부모는 하늘과 땅 같은 존재여서 그분들이 돌아가시면 하늘 무너지고 땅 꺼진 슬픔(아픔)이라 하여 천붕지통(天崩之痛)이라 일렀거니, 어찌 그런 부모를 논 때문에 시역을 한단 말인가. 말세로다. 요계로다. 세상의 도덕과 인륜과 천륜이 송두리째 땅에 떨어져 타락하고 부패한 요계로다. 안 그렇고야 어떻게 하늘 같은 아버지를 돈 때문에 살해할 수 있는가.

우리는 1994년 10월 미국 유학에서 방탕한 생활로 빚을 지자 그 빚을 갚기 위해 한약상을 하는 돈 많은 아버지를 표적 살해한 박모 군의 강상지변을 똑똑히 기억하고 있다. 그리고 그 다음 해인 1995년 3월 대학교수 김모 씨가 해강농수산이라는 회사를 경영하다 진 빚 20억 원을 해결하기 위해 아버지를 살해한 강상지변도 잊지 않고 있다. 도대체 돈이 무엇인가. 돈이 자기를 낳아 기르고 입히고 먹이고 가르쳐 결혼까지 시켜 준 부모보다 더 소중하단 말인가.

돈은 우리가 살아가는 데 필요한 수단이요 방법이지 그 이상이나 그 이하도 아니다. 한데도 돈이 배금주의자들에 의해 모든 것의 최고선이자 최고 가치가 돼 「목적」으로 변하고 말았다. 여기서 우리의 비극은 시작됐고 불행은 잉태됐다. 이런 개코만도 못한 가치관의 전도로 말미암아 돈 앞에는 부모도 형제도 친구도 없고 심지어는 살을 섞고 사는 부부도 보험금인가 나발인가를 타먹기 위해 아내가 남편을 독살 또는 청부살해하고, 남편이 아내를 죽이고 또 죽이려 하고 있다. 그러니까 돈에 눈이 먼 청맹과니들이 자신이 자신의 발목을 자르는 연극을 하고 아비가 천진한 어린 자식을 꼬드겨 손가락 자르기 예사다. 이러고도 우리가 사람이라 할 수 있고 이러고도 우리가 인간이라 할 수 있는가. 사람이 무엇인

가. 인간이 무엇인가. 우리는 이제 저 까마귀에 절하고 까마귀에 읍(揖)
해야 한다. 왠지 아는가. 우리가 흉측하다 침 뱉는 까마귀는 실상 효조
(孝鳥)로 반포지효(反哺之孝)이기 때문이다. 반포지효란 무엇인가. 까마
귀가 안갚음으로 늙은 부모를 정성껏 봉양해 효도하는 것을 반포지효라
한다. 그래 거이(居易) 백낙천(白樂天)은 까마귀를 가리켜 「자오부자오
(慈鳥復慈鳥) 조중지증삼(鳥中之曾參)이로다」했다. 이는 「까마귀여 까마
귀여 새 중의 증삼(증자. 효자로 이름 높음)이로다」란 뜻으로 까마귀의
효를 기린 시다.

　우리, 오늘부터 까마귀에 절하자.

— 2000년 10월 20일

「명품족(名品族)」과 「단풍잎」

　지난 날의 시인 묵객들은 봄 산의 성성을 노래할 때는 천자 만홍(千紫萬紅)이라 했고 가을 산의 정취를 노래할 때는 만산 홍엽(滿山紅葉)이라 했다. 천자 만홍이란 천 가지의 울긋불긋한 꽃이 만 가지나 붉게 피었다는 뜻이고 만산 홍엽이란 온 산 가득 붉은 단풍이 불타듯 붉게 피었다는 뜻이다. 그래 천하의 두목(杜牧)도 「산행(山行)」이라는 시에서,

> 「멀리 비탈진 산길 올라 보니
> 흰 구름 이는 밑에 인가가 있더라.
> 수레를 멈추고 단풍섶에 앉아 보니
> 늦서리 맞은 단풍이 이월 꽃보다 더 붉구나.」

　라고 노래했을 것이다. 어찌 두목 뿐인가. 김천택(金天澤)도 「흰 구름 푸른 내는 골골이 잠겼는데/ 추상(秋霜)에 물든 단풍 봄 꽃도곤 더 좋아라/ 천공(天公)이 나를 위하여 뫼 빛을 꾸며 내도다」하고 단풍을 노래했다.

　하지만 어찌 또 두목과 김천택 뿐이겠는가. 김영랑(金永郎)은 「오-매 단풍 들것네」에서 「장광에 골 붉은 감잎 날아 오아/누이는 놀란 듯이 치어다보며/오-메 단풍 들것네」를 노래했고 윤동주(尹東柱)는 「소년」에서 「여기 저기서 단풍잎 같은 슬픈 가을이 뚝뚝 떨어진다. 단풍잎 떨어져 나온 자리마다 봄을 마련해 놓고 나뭇가지 위에 하늘이 펼쳐 있다. 가만

히 하늘을 들여다보려면 눈썹에 파란 물감이 든다」하고 가을과 단풍을 노래했다.

바야흐로 단풍철이다. 이 아름다운 단풍철에 모두 어찌들 지내는지. 가족끼리 친구끼리 연인끼리 불타듯 아름다운 홍엽의 단풍놀이가 아니면 주렴처럼 쫄쫄 내리는 마알간 햇살을 받아 가을걷이 한창인 황금 들녘에 나섰겠지.

그런데 슬프게도, 안타깝게도 이 시각 「명품족」으로 일컬어지는 돈 많은 여인들은 옷 한 벌에 몇 백만 원 하고 핸드백 하나에 몇 천만 원 하는 외국산 고가 명품들을 사기 위해 줄을 잇고 있다니 땅을 칠 노릇이다. 이 명품족들은 거개가 20 ~30대 여인들이고 개중엔 공무원 부인들도 상당수 있다는 보도여서 우리를 화나게 하고 있다. 공무원 봉급이 도대체 얼마인가. 한달 봉급이 고작 1백만 ~2백만 원밖에 안 되는 공무원 봉급으로 어떻게 한 벌에 수백만 원짜리 옷을 사고 한 개에 수천만 원 하는 핸드백을 사는가. 돈 많은 졸부들이야 밑엣 돈이 숨을 못 쉬어, 돈을 주체할 수 없는 사람들이야 돈이 많으니 그렇다 쳐도 빤한 봉급, 한정된 액수로 생활해야 하는 공무원 부인들이 무슨 수로 그 엄청난 고가품들을 파장에 묵나물 사듯 아무 염려 없이 척척 잘도 사는가. 변고로다. 불가해(不可解)로다. 내 좀비족(zombie族)이니 딩크족(Dink族)이니 하는 말은 들어봤어도 「명품족(名品族)」이란 말은 듣느니 처음이어서 이게 자칫 나라 망칠 장본이 아닌지 심히 걱정된다.

명품인지 고가품인지 하는 것들은 비단 옷과 핸드백만이 아니고 또 어제 오늘의 일도 아니다. 가구를 비롯해 보석, 시계, 주택(내장), 승용차, 장신구, 골프채 등 이루 헤아릴 수조차 없는 고가품이 명품이란 이름으로 날개 돋친 듯 팔린다니 과연 OECD(경제협력개발기구)에 가입한 나라답다. 아니 OECD에 가입한 나라라면 당연히 고가의 명품을 써야 된다. 그러니 까짓 것 천만금 억만금이 가도 팍팍 써라. 죽어지면 썩어질 몸, 한 푼도 가져가지 못할 텐데 아낌없이 마구 써라. 인생 일장춘몽인데 아니 놀고(쓰고) 어쩌리요.

　그러나 명품족들이여!

　이 가을, 이 만산 홍엽의 아름다운 계절에 남편에게, 아내에게, 친구에게, 연인에게 아무 사연 안 써도 좋으니 예쁜 단풍잎 하나 넣어 편지라도 한 장 띄어라. 그러면 그 편지가 천언만어(天言萬語)를 말해 줄 것이다. 그리고 가능하다면 조선조 선조 때의 여류 시인 이옥봉(李玉峰)의 다음과 같은 시라도 한 수쯤 써보내라. 그러고서도 마음이 안 돌아서면 그 때 낭비하라.

> 「이지음 우리님(임)은 어이 지내나
> 사창에 달 밝으니 생각 간절하구나
> 만약 오가는 꿈길이 자취가 있다면
> 님(임)의 문 앞 돌밭길이 모래가 되었으련만.」

　원시(原詩)
　근래 안부문여 하(近來安否問如何)
　월도 사창첩한 다(月到紗窓妾恨多)
　약사 몽혼행유 적(若使夢魂行有跡)
　문전 석로반성 사(門前石路半成砂)

— 2000년 10월 28일

신 옥상실존(新 屋上實存)

   1. 자신의 거주지 내의 직장과 멀리 떨어진 호텔을 찾을 것.

   2. 이동 시 사주 경계(전후 좌우의 사방을 두루 살핌)를 잘 해야 될 것.

   3. 한두 번 들른 호텔은 되도록 찾지 않을 것.

  위의 것은 이른바 러브호텔이라는 데를 드나드는 사람들이 꼭 지켜야 할 3계명이다. 계명치고는 아주 간단해 아무리 머리 나쁜 사람이라 할지라도 대번에 알 수 있어 참 좋다. 그러나 가령 가정의 신남(信男) 신녀(信女)들이 지켜야 할 다섯 가지 금계(禁戒) 즉, 살생(殺生) 투도(偸盜) 사음(邪淫) 망어(妄語) 음주(飮酒)의 오계(五戒)라거나, 화랑의 다섯 가지 계율로 사군이충(事君以忠) 사친이효(事親以孝) 교우유신(交友有信) 임전무퇴(臨戰無退) 살생유택(殺生有擇)의 세속오계(世俗五戒) 같다면 여간해서 외우기 힘들다. 게다가 하나님이 시나이 산(sinai山)에서 모세에게 내렸다는 십계명(十誡命)은 더더욱 외우기가 어려워 진땀을 뺄 것이다. 생각해 보라. 독실한 교인이 아닌 다음에야 어떻게 다른 신(神)을 섬기지 말 것, 우상을 섬기지 말 것, 여호와의 이름을 망령되게 하지 말 것, 안식일을 지킬 것, 어버이를 공경할 것, 살인하지 말 것, 간음하지 말 것, 도둑질 하지 말 것, 거짓말 하지 말 것, 탐하지 말 것 등등을 다 욀 수 있나를……

  요즘 속소위 말하는 러브호텔이 홍역을 치르고 있다. 살(朶)장사를 하는 당신들 때문에 한창 감수성 예민한 우리 아이들이 교육적으로 큰 영향을 받는다고 인근 주민들이 반발하고 나섰기 때문이다. 아니 더 정확히 말하면 탕남 탕녀의 간부(姦夫)와 간부(姦婦)들이 남의 눈을 피해 버얼건 대낮에 은밀히 육향(肉饗)을 즐기려 호텔에 드는 것을 보고 호기심 많은 아이들이 「엄마(혹은 아빠), 저 아저씨 아줌마들은 왜 대낮에 호텔에 들어가나? 그리고 또 왜 차 넘버를 모두 가리나?」하고 묻는 바람에 러브호텔 반대운동을 하지 않을 수 없었기 때문이다.

이 러브호텔 반대운동은 처음 경기도 고양시 일산 신도시 백석동 주민들이 피켓을 든 채 침묵 시위를 필두로 국회의 국정감사까지 비화됐다. 그리고 이어 전남 광주로 불길이 번지더니 이내 또 경기도 부천시로 불똥이 튀어 신축 중인 러브호텔을 숫제 허가 취소하는 사태까지 불러왔다. 러브호텔이 비 온 뒤의 죽순처럼 마구 생겨나는 데는 장사가 그만큼 잘돼 호황을 누리기 때문인데 섹스에 미치다시피 상성이 된 색정광(色情狂)의 색광주의자(色狂主義者)들이 남의 눈을 피해 육욕의 향연을 걸판지게 벌이기 위해 들쥐처럼 눈치 살살 살피며 모여드는 러브호텔. 로마가 왜 망했는가. 바빌론이 왜 무너졌는가. 도덕과 윤리가 타락할 대로 타락해 음행(淫行)이 판을 쳤기 때문이다. 그래서 영국의 역사학자 기번(Gibbon)은 「로마 제국 쇠망사」에서 「로마는 건전한 사람에 의해 세워졌고 불건전한 사람에 의해 망했다」라고 술회하고 있다.

어찌 로마 제국 뿐인가.

계시록 14장 8절엔 「무너졌도다, 무너졌도다. 큰 성(城) 바벨론이여. 모든 나라를 그 음행으로 인하여 진노의 포도주를 먹이던 자로다」라고 해 성(性)의 문란을 경고했다. 그러나 어찌 또 로마와 바벨론 뿐이던가. 소돔과 고모라 성(城)에 쏟아지던 유황 불비(火雨)도 소돔과 고모라가 도덕적 문란으로 하나님의 저주를 받아 불로 망한 것을 우리는 알고 있다.

호텔은 잠자러 가는 곳인데 러브호텔은 정사하러 가는 곳이다. 타락하

러 가는 곳이다. 탕남 탕녀가 교합하러 가는 곳이다. 아니다. 남의 남자
와 남의 여자가 남의 눈을 피해 불륜 하러 가는 곳이다. 얼마나 좋은가.
둘만의 밀실에서 갖은 짓거리 다하는 그 스릴이. 극락이 따로 있고 천국
이 따로 있나. 그 환상, 그 황홀, 그 열락(悅樂), 그 쾌락. 여기가 어디메
뇨, 구름 속의 도원(桃源)이라. 오랄 섹스 해 보자. 커니링구스도 해 보
자. 그런 다음 그 운우지정(雲雨之情)을 어느 시인이 뇌까린 「옥상실존
(屋上實存)」으로 대신하자.

「야 모두들 눈깔 나오게/잘도 돌아가누나/기계 기계/이놈 까짓 것 세상
　까짓 것/멋지게 한번 간통하고/그 다음 웃어주고/남 모르게 곡하
　고……」

오호 통재로고, 망징패조(亡徵敗兆)가 예 있으니…….

─2000년 11월 7일

국민은 지금 복장을 친다

나는 지금 부도옹(不倒翁) 나폴레옹의 말발굽 아래 무참히 짓밟혀 피폐할 대로 피폐한 국민의식에 호소, 「독일 국민에게 고함」이라는 비장한 경세문(警世文)을 쓴 베를린대학 총장 피히테와 간신배 근상(斳尙)과 그 측근들이 회왕(懷王)에게 중상 모략, 회왕으로부터 내침을 당한 굴원(屈原)이 「이소경(離騷經)」과 「회사부(懷沙賦)」의 절명사(絕命辭)를 쓰고 멱라수에 몸을 던져 고기밥이 된 그런 비분한 심회로 이 글을 쓴다. 그러니 이 나라에 국록을 먹는 모든 이속(吏屬)들은 정신 똑바로 차리고 이 글을 읽기 바란다.

대저 국록이란 무엇인가. 관원, 관리, 관작(직)에 있는 사람들이 나라로부터 받는 녹봉(봉급)이 국록이다. 그렇다면 이 국록은 누가 주는가. 백성(국민)들이 낸 세금을 나라가 관리했다가 주는 것이다. 그러니까 백성은 벼슬아치들의 상전이요, 벼슬아치는 백성의 종(공복)이다. 그러므로 이는 뚜렷한 주종(主從)관계여서 백성이 이속을 부리고 또 부려먹을 권리가 있다.

그래서 한국판 민약론(民約論)이라 할 수 있는 다산(茶山)의 목민심서(牧民心書)는 「목자(牧者(관리)가 백성을 위해 존재하는가 백성이 목자를 위해 존재하는가」라고 묻고는 「아니다. 단연코 아니다. 목자는 백성을 위해 존재한다」고 했다. 이럼에도 다산은 「민이토위전 이이민위전(民以土爲田 吏以民爲田)이라 하여 백성들은 토지를 밭으로 삼는데 이속들은 백성을 밭으로 삼는다」했다.

좀 어려운 말로 승관발재(昇官發財)란 말이 있다. 그리고 탐관오리 망국지상(貪官汚吏 亡國之像)이란 말도 있다. 전자는 벼슬(지위)이 높으면 높을수록 재물(뇌물)도 그만큼 더 생긴다는 뜻이요, 후자는 썩은 벼슬아치는 망국의 상징이란 뜻으로 시경(詩經)에 나오는 만고 불후의 명언이다. 사서(四書)의 하나인 대학(大學)에는 맹헌자(孟獻子)가 「벼슬아치의 집에서는 백성의 재물을 거둬들이는 부하를 기르지 않아야 한다. 만일 백성의 재물을 거둬들이는 부하가 있다면 차라리 도둑질 하는 부하가 낫다」고 했고, 채근담에서는 「이속(공직자)들이 자칫 한 번 뇌물을 먹고 몸을 시장바닥의 거간꾼으로 전락시키면 이는 깨끗이 살다 더러운 시궁창에 떨어져 죽는 것만 못하다」했다. 벼슬아치(공직자)의 뇌물(부정부패와 비리)이 얼마나 추하고 더러우면 이런 말이 나왔겠는가.

청와대의 청소원(위생과 기능직 8급) 이윤규(36)라는 사람이 요즘 한창 말썽이 되고 있는 한국 디지털라인 사장 정현준(鄭炫埈)으로부터 10억 원의 뇌물을 받았다고 한다. 받은 사람이 간이 큰 건지 주는 사람이 골이 빈 건지 그건 잘 모르겠으되 하여간 일은 난 일이다. 청소부가 과장이라 속인 것도 문제가 있지만 청와대라면 무소불능(無所不能), 무소불위(無所不爲)로 여겨 덥석 돈을 주는 데도 문제가 있다. 어쩌다 이 나라가 이 지경이 되었는지 땅을 칠 노릇이다.

최 하위직 청소부가 이럴진대 고위직이야 얼마나 큰 돈을 먹었겠느냐가 세간의 한결 같은 여론이다. 도내체 이 나라가 산으로 가는지 바나로 가는지 알 수가 없다. 아니 이러고서도 나라가 망하지 않는 게 신기하다. 서민은 단돈 천 원도 벌벌 떨고 영세민은 몇 백 원 짜리 라면 한 봉지 살 돈이 없어 눈앞이 캄캄한데 관리들은 못 먹는 게 병신 식으로 마구 먹어대니 이 나라의 앞날이 천 길 벼랑이다. 어쩌자는 것인가.

나라야 망하든 말든, 국민이야 기지사경을 헤매든 말든 오불관언인가.

대관절 누구를 위한 공직이고 누구를 위한 정부인가. 이러고도 입만 열면 개혁이고 사정(司正)인가.

공직자 윤리법은 뭐 하는 법이며 반 부패 기본법은 왜 만드는가. 나라가 총체적 부패로 안 썩은 데 없이 알뜰히 썩어 볼 장 다 보다시피 했는데도 또 사정을 한단다. 아니 이번엔 고강도(高强度)사정으로 비리를 뿌리뽑겠단다. 집권 여당인 민주당 대표(서영훈)의 말이니 믿어야 할지 모르지만 이제 국민은 정권마다 하도 속아 콩으로 메주를 쑨데도 곧이 들질 않는다. 지금 국민이 바라는 게 뭔지 아는가. 국민이 보고싶어 하는 게 뭔지 아는가. 공직자의 청렴성이다.

물가 안정도 중요하고 경제 회복도 중요하고 정치인의 정직(신뢰)도 중요하지만 보다 중요한 건 공직자의 청렴성이다. 정부는 차제에 공직자의 부패 척결에 흥망의 명운을 걸라. 안 그러면 이 나라는 정말 큰일난다. 국민은 지금 복장을 치고 있다.

—2000년 11월 14일

문화예술인 복지조합

만일 우리 인생에서 예술이 없다면 어떻게 될까. 이는 말할 나위도 없이 삭막 그 자체일 것이다.

어찌 삭막뿐이겠는가. 황량하고 황폐해 희로애락애오욕(喜怒哀樂愛惡欲)의 칠정(七情)이 무의미 할 것이다. 그러므로 우리에게 예술의 절대성이 요구되고 존재의 필요성이 강조되는 것이다. 이는 또 예술이 혼(魂)의 산물이자 사유(思惟)의 열매로 마침내는 문화의 찬란한 꽃으로 피는 까닭이기도 한 것이다. 여기서 우리는 새삼 「인생은 짧고 예술은 길다」라는 진부한 표현을 쓰지 않더라도 예술은 본래적으로 불후성(不朽性)을 가지고 있어 영구적 불멸설이 회자되고 있는 것이다.

그래서 혈전(血傳)은 천추(千秋)요, 문전(文傳)은 만년(萬年)이라는 말이 생겼을 지도 모른다. 사실 위대한 예술가나 걸출한 예술품이 만들어진다는 것은 지극히 어렵고 힘든 일이다. 왜냐하면 위대한 예술가를 창작가(創作家)라 하고 그런 작품을 창작품이라 하는 것만 봐도 알 수 있는 일이다.

「창작」이란 무엇인가. 없는 것을 처음으로 만드는 게 창작 아닌가. 다시 말하면 문예나 회화 또는 음악 등의 작품을 예술적 감흥으로 승화시켜 독창저으로 표현하는 것이 창작이다. 때문에 우리는 빼어난 시인을 시성(詩聖) 또는 시선(詩仙)이라 하고 뛰어난 문호를 문웅(文雄) 또는 문걸(文傑)이라 한다. 괴테가 그러했고, 이백(李白)이 그러했고, 두보(杜甫)가 그러했다. 셰익스피어도 물론 예외가 아니어서 「인도를 주어도 바꾸지 않는다」했다. 베토벤도 그러했고 미켈란젤로나 레오나르도 다빈치도 그러했다. 그래서 화성(畵聖)이란 칭호를 듣지 않는가. 이들은 모두 우리 인류에 더할 수 없는 감동을 주었고 말할 수 없는 감흥을 주었다. 이는 혼을 불사르고 사유를 불태워 고민하고 번뇌하고 죽음까지도 초극한 결과인 것이다. 이에 우리는 미치지 않고는(不狂) 미치지 못한다(不及)는 불광불급을 말하지 않을 수가 없는 것이다.

그런데 우리는 안타깝게도 불광불급 할 수 없는 여건에 살고 있다. 불광불급으로 예술만 하다가는, 더욱이 순수 지향의 예술만 하다가는 쪽박 차기 십상이기 때문이다. 그래서 나온 게 예술인들의 복지도합 발족이다. 현재 이 땅엔 1백만 명에 가까운 문화 예술인들이 살고 있지만 생활이 넉넉한 예술인은 세전지물(世傳之物)이 없는 한 거의 모두 애옥살이다. 이러니 어떻게 심혼을 기울여 창작활동을 할 수 있는가. 이를 보다 못해 문학인들이 주축이 돼 문화 예술인 복지조합 발족을 서두르고 있다. 다행히 국민의 정부가 문예 창작을 위해 지원책을 펼치고는 있으나 이게 일시적 지원이나 한시적 지원이 아닌 보다 근본적이고 장기적 지원을 정책적으로 했으면 한다. 시 한편에 3만 원의 고료를 받고 소설의 경우 한 장에 3천 원의 고료를 받고서야 어떻게 살 수 있겠는가. 이 고료는 30년 전의 고료 그대로여서 문인의 생활은 참담 바로 그것이다. 그러나 이 고료마저도 없어 숫제 공짜로 쓰는 발표 문인이 더 많으니 비통할 따름이다. 아무리 문인이 자긍심과 자존심을 먹고 산다할지라도 최저한의 생활을 해야 문학이든 예술이든 할 게 아닌가. 그러나 이 땅의 현실적 상황은 생활이라기 보다는 생존까지를 위협받아 예술이 퇴보하고 타락해 문단을 떠나거나 아니면 장삿속의 삼문문학(三文文學)으로 떨어지고 있다. 문학(예술)이란 본시 배가 고파야 나온다 해서 문장 출어 곤궁(文章 出於 困窮)이라 일렀지만 이는 저 영웅주의시대나 천재주의시대인 18세기나 19세기 때 얘기다.

　지금 문단의 전업작가(專業作家)들은 신문에 연재를 하거나 소위 말하는 베스트셀러 작가가 아니고는 도무지 살아갈 길이 없다. 나라의 힘은 물리적 가시적 경제적인 것도 있지만 정신적 사유적 무형적인 것도 있다. 전자는 경제재(經濟財)요, 후자는 자유재(自由財)다. 경제재는 배는 부를 지 모르지만 정신은 고프다. 우리는 배도 채워야 하지만 정신(가슴)도 채워야 한다. 이렇게 볼 때 문화 예술인 복지조합은 반드시 결성돼야 한다. 시의 고금 양의 동서를 막론하고 문화 예술을 사랑한 나라 치고 은성하지 않은 나라가 없었고 문화 예술을 박대한 나라 치고 은성한 나라가 없었다. 예술인들의 권익 보호를 위해서라도 복지조합은 반드시 만들어져야 한다.

— 2000년 11월 23일

직언(直言) 직간(直諫), 곡언(曲言) 곡간(曲諫)

우리는 뉴딜(New deal) 정책으로 유명한 미국의 31대 대통령 루스벨트를 알고 있다. 그는 미국 역대 대통령 중 링컨, 워싱턴, 제퍼슨과 함께 사우스타코주 러시모어산(山)에 새겨진 큰 '바위얼굴' 의 주인공이다. 그는 그 많은 미국 대통령 중 단 4 명만이 큰 바위얼굴에 새겨질 만큼 위대한 대통령이었다. 그렇다면 왜 그가 그토록 위대한 대통령으로 회자되고 있는가. 다른 것 다 그만두고 그가 평소에 행한 한 가지 일화만으로도 그의 위대성을 알 수 있다. 그것은 루스벨트 대통령과 마셜장군과의 관계로, 루스벨트 대통령이 2차 대전 중 참모회의에서 비행기 1만 대 생산을 말했을 때 마셜장군은 즉각 반대 의견을 제시했다. 나라 형편으로 봐 비행기 1만 대 생산은 무리라는 것이었다. 루스벨트 대통령은 상기된 얼굴로 퇴장을 했다. 이를 본 각료들이 이제 마셜장군은 끝장이라고 수군거렸다. 그도 그럴 것이 대통령이 말하는데 그 면전에서 반대 의사를 피력했으니 온전할 리가 없었다.

이러고 얼마 후 육군참모총장 임명이 있었고 후보는 20여 명이었다. 그런데 뜻 밖에도 루스벨트 대통령은 마셜장군을 육군참모총장으로 임명했다. 이에 마셜장군은 루스벨트 대통령에게 "저를 참모총장으로 임명하시면 대통령의 뜻에 맞지 않는 소리를 자주 하게 될 텐데 어째서 저를 선택하셨나요?"하자 루스벨트 대통령은 "나는 자네의 그 점이 좋아서 택했네. 대통령에게 바른 말 한다는 것, 이게 무엇보다도 중요하네. 앞으로도 자넨 나한테 사실을 왜곡되지 않게 말해야 하네. 직언 직간(直

言直諫)보다 더 중요한 게 어디 있겠나. 나는 자네를 믿네." 루스벨트 대
통령은 빙그레 웃으며 마셜장군의 어깨를 툭 쳤다. 참으로 멋진 대통령
이요, 멋진 참모총장이었다. 그렇다. 우리에겐 직언 직간보다 중요한 건
없다. 그것이 더욱 권력의 좌에 앉아 인(人)의 장막에 가려질수록 직언
직간은 필요하다. 어찌 직언 직간뿐이겠는가. 참언(讖言·좋고 나쁜 점
을 말하는 것)과 직보(直報) 또한 중요한 것이어서 나라를 흥하게도 하고
망하게도 한다. 한데도 우리에겐 곡보(曲報)나 곡간(曲諫)이 있고 무조건
"잘 되고 있습니다"가 아니면 "지당하신 말씀이십니다"가 있는 모양이
어서 우리를 화나게 만든다. 심지어 참언(讒言·거짓을 꾸며서 남을 참
소하는 것)과 참소(讒訴·간사한 말로 남을 헐뜯어 없는 죄가 있는 것처
럼 고해 바치는 것)도 있어 평지 풍파를 일으킨 예도 과거 정권에서는 항
다반이어서 우리를 부끄럽게 하고 있다.

　좀 어려운 말로 요미걸련(搖尾乞憐)과 아유구용(阿諛苟容)과 상분지도
(嘗糞之徒)란 말이 있다. 요미걸련은 개가 꼬리를 흔든다는 말이요, 아유
구용은 남에게 잘 보이려고 아첨함을 말함이며, 상분지도란 남의 대변이
라도 맛볼 듯이 아부함을 이름이다. 자유당 때 이승만 대통령이 방귀를
뀌자 곁에 있던 이익흥 내무부장관이 "각하, 시원하시겠습니다. 네"라고
한 것이 요미걸련과 아유구용과 상분지도에 드는 사람이다.

　지난 날의 참 선비나 신료(臣僚)들은 임금이 옳지 못한 일을 하면 탑전
이나 광화문에 자리를 깔고 시퍼렇게 닐이 선 도끼를 곁에 놓은 채 "신
의 말이 옳으면 가납해 주시고 신의 말이 옳지 않으면 이 도끼로 신의 목
을 쳐주십시오"했다. 이게 그 유명한 부월상소(斧鉞上疏)와 지부복궐(持
斧伏闕)인데 중봉(重峰) 조헌(趙憲)과 면암(勉庵) 최익현(崔益鉉)이 그 대
표적인 인물이다. 만일, 아니 다행히 유신 헌법을 만들어 일인 장기 집권
을 꾀한 저 박정희 정권 때 조헌이나 최익현처럼 시퍼렇게 날이 선 도끼

를 옆에 놓고 단판걸이로 부월상소나 지부복궐한 각료가 몇 사람만 있었어도 그 무시무시한 유신헌법은 태어나지 않아 이 나라의 민주주의가 몇십 년 후퇴하진 않았을 것이다. 그런데도 그 알량한 입신출세와 덧없는 부귀영화에 눈이 멀어 요미걸련과 아유구용과 상분지도로 목낭청(睦郎廳)이가 되는 바람에 귀중한 인권이 속절없이 짓밟혔다.

 들기로 국민의 정부에서도 대통령에게 지보나 직언 또는 직간하지 않는 각료가 있다하니 이게 사실이라면 참으로 큰일이다. 직언은 나라를 구하고 곡언은 나라를 망치기 때문이다.

— 2000년 12월 1일

아, 농촌이여 농민이여

농사를 다만 몇 년 만이라도 지어본 사람이면 요즘의 농민들 심정을 이해할 것이다. 아니 농민들의 시위를 이해할 것이다. 농사꾼에게 있어 가장 보기 좋은(기쁜) 것은 마른 논에 물 들어가는 것이요, 가장 보기 싫은(애타는) 것은 곡식이 타들어 가는 것이다. 그래서 말이 있다. 자식 죽는 꼴과 곡식 타 죽는 꼴은 차마 볼 수 없다는…… 농사가, 그리고 농작물이 얼마나 애지중지 하면 이런 말이 나왔겠는가. 그러므로 농민에게 있어 농사는 하늘이요 신앙이며 농작물은 자식이자 분신 같은 것이다. 그런데 그 하늘 같은 농사가 거덜나다시피 하고 그 자식 같은 농작물이 죽어 자빠지다시피 하는데 어느 농부가 가만히 있겠는가. 만일 하늘 같은 농사가 거덜나고 자식 같은 농작물이 품값이 안 나와 버리다시피 하는데도 가만히 있다면 이는 하늘을 버리는 것이요, 부모로서의 의무를 포기하는 것이다.

작금 전국의 농민들이 벌떼처럼 아우성치며 농가 부채 해결과 농촌 회생 대책 마련 등을 요구, 성난 불길처럼 일어나고 있다. 특히나 호남과 영남, 충청과 강원지역 농민들은 막대한 농가부채와 농산물 가격 폭락에 항의, 부채 이자를 농작물로 갚겠다며 「현물 상환 및 농기계 반납 투쟁」을 벌인 바 있다.

경북 경주, 포항, 안동, 영천 등 15개 시·군 농민들은 농가부채 특별법 제정을 요구하며 트랙터 경운기 등을 반납하는 시위를 벌였고, 진주를 비롯한 경남 지역 농민들도 모두 나와 부채 대신 농기계를 행정관서에 반납했다. 그런가 하면 나주 시청 앞에는 벼와 멜론 등이 야적 되었고 고흥 군청 앞에는 유자가 산더미처럼 쌓여지기도 했다. 경북 상주 농민들은 사과, 배, 포도즙, 배추 등을 역시 산더미처럼 쳐쟁여 놓고 돌아갔다. 전북 전주와 완주 지역 농민들은 차량을 앞세우고 익산 톨게이트를 통해 호남고속도로를 점거하고 충북지역 농민들은 청주시 체육관 앞 광장에서 부채 문제로 고민하다 자살한 안 보 씨(44) 등 도내 농업인 6 명의 합동위령제를 지내고 건을 쓰고 곡을 한 채 상여를 메고 가다 그 상여를 불태워 장사지내기도 했다. 경남 진주 집회에서는 화훼 재배농 경 모 씨(39)가 분하고 억울하다며 깨진 유리병으로 자살을 기도하기도 했다. 그 밖의 충주와 원주 등지에서는 볏가마니를 불에 태우고 배추를 뽑아 동댕이치거나 밭째 갈아엎는 소동이 일어났다.

자, 상황이 이런데도 정부는 이렇다 할 수습책과 대책 하나 내놓지 못한 채 유야무야 하고 있으니 이런 답답하고 한심한 노릇이 어디 있는가. 아니 이러고도 이 나라에 정부가 있고 정치가 있다 할 수 있는가. 대통령은 지난 대선 때 농민들의 부채 탕감을 선거 공약으로 분명히 약속했다. 그런데 왜 지키지도(현재까지) 못할 공약을 해 놓고 농민들을 화나게 하는지 모를 일이다. 이는 우선 먹기는 곶감이 달다고 우선 당선이나 되고 보자는 심산이었는가. 진정 그런 것인가.

지금 농촌과 농민은 망해가고 있다. 아니 죽어가고 있다. 온갖 설움 갖은 박대 다 받아가면서 국으로 농사지으면 고마워서라도 정부가 신경을 써야 한다. 농촌에 있다가는 사람 취급을 못 받고 농투성이로 농사만 짓다가는 장가도 못 가 자살하는 총각이 경성드뭇 일어나는데도 빚은 눈덩이처럼 늘어나고 곡가(농산물)는 잘난 도시 사람들 눈치 보느라 동결시키니 대체 농민들은 뭘 믿고 어찌 살란 말인가.

이러고도 정부가 농민 후계자 운운하고 귀농 정책 어쩌고 할 자격이 있는가. 재벌회사(대우)는 23조 원인가 얼마인가 하는 천문학적인 공적 자금을 지원하면서도 왜, 어째서, 무엇 때문에 우리의 뿌리요 고향인 농촌과 농민들에게는 단 한 푼의 도움도 베풀지 않고 데려온 자식 취급하는가. 만만한 놈은 성도 없다더니 만만한 건 농촌이요 농민인가. 만일 농민들이 농사를 안 짓겠다 작심하고 다 농촌을 버리고 떠난다면 어쩔 것인가. 문득 하위지(河緯地)의 사육신집(死六臣集)」에 나오는 말이 생각나 인용하니 정부는 참고하기 바란다. 「나라는 백성을 근본으로 하고 백성은 먹는 것을 근본으로 하는데 농사는 의식(衣食)의 근원이니 국정에 있어 무엇보다도 먼저 해야 할 것이다.」

— 2000년 12월 13일

우리 나라 이런 나라

내서 이 나라는 어떤 나라인가. 어떤 나라이기에 청와대를 지키던 경비 경찰관이 근무 중인 동료 경찰관을 총으로 쏴 살해한단 말인가. 그러고도 1 년 7 개월이 흐른 지금까지 쉬쉬하며 모르쇠로 일관하려 했단 말인가.

청와대가 대관절 어떤 곳인가. 그리고 누가 있는 곳인가. 청와대는 행정 수반인 대통령이 사는 곳이요 집무하는 곳이다. 대통령이 국가의 원수이자 상징이라고 볼 때 청와대는 나라의 축(軸)이요 구심점이다. 그런데 이런 청와대에서 같은 경찰이 같은 경찰을 총으로 쏘아 살해했다. 1999년 5월 31일에 말이다. 어떻게 이런 일이 가능하단 말인가. 아무리 머리 나쁜 사람이 상식 이하로 생각해도 이건 있을 수 없는 일이다.

더욱이 대통령 집무실에서 불과 50여 m밖에 떨어지지 않은 곳이라니 기가 찰 일이다. 아니 이는 첩보 영화나 추리 또는 가상소설에서나 있음직한 일이어서 현실(실제)로는 도무지 믿기지 않는 일이다. 한데도 대한민국이란 나라의 수도, 그 수도에서도 대통령이 살고 집무하는 청와대라는 곳에서는 버젓이 경찰이 동료경찰을 총으로 쏘았다. 그래서 죽었다. 그래놓고도 뻔뻔하게 총을 겨누고 장난치다 난 오발사고라며 오리발을 내밀었다. 장난칠 게 없어 권총으로 장난을 치며 경비 근무 중 무슨 배포로 어떻게 장난을 칠 수 있단 말인가. 거짓말도 이쯤 되면 능인(能人)에 가까워 기강 해이와 함께 명인(名人) 타이틀이라도 수여해야 할 판이다. 이런 자들이 대통령을 보좌하고 보호하는 청와대 근무를 했다니 모골이 송연하다. 근무 태도가 이렇듯 엉망이고 사명감이 여기에 이르렀다면 기강 해이와 도덕 불감증은 가히 극치를 넘어 정점(頂點)에 다다랐다 할 수 있다. 한 나라를 지키는 것과 하등 다를 바 없는 막중한 책임과 사명을 띤 경비 경찰관이 대통령의 코앞에서 총질을 해 동료 경찰관을 숨지게 했다는 것은 세계사적으로도 유례가 없는 일이다. 그런 만큼 소진(蘇秦) 장의(張儀)의 변설로도 안 될 엄청난 국기(國基)를 뒤흔들어 놓았다.

그러나 국기를 뒤흔들어 놓은 게 어디 청와대 경호 경찰의 은폐와 조작뿐인가. 한나라당이 2002년 대선을 앞두고 꾸민 공작 문건도 어금버금이어서 근무 중 동료를 쏘아 살해한 경호경찰과 난형난제(難兄難弟)다. 그래서 고소(苦笑)와 실소(失笑)를 금할 수 없다. 아니 치졸하고 용렬하고 유치하고 비열해 어이가 없다. 수권정당이라 자처하는 한나라당이 고작 요정도 밖에 안 되나 싶자 그 가당찮은 야젓잖음에 차라리 홍소(哄笑)라도 하고 싶다. 한나라당이 2002년 대선을 앞두고 꾸민 공작 문건이 너무도 어이없기 때문이다.

한나라당은 예상되는 상대 후보와 여권핵심부는 물론 적대적 언론인에 대한 비리를 파악했다는 내부 문건이 공개돼 논란을 빚고 있다. 내일신문이 12일 보도한 「향후 주요업무 추진계획-10 핵심중심」이라는 긴 제목의 이 문건은 당 기획위원회가 지난 8월 작성한 것으로 이회창 총재 대세론 확산, 대선 대비 사전 준비 작업, 언론 대책 수립 등 핵심 과제를 담고 있다.

그런데 더욱 기가 차고 충격적인 것은 언론 대책 관련 부분이다. 각 언론사 논설 집필진의 싱향을 파악 관리하고 우호적인 언론 그룹을 조직하는 한편 적대적인 집필진의 비리 등 자료를 추적하겠다는 대목이다. 물론 우리는 한 정당이 정권 쟁취나 획득을 궁극의 목표로 삼는다 함을 모르는 바 아니다. 그런 만큼 한나라당이 차기 대선을 위해 가능한 모든 수단을 동원하리란 것도 모르는 바 아니다. 그러나 이는 어디까지나 공명정대 하고 정정당당한 것이라야 한다. 다시 말하면 깨끗한 플레이와 정책 대결로 승부수를 띄워야 한다 이런 말이다.

그런데 고작 한다는 것이 치졸하고 비열한 짓거리의 공작성 문건인가. 참으로 한심하고 또 한심해 나오느니 한숨뿐이다. 우리가, 우리 국민이 이런 위인들을 믿고 사는 한 우리에게는 비전이 없고 희망이 없다. 아니 장래가 없다.

생각해 보라. 대통령을 잘 보좌하고 청와대를 잘 보호하라고 세운 경비 경찰이 총을 쏴 동료를 죽이지 않나, 국민을 위한다는 공당이 국민을 등에 업고 공작정치를 하지 않나, 하니 무슨 놈의 희망과 장래가 있는가. 그저 오한(惡寒)이 날 뿐이다.

— 2000년 12월 19일

아니디아(Anitya)

아니디아(Anitya)

아니디아란 범어로 무상(無常)이라는 뜻이다. 다시 말하면 「덧없다」라는 뜻으로도 풀이돼 마음과 세상의 모든 현상이 시시각각 변해 하나도 그대로 있지 않음을 이름이다.

그렇다. 세상의 모든 현상과 우주의 일체 만상은 덧없지 않은 것이 없고 무상하지 않은 것이 없어 아니디아 바로 그것이다. 보라. 어제처럼 새천년이다 21세기다 하고 전 세계가 그렇게도 요란스레 떠들어대더니 오늘처럼 어느덧 새 천년의 해가 저물어 낙조를 맞는 현상을…….

아니디아!

우리 인생 따지고 보면 염념찰나(念念刹那)에 나고 머무르고 변하고 달라지다 끝내는 저 적막한 명부(冥府)로 돌아가 한 줌 흙으로 남으니 우주가 온통 무상 아닌 것이 어디 있는가. 그러기에 송운대사(松雲大師-속성은 임씨(任氏), 호는 사명당(四溟堂), 조선조 불교사상에 가장 뛰어난 고승)는 인생을 일러,

「저 산에 많은 무덤 바라들 보게
　장안에 사람들은 나고 또 죽고
　슬프다 장생술을 못 배우고서
　솔 아래 한 줌 티끌 되고 마누나.」

하고 노래했는지도 모른다. 삶을 일러 불가에서는 무상산(無常山) 쇠모산(衰耗山)이라 일컫거니와 우리 인생 무상산 쇠모산 같아 한 해 두 해가 덧없다. 누가 알 것인가. 우리 인생이 어디서 와서 어디로 가는지를. 이는 부처님도 몰라 화엄경(華嚴經)에 이르되,

「어디서 와서
　어디로 가는고」

하면서 저 푸른 하늘에 떠다니는 구름이 피었다 꺼짐과 같다 했다.

「구름과 오더니만
　달 따라 가 버렸네
　오고 간 그 한 사람
　어즈버 어디 있나.」

어린 중이 세상을 떠나매 화엄경의 구절을 본떠 노래 부른 청허선사(淸虛禪師-속성은 최씨(崔氏), 법명은 휴정(休靜) 또는 서산대사(西山大師)라고도 함. 조선조 선조 임진왜란 때 승군(僧軍)을 일으켜 나라에 공을 세움. 불교를 중흥시킨 조선조의 대표적 고승)도 인생 무상을 이렇게 노래했다.

「어두워 한 가지에 같이 자던 새
　날 새면 서로 각각 날아가나니
　보아라 인생도 이와 같거늘
　무슨 일 눈물 흘려 옷을 적시나.」

이름조차 남기지 않은 어느 무명 시인이 어느 여사(旅舍) 벽에 써 붙인
이 시는 우리로 하여금 숙연하게 만든다.

「나는 새 길짐승도 집이 있는데
　나는 어이 평생을 혼자 서러워
　짚신감발 대막대 천리 먼 길을
　물 같이 구름 같이 돌아다니나.」

　문득　방랑시인 김입(金笠 · 김삿갓으로 유명함. 본명은 김병연(金炳
淵), 자는 성심(性深) 호는 난고(蘭皐). 평생을 삿갓 쓰고 방랑해「김삿갓」
으로 불리움)의 절명사가 생각나 적어 보거니와 어찌 인생 무상이 위에
서 든 예문 뿐이겠는가. 법구경(法句經)에도,

「강물이 빨리 흐름이여
　가고는 돌아오지 않는구나
　사람의 목숨도 이와 같아
　가고는 돌아오지 아니 하도다.」

　했다. 물 같이 가고는 다시 돌아오지 않음을 탄한 글이다. 하지만 인생
무상을 노래한 시가 어찌 또 이것 뿐이겠는가. 원감국사(圓鑑國師－속성
은 위씨(魏氏), 조계산 제 6세 국사)는 뜬 세상 허무함을 다음과 같이 노
래했다.

「뜬 세상 그야말로
　눈 깜짝할 동안인데

얻고 잃고 슬프고 기쁘고

이루 어찌 다 헤리

여보게 귀한 이 천한 이

어진 이 못난 이들

마지막엔 다 같이 한 줌 흙이 되느니.」

　그래 그렇다. 정녕코 그렇다. 그러니 우리 이제부터라도 마음 비우고 착하게 살자. 어질게 살자. 탐욕 증오 모략 중상 다 벗어버리고 시기 질투 증오 갈등 다 떨쳐버린 채 물 같이 바람 같이 그렇게 살자. 이 저물어가는 해에 불우한 이웃 살피고 불행한 사람 보듬으며 그렇게 살자. 앞에서도 말했거니와 인생은 아니디아다. 그것도 아주 짧은 수유의 아니디아다. 이 아니디아를 생각하면 우리는 착하고 어질지 않을 수가 없다. 아니디아!

— 2000년 12월 29일

새 해에 띄우는 메시지

송나라의 화정선생(和靖先生) 임포(林逋)는 서호(西湖)의 고산(孤山)에 띠풀집을 짓고 살면서도 20년 동안 저잣거리 한번 안 내려갔다. 그는 학문이 높고 시서(詩書)에도 뛰어났을 뿐 아니라 평생을 독신으로 살면서 매화 아들과 학 아내로 유명했다. 그는 마당에 매화를 심어 아들로 삼았고 우리(檻)에 학을 길러 아내로 삼았다. 이것이 그 유명한 「매자학처(梅子鶴妻)」다.

그는 일찍이 두 마리의 학을 길렀는데 이 두 마리의 학을 풀어놓으면 구름 위까지 높이 날아올라 유유히 선회하다 우리로 돌아왔다. 임포는 조각배를 즐겨 타고 서호의 여러 승지를 돌아다녔는데 이때 띠풀집에 손님이 와 임포를 찾기라도 하면 두 마리의 학은 우리를 나와 하늘로 날아올랐다. 그러면 임포는 곧 집으로 돌아온다. 학이 손님 온 것을 알렸기 때문이다.

위에서 든 예는 한낱 고사에 지나지 않은 희적염훤(喜寂厭喧)으로, 자연과 인간을 인아일시(人我一視)하는 선적(禪的) 경지의 비현실적 애기지만 그러나 우리는 여기서 공명하는 바 크다. 세상이 바쁘고 시대가 변해 임포처럼 살 수는 없지만 세상이 고약하면 할수록 임포의 처세는 시사하는 바 커서 더욱 그리워진다. 속기(俗氣)를 버리고 고고하게 살았기 때문이다. 물외(物外)에 살면서 물욕에 탐닉하지 않고 높은 정신 세계에 살되 비루(鄙陋)와 탐욕에 초연했기 때문이다. 속기를 버린다 함은 물욕과 세욕을 버린다 함이며 고고하다는 것은 속기와 탐욕을 버려 추해지지 않는다 함이다.

그렇다면 어찌해야 하는가. 자족하면 된다. 안분지족(安分知足) 하면 된다. 욕심이 많으면 많은 것만큼 인간은 추해지고 타락한다. 구봉(龜峰) 송익필(宋翼弼)은 「족부족(足不足)」이란 시에서,

부족지족매유여(不足之足每有餘)
족이부족상부족(足而不足常不足)

이라 하여 부족하더라도 족하다고 생각하면 언제나 여유가 있고 비록 족하더라도 부족하게 생각하면 늘 부족한 법이다 라고 했다.

저 퀴닉학파의 시조인 희랍의 거지 철학자 디오게네스는 평생을 통 속에 살면서도 세계시민임을 외쳤다. 무엇 때문인가. 속기가 없고 욕심이 없었기 때문이다. 유토피아가 어디 따로 있는가. 천국도 따로 있는 게 아니다. 욕심이 없고 속기가 없으면 그게 곧 천국이요 유토피아다.

속기에 물들면 욕심이 생기고 욕심이 생기면 비행도 생기게 마련이다. 요즘 패가에 망신을 하는 정치 경제 사회의 지도자들은 다 속기에 물들어 욕심이 많기 때문이다. 석가도 말하기를 욕심이 불같으면 그것이 곧 불구덩이요, 탐욕에 빠져들면 그것이 곧 괴로움의 바다가 된다고 했다. 석가는 또 마음이 깨끗하면(욕심이 없으면) 거센 불길도 연못이 되고 마음에 깨달음이 있으면 배는 피안(彼岸)에 오른다 했다. 피안이란 무엇인가. 도피안(到彼岸)의 준말로 인생이 살다가 죽어 가는 과정을 이편 강언덕에서 배를 타고 저편 강언덕에 도달하는 것을 비유한 말이다. 사람이 이승에 살다가 저승으로 가는 이쪽 경계가 차안(此岸)이요 그 저편이 저승인 피안인데 그 중간, 곧 차안과 피안 사이에 중류(中流)가 있어 배를 타고 건너는 곳으로 비유된다. 그래서 석가는 이 세상이 고해(苦海)요,

중류가 번뇌요, 피안이 극락이라 했다.

속기를 버리고 산다는 것.

욕심을 버리고 산다는 것.

사람은 이 두 가지만 버리면 추해지지 않는다. 타락하지 않는다. 그런데 사람들은 딱하게도 이 두 가지를 버리지 못해 이름을 더럽히고 몸을 망친다. 어찌 이름과 몸 뿐이겠는가. 종당엔 인생까지 망쳐 돌이킬 수 없는 구렁텅이로 빠진다.

여기서 우리는 거창하게 고절(高節)은 말하지 말자. 초세속적 고사(高士)나 고사(苦士)도 말하지 말자. 그래서 허유(許由)나 소부(巢父) 얘기는 꺼내지도 말자. 굴원(屈原)과 백이숙제(伯夷叔齊) 얘기도 꺼내지 말자. 화정선생 임포 얘기도 더는 하지 말자. 그러나 이 땅의 정치 경제 사회 교육 종교 그 밖의 내로라 하는 지도자들이여! 진실로 그들의 정신, 그들의 사상만은 알고 살자.

욕심을 버리면 추하지 않고

속기를 버리면 타락하지 않는다.

새 해에 간절히 띄우는 메시지다.

—2001년 1월 11일

민생으로 돌아가라

민생(民生)으로 돌아가라.

위민(爲民)으로 돌아가라.

정치권은 무조건 민생으로 돌아가라.

정치권은 이유 여하를 막론하고 위민으로 돌아가라. 지금 국민은 어찌
돼 있는가. 지금 국민은 어찌 하고 있는가.

죽지 못해, 죽을 수 없어 생존하고 있다. 생활 아닌 생존으로 명줄만
잇고 있다. 그런데도 민생을 책임져야 할 정치권은 불화와 갈등과 대립
으로 극한 투쟁만 일삼고 있다. 어쩌자는 것인가. 도대체 어쩌자는 것인
가. 국민은 어떡하라고, 국민은 누굴 믿고 살라고 불구대천지수(不俱戴
天之讐)처럼 절치부심 하는가. 이게 정치고 이게 민생인가. 여야가 정쟁
을 중단하고 민생 문제와 함께 경제 살리기에 총력을 기울인다 해도 이
난제를 풀까 말까 한테 어쩌자고 하고한날 물고 못 먹는 범처럼 으르렁
거리기만 하는가. 의원임대니 안기부 예산 선거자금 지원이니 하면서 새
해 첫 출발부터 이전투구(泥田鬪狗)하다 급기야 여야 영수회담 결렬로
사생결단 하듯 하는 양상을 국민은 가슴 졸이며 지켜봤다. 민생 문제와
경제 살리기의 선봉에서 국민을 안심시켜야 할 정치권이 국민을 안심시
키기는커녕 되레 분열과 대립만 조장하고 있다. 지금 우리 사회는 정치
권의 한심한 분열과 갈등과 대립으로 위기를 헤쳐 나갈 비전을 송두리째
잃고 말았다. 그래서 위기 극복이라는 고통 분담의 대의명분은 사라진
지 이미 오래됐고 부라퀴 같이 제 몫만 챙기려는 집단이기주의가 상생

(相生)아닌 공멸(共滅)의 길로 내몰고 있다. 정부 여당은 정치적 고려에 좌우되지 말고 할 일을 해야 한다. 경기 하락이나 실업 문제 등으로 욕을 먹더라도 구조조정은 원칙대로 밀고 나가야 한다. 지금 경기 급랭에 대한 불안감으로 체감 경기는 꽁꽁 얼어붙어 있고 기업들의 투자 심리도 위축될 대로 위축돼 미래의 성장 잠재력 훼손이 우려되고 있다. 야당도 무조건 발목잡기 식의 정치공세는 지양해야 한다. 현재 우리 사회는 여야, 노사, 빈부, 지역 간이 서로 맞붙어 대립 반목하고 있다. 이런 상황인데도 정치권은 새해 벽두부터 내 논에 물대기식 아전인수로 덤터기 씌우기에만 혈안이 돼 있다. 여당은 야당을 정국 운영의 걸림돌이라는 고약한 생각을 버려야 하고 야당은 차기 정권을 위해 투쟁일변도의 협량(狹量) 정치에서 벗어나야 한다.

솔직히 말해 여야는 지금 대권 획득에만 집착하고 있다. 국민이야 죽든 말든 각기 다른 길을 향해 달리는 평행선, 그러나 이 평행선은 마주 보고 달리는 열차와 같아 위험하기 짝이 없다. 이럼에도 국민들은 이 위험한 열차에 타고 있다. 생명을 맡긴 채로.

늘 하는 말이지만 국민들은 등 따시고 배부르면 불평을 하래도 안 한다. 등 따시고 배부른데 무슨 불평이 있겠는가. 정치권이 국민을 위하고 국민을 생각하고 국민을 떠받드는 데 열과 성을 다한다면 국민의 눈에 비치는 정치권은 적어도 대권과 정권만을 향해 돌진하는 그런 딱하고 추한 모습으로는 보이지 않을 것이다.

우리는 기억하고 있다. 1998년 IMF 외환 위기가 터진 다음 해 노동계와 기업, 정부와 정치권이 국가적 어려움을 극복하기 위해 노사정(勞使政) 위원회를 만들어 뼈를 깎는 아픔으로 "사회적 합의"에 도달했던 것을……

그러나 이 사회적 합의는 지난 해 4·13 총선을 전후, 정치권에 의해 산산히 깨져 버렸다. 여당은 큰소리치며 IMF가 다 끝난 것처럼 국민을 호도해 선거에 이용했고 야당은 대안 제시보다는 정권 쟁탈에 급급했다. 경제는 거덜나 빈사상태에 있는데 정치권은 왜곡된 애드벌룬만 띄워댔다.

정치권은 이제라도 초심으로 돌아가 사회 통합의 주도적 역할을 해야 한다. 나라 살림을 하는 정치지도자들이 솔신해 고통을 감수하고 또 그런 자세로 국민 속에 들어가야 국민을 얻는다. 그래 나는 여기서 또 부득이 내가 평소 즐겨 쓰는 역경(易經)의 경인구 한 마디를 정치권에 보내니 참고하기 바란다. 이는 이귀하천 대득민야(以貴下賤 大得民也)라는 것으로 "귀한 지위에 있는 사람이 겸허한 자세로 낮은 데로 내려와 백성들의 뜻을 구하면 크게 백성을 얻는다"는 뜻이다. 국민이 마음놓고 편히 살 수 있는 것, 이게 바로 국태민안(國泰民安)이다.

— 2001년 1월 20일

그 아리따운 이름 살신(殺身)

남을 위해 목숨을 버리거나 바치는 행위를 살신(殺身) 또는 살신성인(殺身成仁)이라 한다. 그러기 때문에 살신 혹은 살신성인은 장하고 훌륭하고 아름답고 갸륵하다. 아니 숭고하고 거룩하기까지 하다.

생각해 보라.

이 세상에 하나밖에 없는, 그래서 우주와도 바꿀 수 없는 귀하디 귀한 목숨을 남을 위해 바쳤는데 어찌 장하고 훌륭하고 아름답고 갸륵하고 숭고하지 않을 수 있겠나를. 더욱이 이 아리따운 행위의 소유자 이수현 씨(고려대 무역과 4년 휴학)는 스물 여섯의 한국청년으로 지난 달 26일 남의 나라 일본 도쿄 지하철 선로에 떨어진 취객을 구하려다 목숨을 잃었으니 무슨 말을 어떻게 동원한다 해도 차라리 유위부족이다. 그래서겠지만 지금 일본 전 열도는 이수현이라는 한국청년의 의행(義行)에 감동, 깊은 애도를 표하고 있다. 왜 안 그렇겠는가. 이수현 씨의 살신은 의행에 앞선 용기였다. 또 그래서겠지만 이수현 씨의 죽음을 지켜본 한 일본인은 「내가 사고 현장에 있었다면 가만 있었을 것이다」했고 뒤이어 「부끄러운 생각에 고개를 들 수가 없다」고도 했다.

그러나 이 「부끄러운 생각」이 어찌 이 일본인 한 사람 뿐이겠는가. 말을 안 해 그렇지 전 일본인들은 모두 이와 같은 생각을 했을 터이다. 그러기에 모리 일본 총리와 후쿠다 야스오 관방장관도 일본 정부를 대표해 이수현 씨의 빈소를 찾았을 것이고 다나카 마키코 중의원 의원 등 정·관계 인사들도 숙연한 자세로 빈소를 찾아 경의를 표했을 것이다.

하지만 우리는 꽃다이 살신한 이수현 씨가 안타까워 목이 멘다. 그의 가족사가 너무나 기구하기 때문이다. 먼저 그의 증조부는 일본 땅에서 원인 불명의 병으로 목숨을 잃었고, 다음으로 조부는 일제가 한반도를 총검으로 유린할 때 징용에 끌려가 갖은 고초를 받으며 일본탄광에서 노동을 했고, 아버지는 여섯 살까지 조센징(조선인)으로 오사카에 살다 귀국하는 등 3대가 한많은 삶을 살았기 때문이다. 그런데다 4대의 이수현 씨는 아이러니컬하게도 구적(仇敵)이라면 구적일 수 있는 절치부심의 일본인을 살리고 살신했으니 운명이라 하기엔 인연이 너무도 기막히다.

그러나 까닭이야 어찌 됐든 이수현 씨의 살신과 성인은 일본에 커다란 충격을 주었다. 같은 나라 같은 겨레도 아닌 타국 이민족을 살린 의로운 외국인 유학생에게 일본은 참으로 많은 것을 느끼고 깨달았을 것이다. 모두가 자기밖에 모르고 모두가 자리(自利)밖에 모르는 이 삭막하고 황폐한 인성부재시대에 남을 위해 희생하고 타민족을 살리고 살신한 이수현 씨야말로 진정한 이타행(利他行)의 화신이어서 말로만 듣던 코스모폴리탄을 보는 듯하다.

그러므로 적어도 이수현 씨의 죽음은 어느 정치가도 못 따르고 어느 종교인도 못 따르며 어느 교육자도 흉내 못 낼 지고지순(至高至純)의 극치다.

세상에 자기 목숨 아깝지 않은 이가 어디 있으며 자기 생명 귀하지 않은 이가 어디 있는가. 이제 일본은 달라질 것이다. 한국에 대한 인식, 한국 청년을 보는 눈이 달라질 것이다. 그것은 전 일본이 이수현 씨의 죽음에 합장 기도하는 것으로써 알 수 있다.

이수현 씨는 장하게 갔다. 한국인의 의기(義氣)를 일본에 심고 이수현 씨는 갔다. 아니다. 한국 청년의 의기를 세계 만방에 뿌리고 이수현 씨는 갔다. 어느 외교가 이를 따를 것이며 어느 사자(使者)가 이렇듯 국위를 선양할 것인가.

스물 여섯의 꽃다운 나이.

스물 여섯의 시퍼런 나이.

그는 평소에도 성실하고 신실해 책임감이 강했고 남을 위해 봉사하는 희생정신이 투철해 어려운 일은 앞장섰다니, 저 하늘나라에서도 분명 꽃다이 살 것이다.

이에 말하노니 정치·경제·사회·문화·종교·언론·군사·외교·국방·교육의 지도자들이여! 그리고 의기와 의협과 선행과 자비와 성인(成仁)을 파는 족속들이여!

오늘 그대들은 고 이수현 씨의 살신을 추모해 그 영전에 맹세하라. 그 정신 가슴에 깊이 새기겠노라고.

삼가 머리 숙여 고인의 명복을 빈다.

— 2001년 2월 1일

나는 살 줄 모르는 사람인가

　바보 같은 소리지만 나는 컴퓨터라는 걸 전혀 모른다. 그러니까 나는 언필칭 「컴맹」이다. 이 첨단 정보화시대에 더욱이 글 쓰는 일을 업으로 삼는 사람이 컴퓨터 모르는 것도 무슨 자랑이냐 할 지 모르지만 그러나 모르는 것을 모른다 하지 어찌 안다 할 수 있는가. 이는 「아는 것을 안다 하고 모르는 것을 모른다 하는 것이 아는 것」이라던 저 공자의 지지위지지(知之爲知之) 부지위부지(不之爲不知)를 떠올린다면 내 고백(?)은 조금도 흉 될 게 없다.

　나는 컴퓨터를 몰라 불편을 겪고 있지만 부끄럽게는 생각하지 않고 있다. 불편함이란 원고 청탁(특히 소설)이 올 경우 백퍼센트 워드로 작성해 디스켓에 담아 보내거나 아니면 E메일로 보내달라는 것인데 이게 도무지 난감해 애를 먹는다. 그래 원고 청탁자에게 양해를 구해 원고지에 글을 써 보내거나 누구한테 워드를 부탁해 디스켓에 담아보낸다. 이러자니 이게 여간 힘들고 성가시고 귀찮은 게 아니어서 당장 무슨 수를 써야지 하면서도 컴퓨터(워드) 배울 생각이 없다.

　작가라면 적어도 원고지에 혼을 담아 육필로 한 자 한 자 쓰는 게 바람직하다 생각하기 때문이다. 안 그래도 모두가 컴퓨터에 매달려 몰개성 몰인간화 되어가는 판에 인간화를 부르짖는 작가마저 컴퓨터의 노예가 된다면 어찌 되는가. 문명의 이기는 활용해야 되고 또 그래야 발전이 된다지만 지금 우리는 너무나 편하게 살아 「가치」라는 것을 모르고 있다.

　보라. 요즘 컴퓨터로 말미암은 역기능 역작용이 얼마나 심각한가를.

음란 사이트에 언어 폭력은 항다반이고 자살 사이트에 폭탄 제조까지 서슴지 않고 심지어는 「동반자살」이니 「촉탁살인」이니 하는 전대미문의 엽기적 낱말까지 생겨 세상을 살맛 안 나게 하고 있지 않은가.

또 바보 같은 소리가 될 지 모르지만 나는 장삼이사(張三李四)가 다 타고 다니는 자가용(승용차)이라는 게 없어 운전도 못한다. 웬만한 데는 걸어다니고 급할 때는 대중교통을 이용하니 만고에 자가용이라는 게 필요가 없다. 어찌 승용차 뿐이겠는가. 나는 남녀노소 거의 다 칠 줄 아는 고스톱이라는 것도 못 친다. 일고의 가치가 없다고 판단돼 처음부터 배우질 않았다.

그렇다면 내가 못하는 게 이것 뿐인가. 천만의 말씀이다. 내가 못하는 건 이 외에도 많아 골프도 칠 줄 모르고 핸드폰도 쓸 줄 모른다. 현금 인출기에 돈 한번 찾아본 일이 없고 집에 앉아 입·출금의 은행 일을 본다는 폰뱅킹인가 뭔가 하는 것도 얼마 전에야 들은 바 있다.

하지만 내가 못하는 게 어찌 또 이뿐이겠는가. 나는 비디오라는 것도 없고 오디오라는 것도 없다. 기능이 수십 가지여서 편하다면서 누가 사다 준 자동응답기도 받고 거는 것밖에 못해 나머지 기능은 무용지물이 되고 있다. 나는 카바레도 딱 한번 가봤고 나이트도 딱 한번 가봤다. 단란주점이니 노래방이니 하는 데도 딱 한번 가보곤 발길을 끊었다. 내가 갈 곳이 도무지 아니라고 여겼기 때문이다.

자, 사세가 여기에 이르고 보면 나를 모르는 사람은 「샌님」이니 「답답이」니 할 지 모른다. 그래서 혹자는 나를 가리켜 「현대의 이단아」라느니, 「바보 숙맥 천치 멍텅구리」라느니 하며 비아냥거린다. 그런가 하면(이 부분에 대해서는 오해 없길 바란다) 혹자는 또 「이 철학 없는 세상에 어렵사리 오염되지 않고 무공해로 오상고절 하니 가위 국보감(?)이다」하고 추켜세우기도 한다. 그러나 나는 어느 편이냐 하면 활달하고 쾌활한 편이다. 그리고 신명도 많은 사람이다. 나는 더는 몰라도 노래 6백 50 곡은 부를 수 있고 춤은 우리 춤(어깨춤)이 아니면 추질 않는다. 이러니 이 글로벌시대에, 이 월드 와이드시대에 얼마나 살기가 힘들겠는가. 청탁자적(淸濁自適)이라, 세상이 맑으면 맑게 살고, 세상이 흐리면 흐리게 사는 게 사람 사는 법이라지만 「새로 머리를 감는 자는 반드시 갓을 털고, 새로 몸을 씻는 자는 반드시 옷을 턴다」는 신목자필탄관(新沐者必彈冠)과 신욕자필진의(新浴者必振衣)도 사람 사는 법이 아니겠는가.

그러므로 나 같은 사람도 이 대한민국에 한 사람 쯤은 필요치 않겠는가. 나는 의기 투합하는 벗과 함께 환담하는 것을 제일 좋아한다. 나는 정말 살 줄 모르는 사람인가.

— 2001년 2월 16일

정부는 무엇을 하고 있는가

공자가 노(魯)나라 역사로 인해 「춘추(春秋)」를 닦았다. 춘추의 대의(大義)가 행한 후로 천하에 난신(亂臣)과 적자(賊子)가 두려움을 가졌다. 그런데 공자가 춘추를 기술할 적에 더 써야 할 것은 더 쓰고 삭(削)해야 할 것은 삭했다. 이것을 공자의 제자 중 가장 문장이 좋은 자유(子游) 자하(子夏)의 무리도 한 구절을 보태지 못했다. 제자들은 그 춘추를 읽었다. 공자는 다음과 같은 말을 했다. 『후세에 나를 알아주는 자도 춘추뿐이고 또한 나를 죄 줄 자도 춘추뿐이다』라고.

위의 글은 「세가(世家)」에 나오는 말로 춘추에 대한 해석이다. 그렇다면 「춘추」란 또 무엇인가. 춘추란 오경(五經) 〈시경(詩經), 서경(書經), 주역(周易), 예기(禮記), 춘추(春秋)〉의 하나로 중국 노나라의 은공(隱公) 1년(722 BC)에서 애공(哀公) 14년(481 BC)까지의 12대 242년 간의 사적(事跡)을 노나라의 사관(史官)이 편년체(編年體)로 기록한 책이다. 그런데 이 춘추를 공자가 윤리적 입장에서 비판 수정을 가하고 여기에 다시 정사선악(正邪善惡)의 가치 판단을 세워 내린 책이다. 그러므로 「춘추」하면 좌씨(左氏), 곡량(穀梁), 공양(公羊)의 삼전(三傳)이 있고 이 삼전 중에서도 특히 좌씨전(좌씨춘추)이 유명하다.

최근 일본이 왜곡 부성이의 중학교 역시 교과서를 만들고 있다. 이들에게 우리는 먼저 세가에 나오는 춘추이야기부터 전해주고 싶다. 그래서 역사가 얼마나 무섭고 왜곡이 얼마나 큰 죄악인가를 가르쳐 주고 싶다. 이들은 지금 하늘이 얼마나 무서운 지도 모른 채 언필칭 「새로운 역사 교과서를 만드는 모임」에서 씻을 수 없는 죄업을 자초하고 있다.

천하가 다 아는 일본의 침략전쟁을 「아시아 해방전쟁」이라 하고 「한국은 일본의 식민 지배 덕분에 저만큼 잘 살게 됐다」는 식의 말도 안 되는 황당한 주장을 하고 있다. 그런가 하면 또 강제로 나라를 빼앗은 한일합방을 합법적으로 이뤄진 것이라 하고 3·1운동을 비롯해 정신대 즉, 종군위안부 문제는 전혀 기론조차 하지 않고 있나.

하지만 어디 또 이뿐인가. 간악하기 짝이 없는 이들은 「일본의 지난 날은 유색인종으로서는 유일하게 성공을 거둔 찬양할 만한 역사」였다고 자찬하고 있다. 이러고도 모자라 세계 역사가 증거하고 있는 남경(南京)의 20만 중국인 대 학살을 전혀 근거 없는 날조라고 우기고 있다. 그러며 한다는 소리가 「나치는 유태인을 3백만 명이나 학살했지만 우리(일본)는 결코 그런 일이 없다」는 천벌 맞을 수작으로 역사를 속이고 있다. 이들은 그리고 일본군 위안부(정신대)들의 비극적인 삶을 그린 영화까지도 「매춘」이니 「외설 영화」니 하면서 깎아 내리고 있다.

이에 와다 하루키(和田春樹) 일본 도쿄 대학 명예교수와 역사학자 아미노 요시히코(網野善彦) 등 일본의 양심 8백 99 명은 긴급 성명을 내고 극우 역사학자들인 「새로운 역사 교과서를 만드는 모임」이 만든 중학교 역사 교과서가 문부과학성의 검정에 합격해서는 안 된다며 중학교 역사 교과서를 다시 써야 한다고 주장하고 있다. 이 일본의 양심들은 성명서에서 「일본 정부가 이런 교과서를 채택할 경우 2차 대전 전의 독선적 역사 교육 부활의 길을 열게 되는 것이고, 일본을 국제적으로 고립시킬 것」이라고 경고하고 있지만 그러나 3월 초에나 있을 문부과학성의 검정에서 일본 중학교 역사 교과서는 무난히 통과될 것으로 보여지고 있다.

「새로운 역사 교과서를 만드는 모임」의 극우 역사학자나 이 극우 역사학자를 지지하는 극우파들은 이를 반대하는 「일본의 양심」들에게 공갈

협박으로 공포분위기를 조성하기 예사고 개중엔 「죽여버리겠다」며 발호하는 바람에 대다수 일본인들은 이들 극우파에 편승해 우경화 된 상태라니 개탄할 노릇이다.

우리는 이런 터무니 없는 허위 날조 왜곡을 눈뜨고 당해야 한단 말인가. 정부는 도대체 무엇을 하고 있는가. 이럴 때는 국민도 국민이지만 정부가 나서서 강력 대응해야 한다. 그래도 안 되면 국제사회에 알려서라도 역사 왜곡을 바로잡아야 한다. 한데도 정부는 이렇다 할 대안조차 보이지 않고 있으니 답답한 노릇이다.

우리가 얼마나 빙충이로 데면데면하게 보였으면 이런 경멸을 당해야 하는가. 가슴에서 돌 구르는 소리만 「와르르 와르르」난다.

— 2001년 2월 22일

이 천둥 벌거숭이들아!

- 오전 0 시부터 3 시~ 압구정 로데오거리나 신사동 일대를 돌아다님.
- 오전 3 시부터 6 시~ 전철이 운행할 때까지 가수 집 앞에서 낙서 등으로 소일.
- 오전 6 시부터 7 시~ 전철을 타고 미아리 집으로 돌아옴.
- 오전 7 시 30 분부터 8 시 30 분~ 등교.
- 오전 9 시부터 오후 3 시~ 학교에서 모자란 잠을 보충.
- 오후 3 시부터 4 시~ 하교.
- 오후 4 시부터 5 시~ 교복을 갈아입고 인터넷이나 전화 사서함에서 가수 일정 확인.
- 오후 5 시부터 7 시~ 친구들과 만나 분식 집에서 저녁 식사 후 청담동 가수 집으로.
- 오후 7 시부터 12 시~ 친구들과 청담동 일대 가수 집이나 기획사 입구를 지킴.

위의 일정표는 모 신문이 발표한 중학교 2학년 어느 여학생의 일과표다.

그러니까 이 여학생은 매일 매일을 이렇게 보내는 것이 생활이요, 일상이다. 참 천둥벌거숭이 같은 일과표다.

그렇다면 이런 여학생이 이 소녀 하나 뿐인가. 천만의 말씀이다.

10대 중반의 소녀들은 몇 십 명 혹은 몇 백 명씩 몰려와 인기 가수·댄

스그룹이나 인기 연예인의 집 앞에 진을 친 채 그들을 기다리고 그들의 공연이라도 있을라치면 앞자리를 차지하기 위해 영하의 날씨에도 불구하고 공연장 앞길에서 며칠씩 노숙을 한다니 도무지 기가 차 할 말을 잃을 지경이다. 그런데 문제는 이런 소녀들이 서울에만 있는 게 아니어서 인천, 부산, 대구, 전주, 대전, 마산, 청주, 안성, 천안 등 지방에서도 대거 몰려오고 있다는 점이다.

그리고 이 소녀들이 밤늦게까지 인기 가수의 집을 지키고 공개방송이라도 있는 날이면 학교에도 가지 않은 채 아침부터 방송사 입구에 진을 치고 있다는 점이다.

그런데 문제는 이렇게 밤을 새다시피 연예인을 따라다니며 집단 스토커를 능사로 하고 외박 또한 예사로 하다 저도 모르게 유흥가나 환락가로 빠져든다는 점이다.

이러면 이 어린 여자아이들의 장래는 어떻게 되는가.

우리는 이 소녀 아이들의 아이들(idol)현상을 이해 못하는 바는 아니다.

그렇다면 이 「아이들 현상」이란 무엇인가. 우상, 그리워 마지않는 대상, 이게 아이들이다. 그러므로 이 아이들에게 아이들 현상은 「이마고(이상적 존재)」현상에 다름 아니다. 그래서 열중이 부등깃처럼 영도 철도 모르고 맹목 또는 무조건적으로 행동하는 것이다. 겁도 없이. 우리는 또 이를 천둥벌거숭이라 하는데 10대 때는 항용 있음 직한 일이다. 그러나 이는 정도 문제여서 학생 신분이라면 삼갈 일이다.

하기야 이 나라에서 둘째가라면 서러워할 모 여대에서까지 지나친 「아이들 현상」을 빚었으니 아직 열중이 부등깃인 여중생들이야 어쩌면 당연할 지도 모를 일이다.

1976년 미국 가수 클리폴 리차드가 이 여대에서 공연할 때 여대생들은 속옷을 벗어 던지고 그래도 성이 안 풀려 그가 던진 행커치프를 서로 주으려고 머리채를 틀어잡고 쌈박질을 벌인 일이 있고 보면 여중생들의 「아이들 현상」은 천둥벌거숭이의 무조건적 행동이어서 차라리 순수하게 받아들일 수도 있다.

그래서 우리는 뉴키즈 온 더 블록이라는 미국의 십대그룹이 한국에 와 공연할 때 10대 소녀들이 소리치녀 얼광하다 기절하고 압사한 사건(?)까지 이해하려 하고 있다.

그러나 이 열중이 부등깃들아! 세상 물정 모르는 천둥벌거숭이들아! 너희는 학생이다. 학생 중에서도 꿈을 먹고 살아야 할 10대의 여학생들이다. 그런데 그런 너희가 외박을 하고(비록 노숙이라 할지라도) 유흥가나 기웃거린다면 대체 너희 인생은 어떻게 되겠느냐.

그래 나는 여기서 랑브리지가 「비관주의자와 낙관주의자」에서 말한 「두 사람이 같은 창문으로 밖을 내다보고 있다. 한 사람은 흙탕물을 보고 있고 다른 한 사람은 하늘의 별을 보고 있다」를 말하지 않을 수가 없다.

— 2001년 3월 1일

조국을 떠나는 사람들

이게 대체 어찌 된 일인가.

삶을 찾아 고국을 떠나는 이민 숫자가 해마다 늘고 있다니 이게 대체 어찌 된 일인가. 참으로 안타깝고 속상해 왜장이라도 치고 싶다. 이민도 화교나 일본인들처럼 타국에서 돈을 벌어 고국에 보내는 그런 이민이라면 국익에 보탬이 돼 얼마나 좋으랴만 상황이 그게 아닌 피난이민이나 도피이민 같은 것이어서 서글프기 짝이 없다.

자기가 나서 자란 조국을, 더욱이 부모 형제가 살고 있는 정든 고향을 버리고 가야하는 심경이야 오죽할까만 이를 보는 국민의 심사도 편치가 않다. 앞에서도 말했듯 이민이 국익을 위한 것이라면 작히나 좋겠는가. 그런데 이 나라에서는 살 수가 없어서, 이 대한민국에서는 살기가 싫어서 떠나는 이민이고 보면 사태는 심각하다 아니할 수 없다. 도대체 정치를 어떻게 하고 사회가 어떻게 되었기에 이민이 러시를 이루는가. 좁은 땅에서 아웅다웅 아귀다툼을 하기보다는 넓은 땅으로 가 도남(圖南)의 뜻을 펴 성공을 한다면 본인도 좋고 조국에도 이바지해 이런 다행이 없겠는데 문제는 사교육비에 허리가 휘고, 구조조정에 밥자릴 잃고, 부정부패에 신물이 나서 이민 간다는 사람이 많고 보니 큰일인 것이다.

얼마 전 어느 이민자는 「대한민국에서는 빕이 있으나마나 해 강한 사람은 살고 약한 사람은 살 수 없어 이민을 가기로 했다」는 충격적인 말을 했고 어떤 이민자는 또 「내 나라 내 조국이니 어떻게 해서라도 사랑하며 살아야 하는데 도무지 그럴 만한 가치를 못 느껴 이민을 간다」는 극단론을 펴기도 했다.

외교통상부에 따르면 지난 한 해에 이민 간 사람은 1만 5천 3백 7 명에 이르러 99년의 1만 2천 6백 55 명 보다 20%나 늘어난 수치여서 IMF로 이민자가 급증했던 98년 보다 1천 여 명이나 늘어난 수치라 한다. 그리고 이런 수치라면 올해 말엔 2만 명에 가까울 것으로 내다보고 있다. 이민자들은 잇단 기업 부도와 퇴출, 벤처기업 붕괴로 불안을 느낀데다 구조조정으로 일자리를 잃고 여기다 부정 부패와 정치권의 쌈박질이 꼴보기 싫어 이민을 가기로 결심했다는데 그러나 가장 큰 이유는 엄청난 사교육비를 감당할 수 없어 이민을 간다는 게 지배적이다.

정부와 교육당국은 이를 심각히 받아들여 대책 수립에 지혜를 짜야 할 것이다. 조국이 그리워 오고 싶고 고국이 사랑스러워 떠나지 않아야 살 만한 나라가 아닌가. 그런데 반대로 조국이 싫고 고국을 사랑할 가치조차 없다며 떠나가니 이러고도 대한민국이 제일이라는 「조국 찬가」를 부를 수 있는가.

우리는 영재교육을 한답시고 한창 뛰어 놀아야 할 아이들을 가둬 놓고 못 살게 달달 볶는 빌어먹을 교육풍토부터 뜯어 고쳐야 한다. 천하의 대문장가요, 중국 제일의 시성(詩聖)인 두보(杜甫)는 과거에 낙방했고 아인슈타인은 수학 이외엔 모두가 낙제점이었으며 취리히대학에도 떨어졌지만 세계를 바꿔놓은 인물이다. 20세기의 가장 첨예한 두뇌의 소유자라는 폴 발레리는 그 논문이 육군성 문관시험에 낙방했으나 이듬해 영국 잡지에 발표되자 「유럽 공전의 지성이 탄생했다」는 평가를 받았다. 시인 하이네는 대학시험만 봤다 하면 낙방했다. 야속한 어머니가 「남들에게 바보소리만 듣지 않게 해 달라」는 애원에 심기일전, 세계적인 시인이 됐다.

하지만 어디 또 이뿐인가.

　피카소는 초등학교 때부터 퇴학을 맡아 놓고 한 낙방 5관 왕이었지만 세계적인 화성이 됐고 윈스턴 처칠은 육군사관학교 시험을 두 번 치고 두 번 다 떨어져 세 번째야 가까스로 합격했다. 그리고 고등학교 입학시험 때는 제일 중요한 라틴어를 0점 받은 바 있지만 대영제국을 움직인 세계적 석학이자 대 정치가가 됐다. 드골도 간신히 사관학교에 입학했지만 성적이 늘 하위권으로 엉망이었다. 그런데도 그는 프랑스는 물론 세계를 움직인 위대한 정치가가 됐다. 자, 그렇다면 진실로 어찌해야 하는가.

　「진정한 교육은 사회의 근본적인 힘이 된다. 그러므로 오늘날과 같은 사회구조는 비록 소수만을 교육시킨다 하더라도, 교육받은 사람에 의해 붕괴되고 말 것이다.」에베레트 라이머의 「학교는 죽었다」에 나오는 말이다. 교육은 깊이 각성해야 한다.

— 2001년 3월 9일

수춘부(愁春賦)

「보릿잎 포롯포롯 종달새 종알종알

　나물 캐던 큰 아기도 바구니 던져두고

　따뜻한 언덕 머리에 콧노래만 잦았다

　볕이 솔솔 스며들며 옷이 되레 주체스럽다

　바람은 한결 가볍고 구름은 둥실둥실.」

「자네 집에 술 익거든

　부디 나를 청하시게

　초당에 꽃피거든

　나도 자네 청하옴세

　백년간 시름없는 일

　의논코자 함일세.」

　앞의 글은 가람 이병기(李秉岐)의 「별」이란 시고 뒤의 글은 조선조 효종 때의 상신 김 육(金堉)의 무상취락(無常醉樂)의 시조다. 둘 다 봄을 소재로 한 글들이다.

「지일강산려(遲日江山麗)

　춘풍화초향(春風花草香)

　이융비연자(泥融飛燕子)

사란수원앙(沙暖睡鴛鴦).」

「도수부도수(渡水復渡水)
　간화환간화(看花還看花)
　춘풍강상로(春風江上路)
　불각도군가(不覺到君家).」

이 두 글 또한 봄을 소재로 한 시로써 위의 것은 두보(杜甫)의 오언절
구요, 밑의 것은 고청구(高靑丘:송나라의 시인)의 오언절구다. 뜻을 풀이
하면 위의 시는「긴긴 봄 해에 강산은 아름답고, 봄바람에 꽃과 풀이 향
기롭구나. 진흙이 풀리니 제비가 날고 모래가 따뜻하니 원앙이 존다」는
뜻이고 아래의 시는「물을 건너고 또 건너고, 꽃을 보고 다시 보고, 봄바
람에 강길을 따라 걷다, 문득 깨닫고 보니 자네 집에 이르렀네」라는 뜻
이다.

봄이다. 산도 봄 들도 봄 바람도 봄이다. 양지쪽엔 파릇파릇 풀잎이 돋
고 산자락 언덕배기와 골짜기 묵정밭엔 냉이 달래 쑥부쟁이가 한창이다.
개울가 방천엔 머리 감은 능수가 빗질을 곱게 한 채 푸른 옷으로 갈아입
기 시작하고 봇도랑가 둔치엔 버들강아지가 호드기 만들어 불기 알맞게
토실토실 물이 올랐다.

그러고 보면 이제 목련이 피고 개나리가 웃고 참꽃(진날래의 본디말)
이 산야에 지천으로 만개하리라. 그러면 또 이 산 저 산엔 산벚꽃이 무더
기무더기 현란해 꽃보라 꽃눈깨비에 꽃멀미를 일으키고 고샅길 울 너머
엔 구름 같은 살구꽃이 동네를 뒤덮어 목동요지행화촌(牧童遙指杏花村)
을 말해줄 것이다.

자, 이렇게 봄은 왔고 또 오고 있다. 계절의 봄 절후의 봄은 한 치의 어

굿남도 없이 정확하고 철저하게 찾아와 우리 인간에게 기쁨을 주고 소생을 주고 희망을 주고 교훈을 주건만 어찌해 우리 인간들은 봄이 와도 기쁨과 소생과 희망과 교훈은커녕 되레 불안과 실의와 좌절과 실망만을 안겨주는가. 정치가 그렇고 경제가 그렇고 사회가 그렇고 교육이 그렇다.

정치는 여야가 하고한날 물고 뜯고 치고 박는 쌈박질만 하느라 민생은 뒷전이고, 경제는 경기 침체와 고용 불안, 주가 폭락과 물가 상승, 여기에 금리 인하로 전·월세 대란을 가져왔으며, 사회는 빈익빈 부익부의 구조 속에 1백만 명이 넘는 대량실업을 낳아 모럴 해저드(도덕적 해이)와 규범 해체로 신음하고 있다. 교육은 장송곡을 불러 공교육이 사교육에 압사 당하고 인성교육 부재로 비인간화가 된 교육 입국은 교육 망국이란 이름 아래 「교육 이민」이란 신조어를 낳기에 이르렀다.

하지만 어디 이것 뿐인가.

그렇게도 큰소리 땅땅 치며 들끓는 국민 여론을 귓등으로도 안 듣고 광조병에 걸린 듯 강압적으로 몰아붙이던 의약 분업과 의보(醫保) 문제가 실패로 끝나자 대통령이 뒤늦게 자기 잘못이라 했지만 배는 이미 걷잡을 수 없이 항로를 이탈했다 .내 여기서 또 분명히 이르노니 통치자는 역경(易經)의 『이귀하천 대득민야(以貴下賤 大得民也)』를 좌우명으로 삼아야 한다. 「귀한 지위에 있는 사람이 겸허한 자세로 낮은 데로 내려와 백성들의 뜻을 구하면 크게 백성을 얻는다」고 한 말 말이다.

이 칼럼이 수춘부(愁春賦) 아닌 대춘부(待春賦)였으면 얼마나 좋겠는가. 오호, 통재로다.

—2001년 3월 26일

이 땅의 지도자에게 묻는다.

　이 땅의 내로라 하는 상류층들은 모를 것이다. 이 땅의 애옥살이 민생을 책임진 정치 지도자들은 모를 것이다. 찬바람이 떠르르 불어 목을 움츠리거나 눈발이 희끗희끗 날려 지기를 못 펴는 계절도 아닌 이 햇살 눈부신 4월에 무슨 궁기(窮氣)에 찬 소릴 하느냐면서.

　그렇다. 이 땅의 내로라 하는 상류층들은, 이 땅의 가난한 민생을 책임진 정치지도자들은 이 햇빛 찬란한 4월에 무슨 뚱딴지 같은 소리로 헤살부리느냐 할 것이다.

　왜 안 그렇겠는가. 밑엣 돈이 숨을 못 쉬어 뭐든지 돈으로 방침하는 사람들은 가난이 대체 어떤 것이고 배고픔이 짜장 얼마나 고통스러운 것인가를 애시 당초 모르는 정치지도자들은 지금이 단군이래 가장 잘사는 세상으로 알 것이다. 그래서 국태 민안하고 시화 연풍해 거리마다 저자마다 강구 연월(康衢煙月)의 격양가(擊壤歌) 소리가 드높으리라 믿을 것이다.

　그러나 지금 이 시간 이 순간에도 가난한 사람들은, 배고픈 사람들은 칼바람이 뼛속을 파고드는 엄동설한이어서 몸도 마음도 툰드라처럼 꽁꽁 얼어 있다. 가진 자들이야 겨울이 낭만의 계절이요 환희의 계절이어서 스키도 타고 밍크 코트도 입고 싶어 날씨가 영하 몇 십 도로 내려가길 바라겠지만 없는 사람들은, 못 가진 사람들은 겨울이 저승사자 만큼 무서워 얼기를 못 잡는다. 김장하랴, 연탄 들여놓으랴. 식구마다 옷 한 벌씩이라도 장만하랴, 도무지 옴치고 뛸 수 없는 월동 준비에 한숨이 절로 난다.

　하지만 이렇게라도 겨울을 나는 사람은 그래도 축복 받은 사람들이다. 아침 먹고 나면 점심 끼니 간데 없고, 점심 해결하고 나면 저녁끼니 온데 없는 삼순구식(三旬九食)의 애옥살이들은 쌀 한말 사놓고 먹는 게 꿈이요 희망이다. 이들에겐 한 말 쌀도 하늘같아 끼니 때마다 봉지쌀이 아니면 몇 봉지의 리면으로 목숨을 잇는다.

　쌀이 얼마나 귀하고 한 말 쌀이 얼마나 큰 것이면 「여러분. 우리도 언젠가는 쌀 한 말 사놓고 먹을 때가 올 겁니다. 우리 그 때를 위해 열심히 기도합시다」라는 피맺힌 절규를 하겠는가. 이는 소위 말하는 달동네의 가난한 교회 목사가 신자들에게 설교할 때 하는 소리다.

　높은 데 살아 달이 그만큼 가깝다 해서 붙여진 이름 달동네. 이름은 근사해 더할 수 없이 아름다운 달동네인데 내용은 비참해 더할 수 없이 참혹한 기한(饑寒)의 땅 달동네. 가난은 그러나 달동네 뿐만이 아니어서 소난장에 말난 듯 부자동네도 섞여 있어 군중 속의 고독자 처럼 살고 있다. 풍년 거지가 더 서럽듯 풍요 속의 빈곤을 뼈저리게 느끼면서도 설마, 설마 하며 그 「설마」에 속아 오늘을 살고 있다. 세상에 뭐가 서러우니 뭐가 서러우니 해도 배고픈 것보다 더 서러운 게 또 있을까.

　그래서 중국의 세계적 석학 임어당(林語堂)은 그의 명저 「생활인의 발견」에서 「민중이 굶었을 때 몇 개의 제국(帝國)은 붕괴하고 여하한 강력한 정권도 공포정치도 사라져 갔다」했고 오 헨리도 「사랑과 사업과 가족과 종교와 예술 및 애국심은 기아에서 허덕일 때면 다만 말의 그림에 불과하다」했을 것이다. 때문에 민(民)은 의식(衣食)이 위천(爲天)이어서 먹고 입는 것을 하늘로 삼는다. 했을 터이다.

　배고픔, 굶주림. 최학송(崔鶴松)은 「기아와 살육」이란 작품에서 배고픔의 환심장으로 사랑하는 자식을 가마솥에 삶아 죽였다. 오죽하면 「공자가어(孔子家語)」에서조차 「새는 궁하면 아무것이나 쪼아먹고, 짐승이 궁하면 사람을 해치게 되며, 사람이 궁하면 거짓말을 하게 되며, 말(馬)이 궁하면 내쳐 달아나 버린다 하니 옛날부터 오늘에 이르기까지 그 아랫자리에 처해 있으면서 능히 위태롭지 않은 자가 없다」했겠는가.

이 땅의 지도자들이여!

정치, 경제, 사회, 교육 종교 그 밖의 내로라 하는 지도자들이여! 그대들 얼마나 배고파 봤는가. 그대들 얼마나 굶주려 봤는가. 내 그대들에게 묻노니 「똥구멍 찢어지게 가난하다」라는 말을 아는가. 모른다면 숙제로 줄 것이니 알아맞히기 바란다. 그리고 이 첨단 과학시대에도 현대판 보릿고개가 엄존한다는 사실을 똑똑히 기억하기 바란다.

— 2001년 4월 4일

새 저리 우짖고 꽃 저리 피는데

「시름에 겨운 이 강산에도 봄은 정녕 오는가. 한강 굽이 노는 노들의 언덕 능수버들은 따사로운 햇살을 빗질하며 나비 춤을 부르니 시어진 벌판의 잔디도 청춘의 숨결을 돌이키려는가…….

샛바람 불어 불어 하마 개나리 반기는가 했더니 진달래 웃기도 무섭게 산새는 울어 울어 시름을 다시 돋우누나.

「울어라 울어라 새여

널라와 시름한 나도 자고 니러 우니노라

얄리 얄리 얄랑성 얄라리 얄라.」

청산별곡 한 구절 읊조리며 봄 찾아 나섰건만 어리미친 발길이여, '허위허위' 어디로 예는가……. (중략)

진달래 두견새 슬픈 노래에 소리 없이 피고 시들고 할미꽃 소복이 옛날의 꿈을 되불러 조으는 오미 강변 우양이의 봄이 그립구나.(중략)

세상 떠나시는 순간까지 감옥의 두 아들 놈 이름만 외우시다 가신 아버지. 왜(倭)의 사슬에 매어 서대문 높은 담 속 좁은 쇠창 사이로 인왕산 옛 성에 깃들이는 봄볕을 아득한 다른 나라처럼 부러워하던 그 날의 뼈저린 시름이 가슴의 상처를 지르는구나. 내 분명 아픈 멍에를 벗은 줄만 여겼더니 눈에 보이지 않는 가시관 이마에 얹혀 붉은 피 방울 방울 맺혀 흐른다.

이방인에게 다스림 받기를 어느 쓸개 빠진 겨레가 바란다더냐. 가슴에 안기는 훈훈한 바람결이 간지러울수록 염통의 붉은 피는 명사십리 해당화보다 붉게 옴쳐 탄다.

문득 머리에 떠오르는 두보(杜甫)의 애끊는 노래.「나라가 흩어지니 산하만 남고(國破山河在), 옛 성엔 봄 돌아와 풀 나무 핀다(城春草木深)…… (중략).

봄은 어디로 오는가. 찾을 곳 없구나. 호강하는 겨레들이야 북 치며 놀겠다만 방공호 땅굴로 쉴 곳 없는 가난한 백성에게야 시달려 쫓기듯 매 맞으며 놀라 사는 마소와도 같이 흙먼지 세찬 바람에 눈도 귀도 어두운 시름 겨운 봄이란다.(중략).

오직 만안 춘수(滿眼春愁)를 소부득(消不得)이라, 홀로 읊조리는 안타까운 봄이거니 꽃이야 피건 말건 제비야 오건 말건 천 년의 무거운 시름에 겨운 이 나라 사람의 가슴에 언제나 봄이 오려나. 언제나, 언제나…….」

위의 글은 우리 한반도가 저 악랄한 일제의 사슬에 묶여 살던 때를 배경으로 씌어진 신영철(申瑛澈)의 「춘수(春愁)」라는 글의 일부이다.

그렇다. 신영철의 지적(절규)이 아니어도 봄은 저 혼자 와 제 할 도리를 다 하고 있다. 위안부 역사는 화장실 역사와 마찬가지여서 교과서에 쓸 가치조차 없다며 일본 중학교 역사 교과서를 왜곡 집필한 사카모토 다카오란 자가 하늘 무서운 줄 모르고 떠들어대도 봄은 와 꽃이 피고 새가 울고, 정치 경제 사회가 불안해 국민이 나뭇가지 끝에 앉은 새처럼 위태 위태 영일이 없어도 봄은 와 꽃이 피고 새가 운다. 실업자가 백만 명을 넘어서든 말든 윤리 도덕이 망가져 패륜 패역이 횡행하든 말든 봄은 한 치의 어긋남도 없이 찾아와 온 누리를 뒤엎었다. 진달래 개나리가 산야를 수놓고 벚꽃 살구꽃이 환몽이듯 꽃보라를 흩뿌려 어리어리 꽃멀미를 느끼게 하는데도 세상은 비리 부정으로 병들어 땅을 치게 하고 있다.

이름 모를 산새들은 『똑똑 또그르르, 종종종종, 쪼그르르 쪼그르르, 지쭈지쭈지쭈지쭈, 왜지지왜지지왜지지 왜』하며 무슨 내기나 하듯 목소리를 뽑낸다. 그러고 보면 이제 머지 않아 뻐꾸기, 지쪽새, 꾀꼬리, 밀화부리, 휘파람새 같은 나그네 새가 한 타령이 돼 숲속 여기 저기서 청아한 목소리로 코러스를 연주할 것이다. 그러면 또 산자락 언덕배기엔 분홍색을 칠한 듯한 싸리꽃과 소금을 뿌린 듯한 하얀 조팝꽃이 지천으로 사람을 홀린다. 하지만 어디 이뿐인가. 좀더 깊은 산으로 가면 금낭화(며느리밥풀꽃), 초롱꽃, 은방울꽃, 풀솜대, 쥐오줌풀, 다래붓꽃, 개불알꽃(복주머니꽃), 매발톱꽃(보금취), 괭이눈, 복수초, 금붓꽃, 단풍제비꽃, 현호색, 바위말발도리 같은 야생의 기화(琪花)가 요초(瑤草)와 함께 그 자태를 요염히 뽐내리라.

　이렇듯 봄은 일호의 어그러짐도 없이 찾아와 망가지는 우리 인간에게 기쁨을 주는데 우리 인간은 여태도 정신을 못 차려 망가지는 세상을 더 망가지게 하고 있으니 오호 앙화 있어 마땅할진저.

— 2001년 4월 21일

왜 대치(大癡) 어른이 그리울까

선친의 친구 분 중에 대치(大癡)라는 어른이 계셨다. 이 분의 이름은 오호락(吳好樂) 씨요, 대치는 이 분의 아호였다. 크게 어리석다는 대치.

이 분은 아호처럼 그렇게 세상을 사셨다. 이 분은 선친과 한 서당에서 동문수학한 동접간으로 선친과는 지음(知音)의 관포지교(管鮑之交)였다.

누가 나보고 당신이 아는 사람 중에 존경하는 사람이 누구냐고 묻는다면 나는 서슴없이 대치 어른이라 대답하고 싶다.

대치 어른은 역사적인 인물도 아니요, 출세한 인물도 아니다. 그리고 흔히 말하는 애국지사나 우국열사도 아니다.

대치 어른은 구름 깊은 첩첩 산중 올산(兀山)이라는 곳에서 약초를 캐 팔며 산전을 일궈 먹고 사셨지만 언제나 호방무애(豪放無碍)로 세상을 넘나들었다.

오늘은 여기 있는가 하면 내일은 저기가 머물렀다. 바람 따라 구름 따라 흘러 다니는 물외인(物外人), 흘러가는 물처럼, 떠다니는 구름처럼 거쳐서 막힘 없는 행운유수(行雲流水). 나부끼듯 표표히 사라졌다간 바람처럼 불쑥 나타나는 그는 마치 저 송나라의 화정(和靖)선생 임포(林逋)가 서호(西湖)의 고산(孤山)에 띠풀집을 짓고 살면서도 저잣거리 한번 내려오지 않은 채 매화 길러 아들 삼고 학 길러 아내 삼던 매자 학처(梅子鶴妻)를 연상시켰다.

이런 그를 선친은 풍랑타(風浪打) 표설분(飄雪紛)이라 매김하곤 기약없이 목을 빼고 기다리셨다. 대치 어른은 본시 올산보다 더 깊은 산중 용봉산(龍鳳山) 독가촌(獨家村)의 띠풀집에서 산약 캐고 화전 일구며 살다가 당국의 소개령(疏開令)에 의해 올산이라는 동네로 내려왔다. 당시는 일제 말기였으므로 작전상(정책상) 외따로 사는 사람을 한 곳에 모여 살게 했다.

구름 깊은 용봉산에 살아서인지 대치 어른은 자신을 산중거사(山中居士)니 용봉산인(龍鳳山人)이니 했다.

그런가 하면 복룡(伏龍, 제갈양을 말함)이니 봉추(鳳雛)방통(龐統)을 말함)니 하기도 했다. 그러면서도 자신의 아호만은 크게 어리석다는 대치를 고집했다.

대치 어른이 자신을 복룡이나 봉추에 비긴 것은 구름 깊은 산중에서 복룡 봉추처럼 살 뿐만 아니라 용봉산이 복룡의 '용'과 봉추의 '봉'을 가지고 있어서였다.

대치 어른은 이름이 가리키듯 언제 봐도 낙천적이었다. 술 좋아하고 친구 좋아하고 범사에 매이지 않는 달인이었다.

그래서인지 누구한테나 '허허허허' 하고 허허롭게 웃었고 귀인 천인 차별 없이 똑같이 대했다.

그러나 이런 대치도, 아버지와 만나면 밤이 깊도록 우국(憂國)을 말하고 시국을 논하면서 맥수지탄(麥秀之嘆)의 망국한을 비통해 했다.

그러며 자결하거나 근왕창의(勤王倡義) 못함을 부끄럽게 여겨 통음으로 밤을 밝혔다. 그리고 때로는 시조와 시작(詩作)으로 세상사를 잊기도 했다.

하지만 아버지와의 대좌가 아닌 다른 사람과의 만남엔 대치라는 아호에 걸맞게 행동했다. 어찌 보면 바보 같고 어찌 보면 어리보기 비슷하게……

이렇듯 세속에 살면서 세속을 벗어난 대치 어른은 다음 일화에서 대치다운 극치를 이룬다.

대치 어른이 어느 날 장에 가서 시루(甑) 하나를 사가지고 오다 그만 돌부리에 걸려 넘어지는 바람에 시루를 깨뜨리고 말았다. 시루는 당연히 산산조각으로 박살이 났다. 그런데도 대치 어른은 뒤 한번 돌아보지 않고 걸었다.

같이 가던 장꾼이 깨진 시루를 주워 맞추며 어찌 뒤 한번 돌아보지 않느냐 하자 대치는,

"증(甑)이 파(破)하니 시지하(視之何)이꼬." 하고는 그냥 걸어갔다. 동행이 그게 무슨 소리냐 하자.

"깨진 시루는 봐서 무엇하냐는 말일세." 동행은 그래도 어디 그럴 수 있느냐며 애석해 하자. "허허 사람 참. 아, 복수 불반분(覆水不返盆)일세, 복수 불반분. 한번 엎지른 물을 어찌 다시 동이에 담을 수 있을꼬. 끝장이지."

하며 계속 휘적휘적 걸어갔다.

대치 어른은 이런 분이었다. 세속에 살되 세속을 뛰어넘고, 속세에 살되 속기라곤 없던 대치 어른. 이런 대치 어른이 갑자기 그리워지는 건 무슨 까닭일까. 전후 좌우 사방 팔방 육허(六虛)를 돌아봐도 대치 어른 같은 분은 도무지 찾을 수가 없는데…….

— 2001년 5월 8일

하느님 전 상사리

'가뭄이 이토록 심하고 심해/산천초목 모두 다 말라버렸네/가뭄이 그 위세를 떨치는 곳은/모두 다 불붙어 태우듯 하네/이 마음은 더위를 두려워하여/근심에 마음마저 붙타는도다'

하느님.

이 글은 시경(詩經) 운한편(雲漢篇)에 나오는 가뭄에 대한 시입니다. 그리고 다음 글 역시 가뭄에 대한 것으로 남구봉(南九峰)의 '가뭄'이라는 시입니다

'송사리 떼가/말라붙은/봇도랑/쫓긴 개구리 등에 햇볕이 맴을 돌면/파닥이는/풀 섶에서/하루해가 멀다/한낮의/농부들의/우울한 이야기가/비끼어 가는 그늘 따라 졸고 있는데/매미는 차라리/아리히는 가슴/……/웅덩이에는/아직/물이 고이질 않았다' …….

하느님.

지금 대지가 타들어 가고 있습니다. 식물이란 식물은 모조리 시들거리고 농작물이란 농작물은 뿌리째 말라 배배 돌아가고 있습니다. 한데도 비는 한 방울 내리지 않아 식수마저 끊긴 데가 한두 곳이 아닙니다.

하느님.

대저 왜 이러십니까. 이 가련한 백성과 농민을 아주 죽일 작정이십니까.

저 칠년대한(七年大旱) 왕 가뭄에도 하루도 비 안 오는 날이 없었고, 구년지수(九年之水) 대 장마에도 하루도 볕 안 나는 날이 없었다는데, 왜

이 나라 대한민국은 몇 달째 가물어도 비 한 방울 안 주신 채 불쌍한 농민만 피 마르게 하십니까.

혹시 쥐락 펴락하는 자들이 정사를 잘못 봐 그러십니까, 경제를 망쳐서 그러십니까. 아니면 교육을 잘못하고 종교가 타락해 그러십니까. 그것도 아니면 내로라 하는 사회 지도자나 저명 인사들 하는 꼴이 하도 괘씸해 그러십니까.

관자(管子)라는 책에 보면 우(禹)임금 때의 9년 홍수와 탕(湯)임금 때의 7년 대한 때 먹을 게 없어 아들을 저자에 파는 사람이 있었다 했습니다. 이때 탕 임금은 장산(莊山)의 금으로 돈을 만들어 아들을 찾게 해 주었고 우 임금은 역산의 금으로 돈을 만들어 곤궁한 사람을 구해줬다 했습니다. 더욱이 탕 임금을 7 년 대한 때 자신이 제물(祭物)이 돼 기우제에 나갔습니다. 이를 본 백성들이 어찌 임금님께서 제물로 나가시냐며 백성을 제물로 삼아야 한다 했습니다. 이때 탕임금은 무슨 소린가. 백성을 위해 기우제를 올리는데 백성을 제물로 삼을 순 없다면서 굳이 탕임금 자신이 제단에 올랐습니다. 그러자 기다리기라도 한 듯 큰 비가 내렸는데 이 비가 그 유명한 대우방타였지 않습니까.

하느님.

이대로 가다간 좌씨전(左氏傳)에 나오는 야무청초(野無靑草)도 미구 불원입니다. 가뭄으로 인해 땅에 푸른 풀이 없다는 야무청초 말입니다.

하느님.

촌각이 급합니다. 어서 빨리 비를 주십시오. 하느님께선 농부가 가장 견디기 힘든 게 뭔지 아실 것 아닙니까. 농민이 가장 기뻐하는 것도 뭔지 아실 게 아닙니까. 농부가 가장 괴로워 견디기 힘든 건 가뭄에 곡식(농작물) 타들어 가는 것이요, 가장 기뻐 보기 좋은 건 마른논에 물 들어가는 것과 타들어 가는 농작물이 비가 와 되살아나는 것을 보는 농심입니다.

오죽하면 자식 죽는 건 봐도 곡식(농작물) 타죽는 꼴은 못 본다는 말이
생겼겠습니까.

하느님.

비를 주십시오. 어서 빨리 비를 주십시오. 당신을 믿고 사는 가련한 백
성을 죽일 양이 아니시라면 이제라도 주룩주룩 비를 주십시오. 만약, 미
운 자가 있어 비를 안 주신다면 그 자를 벌하시고 나쁜 자가 있어 비를
안 내리신다면 그 자를 어떻게 해서라도 비부터 먼저 내려주십시오. 어
린 농작물이 배배 타들어 가는 것은 차마 두 눈으로 볼 수 없는 목불인견
입니다.

하느님.

우주 만상을 주재 관장하시는 하느님. 그래서 무소불능, 무소불위, 무
소부재 하시다는 하느님. 세상은 뭐니뭐니 해도 우순풍조(雨順風調) 해
야 풍년이 들고 풍년이 들어야 인심이 좋고 인심이 좋아야 강구연월(康
衢煙月) 합니다. 하오니 하느님. 제발 비좀 내려 주십시오. 빌고, 빌고 또
빕니다. 하느님. 바라고 또 바랍니다. 하느님.

−2001 년 5월 22일

어이 없고 기가 막혀

어지간해야 하룻밤 샌님하고 벗을 한다는 말이 있다.

그렇다. 우연만해야 가만 있고 어연간 해야 말을 안 한다. 그런데 이는 도저히 말을 안 하고 그냥 넘어갈 수가 없다. 하는 짓이 처처히 얌체 같고 뻔뻔하며 후안무치하기 때문이다. 그래서 우리는 두 얼굴의 야누스와 두 마음의 이중인격자들에게 타기와 경멸을 보내지 않을 수 없는 것이다.

보라! 많은 직종 중 수입이 가장 좋아 한 달에 수천만 원 또는 수억 원 (사람에 따라서는 더 많이)을 버는 고소득의 의사나 변호사들이 한달 소득이 고작 몇 십만 원밖에 안 된다고 신고를 하니 어찌 이들을 우리가 경멸하지 않을 수 있겠는가. 죽는 시늉도 정도 문제요 언구럭도 유만부동이다. 이들의 소득이 하루 몇 십만 원이라 해도 곧이 들을까 말깐데, 뭐 한 달 수입이 고작 40여 만원 밖에 안 된다고? 참 어이없고 기가 막혀 개가 웃고 소가 웃을 노릇이다.

하지만 기막히고 어이없는 게 어디 이 뿐인가. 전국에서 소득 수준이 가장 높다는 서울 강남구의 건강보험 직장 가입 의료인은 10 명 중 6 명이 보험료를 한 푼도 내지 않고 있어 치내법권 내의 치외법권을 누리고 있다. 이 또한 어이없고 기가 막혀 개가 웃고 소가 웃을 노릇이다.

강남구 소재 의료기관 중 병원급을 제외한 의원, 치과의원, 한의원에서 의료행위를 하고 있는 의료인은 의사 5백 73 명, 치과의사 3백 28 명, 한의사 1백 52 명인데 이 중 건강보험 직장 가입은 2백 88 명이고 지역 가입자는 7백 65 명이다. 직장 가입 2백 88 명 중 59.7%가 배우자 등의 피부양자로 가입, 보험료를 단 한푼도 내지 않고 있다.

한의사는 20 명 중 1백%가 피부양자로 가입해 있고 치과의사는 68 명 중 79.4%인 54 명, 의사는 2백 명 중 49%인 98 명이 피부양자로 가입, 보험료를 내지 않고 있다. 꼼짝 못하고 보험료를 내는 건 공무원과 착한 서민뿐이다.

그런데 여기서 더욱 기막힌 건 보험료를 내는 의사들의 소득 신고와 보험액이다. 강남의 C치과의원 의사 아무개 씨는 월 소득 1백만 원 이하로 신고를 하고 월 보험료 1만 5천 7백80 원을 내고, Y치과의원 의사 아무개 씨도 비슷하게 신고를 해 월 보험료 2만여 원만 물고 있다. 국민 전체 지역 가입자 평균 보험료 3만 6천 22 원보다도 훨씬 낮은 보험료다.

그런가 하면 S안과의원 J씨와 L산부인과 K씨는 월 각각 8천 9백 원씩 내고, K한의원 P한의사는 9천 8백 원, C한의원의 S한의사는 1만 2천 원의 보험료만 내고 있다니 이런 가당찮은 짓둥이가 어디 있는가. 온 나라가 벌집을 쑤신 듯 들끓던 의약분쟁으로 수가(酬價)가 서너 차례나 올라 의사들 주머니가 더 두둑해졌는데 어떻게 한 달 수입이 40여 만 원밖에 안 된다며 낯 간지럽게 신고를 하는가. 빈대도 낯짝이 있고 벼룩도 콧등이 있지.

이는 의사만이 아니어서 변호사도 크게 다르지 않다. 한데도 이 사람들 거의 모두가 고급 승용차에 호화 빌라 또는 대형 아파트에 살고 자녀들도 으레 한두 명은 미국이나 그 밖의 나라에 유학 가 있다. 한 달 수입 몇 십만 원 혹은 기백만 원으로 어떻게 이런 생활을 할 수 있는가. 고급 승용차에 호화 빌라 또는 대형 아파트에 살면서 자녀들 한 둘 외국 유학 보낼 정도면 적어도 한 달에 돈천만 원 수입은 돼야 한다.

물론 개업의 중엔 환자가 없어서 파리 날리는 의원도 쌀의 뉘 만큼은

있을지 모른다. 그러나 이는 망하기 직전의 의원(의사)이고 웬만한 병원
(또는 의원)은 몇 십 분 또는 몇 시간은 기다려야 진료를 받을 수 있다.
치과나 안과 이비인후과 같은 데는 두 세 시간 기다리는 건 보통이다.

이런데도 한 달 수입이 몇 십만 원밖에 안 된다니 어이가 없다. 한 달
수입이 정말 몇 십만 원밖에 안 되는 사람들은 아침밥 저녁 죽의 조반석
죽도 어려워 아침부터 몇 백 원짜리 라면으로 끼니를 때운다.

그러니 이제 하늘 무서운 거짓말일랑 제발 하지 말라. 하늘에 죄를 지
으면 빌 데도 없으니까…….

—2001년 6월 1일

다시 하느님 전 상백시(上白是)

하느님!

삼라만상과 억조창생을 주재 관장하시는 하느님! 천상 천하 우주 일체와 어천만사를 주재 관장하시는 하느님! 그래서 무소불위(無所不爲) 하시고 무소불능(無所不能) 하시며 무소부재(無所不在) 하시다는 하느님 당신!

그래도 당신의 절대하심이 유위부족해 무소부지(無所不知)하다 하고 무소부지(無所不至) 하다 하는 당신! 그러나 당신은 너무하시옵니다. 대체 무소불위가 무엇이옵니까. 못할 일이 없는 것을 무소불위라 하지 않사옵니까. 무소불능은 또 무엇이옵니까. 능통하지 않은 게 없음을 무소불능이라 하지 않사옵니까. 무소부재도 다르지 않아 어디든지 없는 데가 없는 게 무소부재 아니옵니까.

무소부지(知) 는 모르는 게 없음을 말함이고, 무소부지(至)는 이르지 않은 곳이 없음을 말함이옵니다. 그렇다면 하느님 당신은 진실로 못하실 일이 없으시잖습니까. 그러므로 당신은 되지 않은 일 또한 없으시옵니다. 당신은 산을 강으로 만드실 수도 있고, 강을 산으로 만드실 수도 있으십니다. 마음만 잡수시면 산을 바다로 만들고, 바다를 산으로 만드실 수도 있으십니다.

하온데 그런 당신께서 대관절 무슨 억하심정으로 몇 달째 비 한 방울 안 주시는 것이옵니까. 이 세상 천지 만상을 창조 주재하시는 당신이 이러시면 어린 창생들은 누굴 믿고 살란 말씀이옵니까.

하느님.

지금 농작물을 비롯해 모든 식물은 성냥을 그어대면 불이 붙을 지경으로 말라 비틀어져 있사옵니다. 배배 타들어가는 농작물은 눈 뜨고 차마 볼 수 없는 목불인견이어서 며칠 내로 비가 안 오면 올 농사는 죄 망치고 마옵니다.

하느님.

당장 비를 내려주옵소서. 당신께서 지어 놓은 창생들은 당신께서 거두어야 하지 않사옵니까. 지금 창생들은 하늘을 우러르며 당신을 원망하고 있사옵니다. 그런데도 비를 안 주시면 이는 명백한 직무유기시옵니다.

하느님.

민심이 천심이란 말이 있사옵니다. 하늘은 창생들의 입을 통해 듣는다 했사옵니다. 그리고 하느님 좀 어려운 말로 중구삭금(衆口鑠金)이란 것도 있사옵니다. 뭇 사람의 말은 쇠같이 굳은 물건도 녹인다는 뜻으로 여러 사람의 말, 즉 여론(중론)은 범보다 더 무섭다는 얘기옵니다.

하느님.

당신이 지어 놓은 창생들을 죽일 작정이 아니시라면 당장 비를 주옵소서. 지금 농작물 타들어가는 건 말할 것도 없고 먹는 물마저 동이나 아우성이옵니다. 90년 만에 최악의 가뭄이라니 참상이 오죽하겠사옵니까. 당신은 이 가련한 창생들의 절규가 들리지도 않으시옵니까. 만약 당신께서 이 가련한 창생들의 울부짖음을 들으시면서도 짐짓 모른척 하신다면 당신이야말로 가학애(加虐愛)를 즐기시는 사디스트적 성격을 가진 분이라 하지 않을 수 없사옵니다. 생각해 보옵소서. 이 가뭄이 보통 가뭄이 아니고 90년 만에 최악의 가뭄으로 창생들이 목마름에 괴로워하는 데도 비 한 방울 안 주시니 어찌 이런 소리가 나오지 않겠사옵니까.

하느님.

　당신을 창생들은 하나님, 한울님, 한얼님, 천신(天神), 옥황제(玉皇帝)라 부르고 상천(上天), 상제(上帝), 천공(天公), 천제(天帝), 황천(皇天)이라 부르고 있사옵니다. 기독교에서는 당신을 "하나님"이라 하고, 천도교에서는 "한울님"이라 하며, 대종교에서는 "한얼님"이라 하옵니다. 그리고 민간에서는 "천신" "옥황제" 등으로 부르고 "상천" "상제" "천공" "천제" "황천" 이라 하기도 하옵니다. 그러므로 당신은 인간을 초월한 절대자로서 우주를 창조하고 주재하며 불가사의한 능력으로 선.악을 판단하고 화복(禍福)을 내리시는 범신론적(汎神論的) 존재자이시옵니다. 때문에 당신은 일체 만유요 일체 만유는 곧 당신이옵니다.

　하느님.

　돈수 백배 호소하옵니다. 제발 비좀 내려주옵소서. 창생을 다 죽여 새로 인간을 지으시려면 몰라도 그렇지 않으시다면 오늘이라도 좍좍 비를 내려 주소서.

　땅에 뿌리한 모든 생명과 땅에 명을 맡긴 모든 생명이 애처로이 죽어가고 있사옵니다. 아아, 하느님!

― 2001년 6월 8일

어느 것이 수까마귀고 암까마귀인가

기독교에는 하나님이 시나이산(Sinai山)에서 모세를 통해 이스라엘 백성에게 내렸다는 십계조 즉, 열 가지 계율이 있다. 이름하여 십계명(十誡命)이다.

다른 신을 섬기지 말 것, 우상을 섬기지 말 것, 하나님의 이름을 망령되이 하지 말 것, 안식일을 지킬 것, 어버이를 공경할 것, 살인하지 말 것, 간음하지 말 것, 도둑질하지 말 것, 거짓말 하지 말 것, 이웃의 재물을 탐내지 말 것 등이 십계명이다. 그런데 언제부터인가 이 십계명 끄트머리에 '들키지 말 것'이 들어가 있어 십계명은 십일계명이 돼 버렸다.

이는 물론 호사가들이 만든 말이겠으나 그냥 허투루 넘길 말이 아닌 듯싶다. 왜냐하면 이 말이 시사하는 바 의미가 심장하고 또 이 말 속에 들어 있는 풍자와 메타포가 견유적(犬儒的)이기 때문이다.

최근 국세청이 넉 달 남짓 벌여온 세무조사에서 23개 중앙언론사에 대해 물경 5천 56억 원의 세금을 추징한 바 있다. 그리고 일부 언론은 불법 범법을 능사로 해 세금 한 푼 안 내고 신문사 주식을 자손에게 상속하는가 하면 주식을 헐값에 넘기는 등 언론을 앞세워 부와 명예를 자사손손 누리려 한다 하기도 했다. 뿐만 아니라 어떤 언론은 또 상속, 증여세 탈루 등 불법행위를 버젓이 자행하면서도 세상의 빛과 소금과 목탁과 향도 노릇을 하고 있다고도 했다.

한데 이상한 것은 언론사에 대한 세무조사가 신문에 보도되고 모모 신문은 성역을 이용한 치부와 탈세를 했다고 할 때 맨 먼저 내 머리에 떠오른 것은 들키지 말라는 십일계명이었다. 어째서일까. 어째서 맨 먼저 들키지 말라는 십일계명이 떠오른 것일까.

국세청과 공정거래위원회가 발표한 중앙 언론사들의 불법 탈법이 거짓 아닌 사실이라면 이 나라는 너무도 암울해 캄캄절벽이다. 언제나 정의 편에 서서 부정을 매도하고 불의를 질타하며 당당하고 의연한 자세로 올곧은 방향타를 국민 앞에 제시해야 할 언론이 정경 유착의 재벌처럼 탈세하고 이권에 눈 돌려 시속에 영합하고 시류에 야합한다면 이는 이미 염량(炎凉)에 능대한 부라퀴 장사꾼이지 사불범정(邪不犯正)을 모토로 하고 파사현정(破邪)顯正)을 캐치프레이즈로 해야 할 언론은 아니다. 그러므로 이런 언론은 깊은 자성과 맹성으로 국민 앞에 사죄하고 양심선언을 해야 한다.

신문은 교육 종교와 함께 사회를 지탱시키는 마지노선(線)이다. 그런데 이런 마지노선이 타락한다면 세상은 도대체 누구를 믿어야 하는가. 이 기회에 언론은 부끄러운 모습을 떨쳐버리고 환골탈태로 당당히 거듭나야 한다.

그러나 국세청과 공정거래위원회가 4개월 여에 걸쳐 동시다발적인 조사 끝에 내려진 조치는 사상 유례 없는 일이어서 의아한 구석이 없지도 않다. 시기와 방법, 추징 및 부과 액수 등을 놓고 볼 때도 통상적 또는 순수 조치라고는 보기 어렵다. 더욱이 이해부득인 것은 김대중 대통령이 언론개혁을 강조한 후 전격적으로 세무조사가 실시됐고, 중소기업 규모의 언론사에 1천여 명의 인력이 동원된 채 한 차례의 기간을 연장해 4개월 동안이나 조사를 계속한 것은 비판언론 죽이기라는 인상을 주기에 충분하다.

그래서 외신까지 이를 보도했을 터이다. 뉴욕 타임스는 미디어 탄압이라는 제목으로 김대중 정부의 경제 정책 및 대북 화해 노력에 비판적인 신문사들이 가장 많은 과징금을 부과 받았다 했고 AP통신은 비판적 언론에 재갈을 물린 것이라 했다. 로이터 통신도 크게 다르지 않아 주요 언론들이 내년에 있을 대선을 앞두고 언론에 재갈을 물리려 한다고 주장했다. 그러나 정부는 이를 부정하고 있다고 보도했다.

자, 그렇다면 어느 것이 옥이고 돌이고 흑이고 백인지 분간할 수가 없다. 아니 어느 것이 수까마귀고 암까마귀인지 알 수가 없다. 그래서 국민은 지금 가슴만 치고 있다.

— 2001년 6월 28일

소나무여 소나무여

안돌이 굽잇길 험한 벼랑 바위 틈에 이리 굽고 저리 휘면서도 의연히 홀로 선 늘 푸른 경송(勁松) 조선소나무.

지돌이 산길 후미진 난간에 이리 꼬이고 저리 뒤틀리면서도 언제나 변함 없이 늠름한 경송 조선소나무.

십 년을 하루 같이 푸르름을 잃지 않고 백 년을 하루 같이 풍우설한(風雨雪寒)을 이겨낸 채 올연히 서 있는 세한고절(歲寒高節) 조선소나무.

고매한 기품과 불매(不賣)한 지조와 경개(耿介)한 절개로 탁연직립(卓然直立)해 한민족 정신을 상징하는 조선소나무.

강직하고 의연하고 청순하고 고절(孤節)해 한겨울 엄동설한이 돼야 비로소 그 변하지 않는 가치(지조와 절개)를 안다는 조선소나무. 그래서인가 선인들은 일찍이 이 소나무를 해, 산, 물, 돌, 구름, 불로초, 거북, 학, 사슴과 함께 영원히 죽지 않는 장생불사로 여겨 이를 십장생(十長生)이라 했다.

소나무가 십장생에 든 것은 비바람 눈서리 속에서도 변하지 않고 늘 푸르기 때문일 텐데 그렇다면 대나무도 당연히 십장생에 들어야 하지 않겠는가. 대나무도 소나무 못지 않게 비바람 눈서리 속에서도 늘 푸르러 의연하다. 우리가 지조나 절개를 말할 때 가장 많이 사용되고 또 적절히 비유되는 것은 소나무와 대나무 즉 송죽(松竹)이다. 그러므로 지조 있고 절개 있는 사람을 가리킬 때 '송죽 같이 굳은 지조' 니 '송죽 같이 곧은 절개' 니 한다.

이는 무엇 때문인가.

늘 푸르기 때문이다. 갖은 풍상 온갖 한설 다 겪으면서도 본디 모습 그대로 있기 때문이다. 저 깎아지를 듯한 절벽, 그 절벽 난간 바위 틈에 뿌리 박은 소나무. 꼬이고 모히고 뒤틀리면서도 푸르름을 잃지 않고 꼿꼿이 버티고 있는 강인한 생명력.

눈이 오나 비가 오나 바람이 부나 한결같이 꼿꼿하고 청청한 대나무. 대나무에 있어 꺾임은 실절(失節)이요, 휘어짐은 실정(失貞)이다. 때문에 우리는 지조 있고 절개 있는 사람을 '대쪽같다' 한다. 비록 휘어질망정 어찌 차마 꺾일 수 있을까보냐는 대나무, '송죽 같이 굳은 절개 매맞는다고 항복하랴' 라던 지난 날의 노랫가락, 절개가 얼마나 대단하고 대나무가 얼마나 올곧으면 절개를 대나무에 비기고 대나무를 절개에 비겨 이런 노랫가락까지 나왔겠는가. 만고 풍상 다 겪으면서도 단 한번 변절하거나 실절하지 않은 소나무와 대나무.

이 소나무와 대나무에서 나는 서릿발 같은 기개로 지조와 절개를 지키던 조상들을 떠올리며 옷깃을 여민다. 그리고 소나무에서는 지조를 연상하고 대나무에서는 절개를 연상한다. 물론 매화는 설중매로 혹독한 눈서리 속에 피면서도 결코 향기를 팔지 않고 국화는 낙목한천과 북풍한설에 피어 오상고절(傲霜孤節) 하고 있지만 그러나 지조와 절개로 대표되는 소나무와 대나무의 상청(常靑)에는 못 미친다.

그런데 이린 소나무가, 지조의 절개로 대표되고 기품과 기개로 상징되는 조선 소나무가 갈수록 그 수가 줄어들어 한 그루 두 그루 사라져가고 있다 한다. 이는 크게 안타까운 일이 아닐 수 없어 국가적 차원에서 손을 써야 한다.

우리 나라 산림에 주종을 이루던 조선 소나무가 자꾸 감소하는 데는 소나무가 참나무류의 활엽수에 치여 제대로 성장을 못하기 때문이다. 그리고 급속한 산업발전으로 일반 가정이나 각 업체들의 연료(땔감)가 나무에서 LPG로 바뀌면서 산림마다 성장률이 빠른 잡목이 숲을 이뤄 조선소나무의 생존에 필수적인 태양 광선이 부족하기 때문이다.

여기에 또 일부 몰지각한 조경업자들이 제 돈벌이만 생각해 야반에 잘생기거나 희귀하게 생긴 조선소나무를 골라 분을 떠가는 불법 채취도 적지않게 있어 소나무가 감소하는 원인으로 지적되고 있다.

이런 원인으로 말미암아 아름드리 노송이나 적송은 사적지나 관광지 또는 마을 앞이나 도로변 등 주요 관광지와 바위산 등에만 남아 있어 우량 소나무의 보존사업이 절실히 요구되고 있다.

'더우면 꽃 피고 추우면 잎 지거늘, 솔아 너는 어찌 눈서리를 모르는다. 구천(九泉)에 뿌리 곧은 줄을 그로 하여 아노라.'

윤선도(尹善道) 오우가(五友歌).

— 2001년 7월 5일

오, 도림(桃林)이여! 도림처사(桃林處士)여!

중국의 세계적인 석학 임어당(林語堂)은 그의 글 '중국의 유머'에서 다음과 같이 말한 바 있다.

"중국인들은 유럽 사람과 반대로 개를 사랑하지 않는다. 우리들(중국인)은 개를 목욕시키고, 입을 맞추고, 시중에 끌고 돌아다니지 않는다…… 우리들은 어디까지나 개의 주인이지 친구는 아니다…… 우리가 참으로 애정을 지니고 있는 동물이 있다면 그것은 토지를 가는 저 소인 것이다"라고.

그런가 하면 춘원 이광수(春園 李光洙)는 소에 대해 이렇게 말한 바 있다.

"나는 소를 좋아합니다. 그의 질소(質素)하고도 침중(沈重)한 생김생김, 그의 느리고 부지런함, 그의 유순함, 그러면서도 일생에 한두 번 노할 때에는 그 우렁찬 영각, 횃불 같은 눈으로 뿔이 꺾어지도록 맥진(驀進)함, 그의 침묵함, 그의 인내성은 많고 일모일골(一毛一骨)이 다 유용함, 그의 고기와 젖이 맛나고 자양 있음…… 이런 것을 다 좋아합니다. 말은 잔소리가 많고 까불고 사치하고 나귀는 모양이 방정맞고 성미가 패려하고 소리와 생식기만 큽니다"라고.

이는 소에 대한 칭송으로 소의 덕을 기린 일종의 우덕송(牛德頌)이다. 그러나 춘원은 실제로 소의 덕을 기린 '우덕송'을 쓴 바 있는데 거두절미 소개하면 다음과 같다.

……중략. "소! 소는 동물 중에 인도주의자다. 동물 중에 부처요 성자

다. 아리스토텔레스의 말마따나 만물이 점점 고등하게 진화되어 가다가 소가 된 것이니 소 위에 사람이 있는지 없는지는 모르거니와, 아마 소는 사람이 동물성을 잃어버리고 신성에 달하기 위해 가장 본받을 선생이다” 하랴.

이렇듯 춘원은 소를 높이 칭송한 바 있는데 이는 매천 황현(梅泉 黃玹)도 크게 다르지 않아 소를 높이 대하였다. 매천이 누구던가. 한반도가 왜국에 먹히자(한일합방) 그 통분을 못 이겨 ‘가을 등불에 읽던 책 덮어두고 천고의 옛일 생각하니, 인간으로 태어나 식자인(선비) 노릇하기 어렵다’ 는 절명사를 남기고 자결한 기개 있는 선비가 아닌가. 이런 매천이 어느 날 소를 크게 꾸짖는 사람을 보고 그 사람을 외진 곳으로 데리고 가 낮은 소리로 “이 사람아, 소도 지각이 있으니 임자의 꾸짖는 소리를 들으면 그 마음이 얼마나 아플 것인가. 조용조용히 타이르게” 한 일화는 너무도 유명하다.

작금 경북 상주에서는 정의(情誼) 있고 의리 있는 암소의 의행(義行)이 화제가 돼 많은 사람의 관심이 집중되고 있다.

얘기인 즉슨 경북 상주시 사벌면 묵상리 임봉선 할머니(67)의 13년 생 암소가 오랫동안 먹이를 주며 자신을 사랑으로 보살펴 준 이웃집 김보배 할머니(당시 83세)에게 의행을 보여줬다는 사실이다.

이를 좀더 구체적으로 부연하면 94년 5월 김보배 할머니가 돌아가시자 이 암소는 망자의 삼우제 날 외양간을 뛰쳐나가 한번도 가본 적이 없는 6km밖 김보배 할머니 산소를 찾아가 눈물을 글썽였다 한다. 의행은 그러나 이것으로 끝나지 않고 주인과 함께 김 할머니의 산소를 떠난 암소는 외양간으로 가지 않고 이웃의 김 할머니 빈소를 찾아 눈물을 흘린 다음에야 외양간으로 갔다 한다.

김 할머니의 유족은 너무도 감동해 이 암소에게 조문객과 똑같이 장례

음식을 대접했고 이후 마을 사람들은 마을회관 앞에 암소의 의행을 기리기 위해 '의로운 소' 비석을 건립했다. 그리고 이 소의 도축이나 매매를 막기 위해 김 할머니의 손자 서동영 씨(47)와 동물 관련 민속사료 연구가 우영부 씨(55)가 소 값 2백만 원을 소유주인 임 할머니에게 주고 소유권을 아예 공동으로 했다 한다.

자, 얘기가 이쯤 되면 아무리 포악한 인간일지라도 감동하지 않을 수가 없다. 미련하고 고집 세며 굼뜨기까지 한 말 못하는 축생 소, 배신하기를 밥먹듯 하고 거짓말도 밥먹듯 하면서 독판 의리 찾고 정직 찾는 인간들, 세상에 말 못하는 미물 축생이 저를 사랑해준 이의 무덤을 찾아 조상하고 빈소를 찾아 조문하면서 눈물을 흘렸다는 것은 무엇으로도 설명할 수 없는 높고 높은 불립문자다.

오, 도림(桃林)이여! 도림처사(桃林處士)여! 인간이 너에게서 배울 바가 하도 많구나.

— 2001년 7월 13일

책임자들이여, 대답해 보라

대답해 보라!

어느 하늘 아래 이렇게 한심한 나라가 다 있는지. 그리고 또 대답해 보라. 어느 하늘 아래 이렇듯 엉망인 나라가 다 있는지.

지난 15일 밤 서울 및 경기지역에 내린 폭우로 54명이 사망하고 3만 4천여 가구가 침수되는 등 눈 깜짝할 사이에 엄청난 물난리를 겪은 것은 이 나라 대한민국이 평소 치수(治水)와 수방대책에 얼마나 소홀하고 무관심했던가를 단적으로 보여준 아주 좋은 예라 할 수 있다. 게다가 19명이란 숫자가 대로변에서 감전사라는 믿기지 않는 공전절후의 사고사를 당하고 보니 이게 도무지 생게망게해 어안이 벙벙하다. 도대체 당국이 얼마나 꼴꼴나게 수방대책을 세웠으면 이 나라의 수도 서울 한복판에서 이런 기도 차지 않는 일이 일어난단 말인가.

하지만 어디 이뿐인가. 시간당 1백mm 가까운 큰 비가 패연히 쏟아져 삽시에 3백mm나 퍼부어 대자 지하철 1, 2, 3호선의 여러 구간이 물바다가 돼 노아의 방주를 연상시키고 보면 이 나라의 정치, 행정, 민생을 책임진 이들이 대체 누구인지 그 얼굴들이나 한 번 보고 싶다.

유비무환 정신으로 하수도 정비만 똑바로 했어도, 그리고 또 지하철 설계만 제대로 했어도 이번과 같은 수해는 막을 수 있었다. 아니다. 지하철 통로 입구에 모래주머니만 신속히 쌓았어도 그토록 엄청난 물난리는 겪지 않았을 것이다. 저지대의 배수 체계를 사전에 점검해 하수구 청소와 축대 정비만 제대로 했어도 그 많은 가옥이 침수되진 않았을 터이다.

경보 사이렌의 늑장 발령이며, 빗물 펌프장 불완전 가동 등도 일을 더치게 한 요인이었다.

10 분에 4mm 이상의 집중 호우가 내리면 중앙 재해 대책본부에서 경보 발령을 내리고 지자체에서는 대피 방송을 해야 한다. 그러나 이번 폭우는 한밤중에 시간당 1백mm 안팎이 쏟아졌음에도 대부분의 기초자치단체는 침수 가능성이 높은 저지대 주민들에게 대피 방송을 하지 않았다. 특히 서울시는 4억 4천만 원을 들여 재해 상황을 가정에 알려주는 음성통보 시스템을 11개 구청에 설치했으나 이번 폭우 때 경보장치가 제대로 가동되지 않았다.

그렇다면 이번 폭우 피해는 천재(天災)라기 보다 정부의 대응 체계가 엉망이어서 빚어진 인재(人災)나 관재(官災)의 측면이 더 강하다 할 수 있다. 그러므로 37 년만의 예기치 못한 폭우에 물이 넘쳐 벌창을 하고, 사람이 급류에 떠내려 가 실종되고, 자동차가 4백여 대나 물에 잠기고, 둑이 터져 무너지고, 집이 잠기고, 파묻히고, 지하철 계단은 폭포처럼 물이 흘러 철로는 물에 잠기고, 가로등에 사람이 감전돼 죽어 자빠진 것 등은 불가항력적 천재지변만은 아니어서 어떤 말로도 변명이 안 된다.

방재시설이 노후하다든지 수방시설이 날림이어서 그랬다는 것 등도 변명이 안 된다. 홍수가 나면 주민을 즉각 고지대로 대피시킨다든지, 저지대 도로를 즉시 통제한다든지 하는 지극히 당연하고도 상식적인 초동 대응조차 소홀했으니 어찌 끔찍한 춘사(椿事)가 생기지 않을 수 있겠는가.

소 잃고 외양간 고치는 격이지만 정부는 서울 경기지역에 내린 집중호우에 따른 피해 복구에 우선 5천여 억 원을 투입하고 사망자에게는 법정특별 위로금 1천만~2천만 원, 부서진 주택에는 최고 2천 7백만 원을 각각 지급키로 했다. 이 돈은 대관절 얼마만한 돈이며 누구로부터 나온 돈인가.

 그리고 연례행사처럼 해마다 되풀이 되는 홍수 피해와 그 복구비는 또 얼마나 많은 돈이며 막대하게 거둔 수재의연금은 다 어디로 가는가. 천문학적 거액의 수재의연금은 수재민과 수방대책을 위해 쓰일 텐데 얼마나 낯간지럽게 의연금을 주고 얼마나 알량하게 수방대책을 세웠기에 수해는 해마다 겪고 또 겪이 눈 가리고 아옹식인가. 이따위로 형편없는 수방대책을 세우려거든 차라리 다 때려치우고 낮잠이나 자라.

 국민들은 이제 더는 막대한 혈세 들여가면서도 해마다 겪어야 하는 물난리에 해당 장관을 비롯, 도, 시 군, 구, 읍, 면의 책임자들을 믿을 수가 없다. 그러니 당신들은 이 기회에 충신이 되든 역적이 되는 맘대로 하라.

— 2001년 7월 19일

지금 우리 주소는 어디인가

　자기의 주의 주장이나 신념 없이 남의 주장에 좌우되거나 그 용춤에 놀아나는 사람을 우리는 '망석중이'라 한다. 망석중이의 사전적 의미는 1, 나무로 만든 인형의 하나. 팔다리에 줄을 매어 그 줄을 움직여 춤을 추게 함. 2, 남이 부추기는 대로 따라 움직이는 사람을 비유적으로 이르는 말.

　이렇게 정의 돼 있다. 그러니까 '꼭두각시'나 '허수아비'도 다 망석중이에 해당한다. '로봇'이나 '바지저고리' 같은 은유도 망석중이에 다름 아니다.

　어찌 망석중이 뿐이겠는가. '목낭청(睦郎廳)'이니 '서시빈목(西施目矉)'이니 '부화뇌동(附和雷同)'이니 하는 것도 비슷한 의미를 가지고 있다. '괴뢰(傀儡)'와 '허수아비'와 '한단지보(邯鄲之步)'도 크게 다를 바 없다. 그렇다면 우리는 여기서 이것들을 한번 훑어볼 필요가 있는데 먼저 목낭청이란 자기 주견 없이 이래도 응 저래도 응 하는 사람을 말함이고, 서시빈목은 월(越)나라의 미인 서시가 속병이 있어 눈을 찌푸리자 이를 본 여자들이 눈을 찌푸리면 미인이 되는 줄 알고 따라 찌푸리니 더 못나 보였다는 고사에서 나온 말로 무조건 남의 흉내를 내 웃음거리가 됨을 비유한 것인데 이를 '효빈(效矉)'이라고도 한다. 부화뇌동은 잘 알다시피 일정한 견식 없이 남의 말에 찬성함을 말함이고, 괴뢰란 꼭두각시 또는 망석중이처럼 남의 앞잡이가 돼 이용당하는 사람을 가리킬 때 쓰는 말이다.

허수아비도 이와 같아 본래는 막대기와 짚, 헌옷 등으로 사람 형상을 만들어 헌 삿갓이나 맥고자 같은 것을 씌워 만든 물건으로 논밭에 세워 참새 등을 못 오게 하는 장치지만 쓸데 없는 사람이나 주관(主觀)없이 행동하는 사람을 가리킬 때 허수아비라 한다.

그렇다면 한단지보란 무엇인가. 이는 장자(莊子)의 '추수(秋水)'에 나오는 말로 조(趙)나라의 한단 사람이 걸음 잘 걷는 것을 보고 연(燕)나라의 한 청년이 그곳에 가서 걸음 걷는 방법을 배웠다. 한데 이상하게도 걸음 잘 걷는 방법을 습득 못했을 뿐만 아니라 고국의 걸음걸이까지도 잊어버리고 돌아왔다. 그러니까 이 한단지보는 제 본분을 잊고 함부로 남의 흉내를 내면 두 가지 다 잃는다는 교훈을 말해 주고 있다.

우리는 '주체(主體)'를 흔히 심적 자아(心的自我) 또는 심적주관(心的主觀)이라 한다. 이를 심리학적 견해로 보면 지정의(知情意)의 작용으로 나타나는 의식적 능동적 통일이고, 철학적 개념으로 보면 객관에 대립하는 주관이다. 그러니까 의식하는 것으로써의 자아, 곧 순수자아(純粹自我)가 주체인 셈이다.

위당 정인보(爲堂 鄭寅普) 선생은 '조선의 얼'이란 책에서 주체를 '내가(自我) 네가(他我) 아니고 네가 내가 아닌 것을 아는 것'이라 정의했다.

집단 위기주의를 뜻하는 사회용어 중에 님비(NIMBY)라는 것이 있다. '내 뒷마당은 안 된다(Not In My Back Yard)'는 뜻이다. 님비현상과 궤를 같이 하는 말로 '바나나(BANANA) 증후군'이란 것도 있다. '어디에든 아무것도 짓지 말라(Build Absolutely Nothing Anywhere Near Any Body)'는 의미다. 이는 유해 시설의 설치 자체를 거부하는 것으로 님비현상보다 훨씬 이기주의적이고 배타적이다. 한데 이와 상치되는 말로 '핌피(PIMFY)' 현상도 있다. 제발 우리 앞마당에(Please In My Front Yard)란 뜻인데 예를 들면 2002년 월드컵 축구장 유치가 그것이다.

그런데 요즘 지방자치단체에서는 님비나 바나나 현상보다 더 흉악한 '님투(NIMTOO)현상'이 기승을 부리고 있다 한다. '내 임기 중에는 안 된다(Not In My Terms Of Office)'는 님투현상 말이다. 그래서 국책사업이 잇달아 표류하고 있다 한다. 이런 현상은 국민의 정부 집권 후반기를 맞아 지방공무원들 사이에 공공연히 번지고 있다. 님비현상이 나름대로의 당위성과 정당성을 갖는데 반해 님투현상은 전혀 공감을 얻지 못한다. 이는 공무원들의 복지 부동과 면피행정, 그리고 무사안일이 무엇보다 큰 저해 요소다.

망석중이, 목낭청, 서시빈목, 부화뇌동, 괴뢰, 허수아비, 한단지보. 여기에 님비와 바나나 증후군과 님투현상.

지금 우리는 대체 어디 쯤에 있는가.

—2001년 8월 3일

아름다운 실버(Silver)

어느 날 맹자가 제선왕에게 물었다.

『왕께서는 혼자 풍류를 즐기시는 일과 사람들과 더불어 즐기시는 일
　에서 어느 것을 더 즐겁다고 생각하십니까.』

제선왕이 대답했다.

『그야 사람들과 더불어 즐기는 편이 낫지 않겠습니까.』

맹자가 다시 물었다.

『적은 사람들과 풍류를 즐기시는 것과 많은 사람들과 풍류를 즐기시
　는 일에서는 어느 편을 더 즐겁다고 생각하십니까.』

제선왕이 대답했다.

『그야 많은 사람들과 같이 즐기는 편이 낫겠지요.』

　양심의 표상이요, 행동하는 지식인이요, 공산정권하에서의 반체제 작
가로 유명했던 바츨라프 하벨 체코 대통령을 우리는 알고 있다. 그는 대
통령 재직 시 수백만 달러에 이르는 전 재산을 사회에 환원해 가슴 뭉클
한 '벨벳혁명'을 일으킨 바 있다.

　하벨 대통령의 재산은 대부분 조상으로부터 물려받은 것인데 공산정
권이 들어서면서 국가에 몰수됐다가 공산정권 붕괴 후 소유권을 되찾은
재산이다. 하벨 대통령의 좌우명은 '진실'이었고, 대통령 재직 시에도
진실과 검소를 생활신조로 삼아 퇴근 후엔 청바지 차림으로 단골 술집에
들러 손님들과 격의 없는 대화를 나누었다.

　그는 월급 10만 코루나(약 3백 30만원)도 반드시 직무와 관련된 곳에

만 쓰고 나머지는 모두 사회에 환원했다. 기자가 퇴직 후 개인 재산이 없으면 곤란하지 않느냐 하자 물론 지금처럼 일정한 급여는 받지 못하겠지만 그전처럼 작가 활동을 하면 그런대로 살아갈 수 있고 특히 회고록을 쓰면 생활비는 나오지 않겠느냐며, 되레 여유작작 대답했다. 돈 좋아하다 철장 신세를 졌던 우리네 전. 노 두 전 대통령에 비하면 장하다 못해 거룩하기까지 하다.

지미 카터 전 미국 대통령 부부가 지금 한국에 와 해비타트(Habitat for Humanity) 운동 즉, '사랑의 집짓기 운동'에 참가, 구슬땀을 흘리고 있다. 지미 카터 전 미국 대통령은 '행복한 가정을 이루려면 편안한 보금자리가 있어야 한다'며 이 푹푹 찌는 염천에 작업복에 헬멧을 쓰고 비지땀을 뒤발한 채 톱질 대패질로 그 힘든 역사(役事)를 하고 있다. 80에 가까운 노구(78)를 이끌고서 말이다.

이는 사회 정의와 국제 평화, 자유 평등주의와 인권 증진 정신이 아니고는 생의조차 낼 수 없는 지고 지애의 극치다. 그리고 또한 코스모플리탄 정신과 박애주의적 사해 형제주의(四海兄弟主義)의 인류애가 아니면 어림도 없는 아름다움의 극치다.

한반도의 평화를 위해 도움이 된다면 평양에라도 직접 가겠다고 자청한 카터고 보면 우리는 그의 크나 큰 사랑에 새삼 고개가 숙여진다. 초강대국의 대통령을 지내 명실공히 세계 대통령을 지냈다 해도 과언이 아닌 사람이 뭐가 답답해 80 노구를 이끌고 숨이 벅벅 막히는 폭염에 사랑의 집짓기 운동에 나서겠는가. 그것도 남의 나라에 와서까지.

생각하면 카터는 참으로 장하고 위대하고 훌륭하고 거룩해 눈물겹다. 이 나라 대한민국은 대통령은 그만두고 하다 못해 조그마한 단체장이나 무슨 기관의 수장만 해 먹어도 이게 그만 엄청나 아무 것도 못한 채 죽을 때까지 목에 깁스를 하고 거드름 부리기 예사다.

　그런데 어떻게 높디 높아 항룡(亢龍)의 자리에 있던 사람들(전직 대통령)이 몸을 낮춰 국민(서민)의 자리로 내려올 수 있는가. 이들은 딱하게도(어쩌면 무식해서) '귀한 지위에 있는 사람이 겸허한 자세로 낮은 데로 내려와 백성들의 뜻을 구하면 크게 백성을 얻는다' 는 역경(易經)의 이귀하천 대득민야(以貴下賤 大得民也)를 모르는 모양이다. 하기야 이만한 것을 안다면 처처히 무식한 짓거리와 헤프닝으로 미당(未堂)을 '밀당' 으로 읽고 황영조(黃永祚)를 '황영작' 으로 읽지 않았을 터이다.

　오, 생각느니 우리는 언제나 저 하벨이나 카터 같은 존경하는 전직 대통령을 만날 수 있을까. 독재가 아니면 부정, 부정이 아니면, 무위 무능으로 점철된 부끄러운 항룡들. 이제 지미 카터 전 미국 대통령을 항룡들은 우러르라.

— 2001년 8월 16일

이 땅에 청관(淸官)은 정말 없는가

　나는 그동안(지난 10여 년 동안) 공직인의 비위 부패와 사회의 비리 부정에 대해 많은 글을 써왔다. 정확한 편수는 몰라도 칼럼만 4백 편이 넘지 않을까 생각한다. 그래서인지 사람들은 나를 부정 부패 전문가로 아는 경우가 더러 있다. 아니 혹자는 내가 부정 부패를 전담해 파헤치고 고발하고 광정(匡正)하는 사람으로 알고 있기도 하다.

　이는 아마도 내가 공직인과 사회인의 부정 부패에 대해 칼럼과 논설을 많이 쓰고, 또 그때마다 호통, 질타로 분통을 터뜨려 대갈 일성 매도한 탓이 아닌가 여겨진다. 기실 나는 이 나라의 내로라 하는 정객과 재벌, 그리고 고관은 말할 것도 없고 사회적으로 명망 있는 명사가 우리가 알고 있는 것과는 딴판으로 부정하고 부패하고 비리하고 비위하는 것을 그냥은 도저히 보아 넘길 수가 없어 비분강개 호통쳐 질타해 왔다. 그래 내 글(칼럼과 논설. 특히 칼럼)을 읽는 독자들은 시원하다, 통쾌하다, 반분이 풀린다, 체증이 내려간다, 계속 이런 식으로 써달라는 등등의 반응과 주문을 보내오고 있다. 물론 나는 그렇게 할 것이다. 여태까지 그렇게 써왔듯 앞으로도 그렇게 쓸 것이다.

　나는 논객이 되던 날 나와 약속한 바 있다. 적어도 나는 춘추필법(春秋筆法) 정신과 대의멸친(大義滅親) 징신으로 이세(阿世)하지 않고 곡학(曲學)하지 않으며, 강항령(强項令)의 직설과 동호(董狐)의 직필로 글을 쓰리라고. 이는 내 성정이기도 하고 신념이기도 하며 소신이기도 해 진작에 내 의식 속 깊이 자리잡고 있던 철학이었다.

좌씨전(左氏傳)의 몽구(蒙求)에 보면 자한사보(子罕辭寶)라는 제목의 글이 나오고 이 글에는 '화막화어탐심(禍莫禍於貪心)'이 나온다. 화는 탐하는 마음보다 더 큰 것이 없다는 뜻이다.

시경(詩經)이란 책에는 탐관오리 망국지상(貪官汚吏 亡國之像)이란 말이 있다. 탐관과 오리는 망국의 상징이란 뜻이다.

남송(南宋)의 대충신 익비(岳飛)는 천하가 태평할 수 있자면 '문신은 불애전(不愛錢) 해야 하고 무신은 불석사(不惜死) 해야 한다고' 했다.

다산(茶山)의 목민심서(牧民心書)에 보면 민이토위전 이이민위전(民以土爲田 吏以民爲田)이라는 말이 나온다. '백성들은 토지를 밭으로 삼는데 이속들은 백성을 밭으로 삼는다'는 뜻이다.

공자는 논어에서 반소사음수(飯疏食飮水) 하고 곡굉이침지(曲肱而枕之)라도, 낙역재기중의(樂亦在其中矣)니, 불의이부차귀(不義而富且貴)는 어아여부운(於我如浮雲)이라 했다 '거친 밥 먹고 물 마시고, 팔굽혀 베개 삼아 누울지라도, 즐거움이 이 가운데 있으니, 불의로 얻은 부귀는 나에게 뜬구름 같다'는 뜻이다.

저 후한(後漢) 때의 중장통(仲長統)도 낙지론(樂志論)이란 책에서 개선부입 제왕지문재(豈羨夫入帝王之問哉)라 하여 '어찌 제왕의 문에 듦을 부러워하랴' 했다.

아무 하는 일 없이 직책을 다하지 못하면서 한갓 관위만 차지하고 녹을 받아 먹는 공인(公人)을 '시위소찬(尸位素餐)'이라 한다. 이는 저 한서(漢書)의 주운전(朱雲傳)에 나오는 말로 한번 깊이 음미할 만한 말이다.

나라가 바로 서려면 권력자는 청권(淸權)이 돼야 하고, 재벌은 청부(淸富)가 돼야 하며, 관인은 청관(淸官)이 돼야 한다. 그리고 이름을 가지고 사는 이들은 청명(淸名)이 돼야 한다.

중국 동진(東晉)때 갈홍(葛洪)이 쓴 포박자(抱朴子)에 보면 명선결기(鳴蟬潔飢)란 말이 나온다. '매미는 굶더라도 깨끗함을 취해 더러운 것은 먹지 않는다' 는 뜻이다.

논어의 안연편(顏淵篇)에는 자솔이정 숙감부정(子帥以正 孰敢不正)이 나온다. 이는 노(魯)나라의 실권자 계강자(季康子)가 공자에게 정치를 물었을 때 '정치란 정(正)이니 그대가 거느리기를 바로 하면 누가 감히 바르지 않겠는가' 한데서 나온 말이다.

업체로부터 물경 10억 원이 넘는 뇌물을 받고도 가증스레 청렴을 가장한 울산시 종합건설본부 건축계장 정 아무개가 또 들통났다. 이 자는 5천 6백만 원을 상사인 시설부장 강 아무개한테 상납, 룸살롱 등에서 흥청망청 쓴 수천만 원의 술값도 업자들에게 떠넘겼다니 기가 막힌다. 오, 이 땅에 이런 썩어빠진 부패 공무원이 얼마나 있을까. 그리고 이게 어찌 또 울산시만의 경우이겠는가. 참으로 슬프고 분하다.

— 2001 년 9월 5일

농민은 대관절 어떡하라고

'벼를 호미질 하여 해가 낮이 되니
땀이 벼 밑의 흙으로 방울져 떨어진다
뉘 알리요 상위의 밥이
알알이 다 피땀인 것을.'

위의 시는 이 신(李伸)의 오언고풍(五言古風) '민농(憫農)'이란 시다. 민농이라 함은 농부를 불쌍하고 가련하게 생각한다는 뜻도 되고 농사가 어렵고 힘들어 농부를 민망하게 여긴다는 뜻도 되는데 원시는 다음과 같다.

서화일당오(鋤禾日當午)
한적화하토(汗滴禾下土)
수지반중손(誰知盤中飱)
입입개신고(粒粒皆辛苦)

그러니까 이 시 '민농'은 농사를 알알이 피땀인 입입개신고라 정의해 농사의 고됨과 농부의 피땀 흘림을 민망하게 여긴다 했을 터이다. 기실 쌀 농사는 농부의 손이 여든 여덟 번 간다 했으니 고됨은 물론, 피땀 흘림이 사뭇 거짓말이 아니다. 우선 쌀미(米)자의 자형을 한 번 잘 관찰해 보라. 아래 위로 여덟 팔(八)자가 두 개 있지 않은가.

요즘이야 농사가 과학 영농이요, 또 기계가 다 해 수월하지만 지난 날의 재래식 농사방법은 하나 하나 수작업이어서 여간 고된 게 아니었다. 갈(풀)을 뜯어 논에 깔아 썩힌 후 이를 갈아엎고 써래질로 고른 다음 모를 심어 아시(아이) 이듬 만물로 세 번을 매는데, 첫 번째 매는 아시와 두 번째 매는 이듬 때는 벼가 어려 덜하지만 세 번째 매는 만물 때는 벼가 무릎 위까지 자라 이를 매려면 죽을 고생을 한다. 잉걸불 같은 태양은 머리 위에서 이글거리지, 땀은 비오듯 뒤발을 해 눈으로 들어가지, 날카로운 벼잎은 눈과 얼굴과 목덜미를 사정없이 찌르지, 허리는 아파 끊어질 것 같지, 벼포기 밑에서는 개스가 올라와 숨을 턱턱 막히게 하지, 정말 어떡할 수 없을 지경으로 신역이 고되 코에서 단내가 확확 난다. 그러나 이게 어디 제 땅 부치는 제 농사인가. 거개가 남의 땅(논)을 소작으로 부치는 작인들이다. 한데도 이들은 쌀을 한 톨이라도 더 생산하려고 애면글면 바장이었다. 땅을 한 뼘이라도 더 늘리려고 논둑 밑을 파 모 한 포기를 더 심었고, 길을 가다 낟알 한 톨 발견하면 손가락 끝에 침을 발라 이 낟알을 주워왔다. 그렇다고 밥(쌀)이라도 실컷 먹나. 조반석죽(朝飯夕粥)에 초근목피의 구황초(救荒草)로 연명을 하다 영양실조로 얼굴이 누렇게 뜬 채 픽픽 나가떨어지면서도 농사가 천직인 농투성이들은 국으로 농사만 지었다. 그렇게 해서 피 같은 내 땅을 한 마지기 두 마지기 장만했고 또 그러는 사이 세상이 변해 농사법이 바뀌고 다수확 품종도 쏟아져 나와 과학영농과 기계영농으로 딴 세상이 돼 지난 날의 농사법은 신농씨(神農氏)의 원시농업이 되고 말았다.

그런데, 그런데 말이다. 이렇듯 간난신고와 천신만고로 지켜온 농촌이 산업화 바람에 젊은이란 젊은이는 모조리 도시로 나가 농촌은 휑뎅그렁 비어 망하다시피 했고, 우루과이라운든가 농산물 개방인가 하는 괴상 망측한 올가미가 씌워져 가뜩이나 결딴난 농사가 장송곡을 부를 판인데,

이번엔 난데없이 정부가 쌀 증산책을 포기한다니 날벼락도 이런 날벼락이 없는 것이다. 정부의 변인즉 쌀이 너무 남아 보관비가 더 들고 우리 쌀값이 국제 시세보다 5배 이상 비싸 외국에 팔 수도 없다는 것이다. 그러나 정부는 얼마 전까지도 쌀 증산이 꼭 필요하다며 새만금 간척사업의 불가피성을 역설했다. 그래 놓고는 이제 와서 쌀 증산책을 포기한단다. 개가 웃을 노릇이다. 이따위로 하니끼 국민(농민)은 정부가 하는 일은 콩으로 메주를 쑨대도 곧이 듣질 않는다. 쌀 소비는 왜 길이 없겠는가. 군량미나 각급 학교, 사회시설에 쌀을 쓰고 밀가루 대신 쌀을 더 먹고 북한과의 무역 거래 대금은 쌀로 결재하는 길을 모색하라. 그리고 무엇보다 점심 굶는 전국의 수십만 결식 아동에게 쌀을 주고 결손가정이나 가난한 소년 소녀가장에게도 아낌없이 주라.

지금 농촌은, 농민은 떡심이 풀려 논의 피도 안 뽑고 나농(懶農)으로 나날을 보낸다 한다. 쌀은 우리의 주식을 넘어 하나의 가치요, 문화요, 역사였다. 아니 수천 년 동안 내려온 피요, 혼이요, 생명이요, 하늘이었다. 자, 이래도 정부는 보관 운운하며 쌀 증산책을 포기할 것인가?

— 2001년 9월 18일

팔월이라 한가위

해마다 한가위 달 좋다지만

오늘밤은 더더욱 아름답구나

온 하늘 바람 이슬 고요도한데

만리라 산과 바다 한빛이로세

고국에도 응당 같이 보게 될지니

온 집안이 아마도 잠 못 이룰 걸

뉘라서 알리 서로 그리는 뜻을

예나 제나 다 같이 까마득함을.

〈원시(原詩)〉

세세 중추월(歲歲中秋月)

금소 최가련(今宵最可憐)

일천 풍로적(一天風露寂)

만리 해산연(萬里海山連)

고국 응동견(故國應同見)

혼가 상미면(渾家想未眠)

수지 상억의(誰知相憶意)

양지 각망연(兩地各茫然)

위의 시는 '삼봉집(三峰集)' 에 나오는 정도전(鄭道傳)의 글로 추석 즉,

한가위에 대해 읊은 시다. 정도전이 이성계를 도와 조선조를 건국하고
그래서 조선조의 개국공신 일등으로 유명하지만 그러나 그의 학문적 성
가(聲價)도 그 이름 못지 않게 유명해 당대 최고의 석학이었다.

이제 며칠 후면 우리 민족의 최대 명절인 추석이다. 추석은 일명 중추
절(仲秋節) 또는 가배절(嘉排節)이라 하는데, 중추절은 맑고 밝은 달의
명절로 신라의 가배절에서부디 유래했고 이 가배절은 또 중국에서부터
유래했다. 팔월 한가위의 추석(秋夕)은 '가을 저녁'이란 뜻으로, 이는 그
날(추석) 저녁 달에 의미를 부여했다. 그래서 사람들은 달(추석달.보름
달) 모양을 닮은 떡을 만들었고 이게 달떡 월병(月餠)이 된 것이다.

한가위가 가까워서인지 집집마다 야단법석이다. 부침개 부치는 기름
냄새, 산적 부치는 고기 냄새, 채 다지는 도마 소리, 깨소금 빻는 손 절구
소리, 집집이 온통 음식 만드는 냄새와 제수(祭需) 장만하는 소리로 요란
하다. 하기야 1년 중 가장 큰 명절 한가위가 며칠 앞으로 다가왔으니 야
단법석의 요란도 무리는 아니다. 달 밝고 시절(계절) 좋아 춥지도 덥지도
않은 한가위. 그러기에 더도 말고 덜도 말고 한가위만 같아라 라는 한가
위. 객지에 나가 있는 자식들이 가슴 부푼 설렘과 함께 부모님 선물을 한
아름씩 안고 고향 집을 찾는 것도 한가위요, 달 밝은 대청이나 이칸 장방
에 대소가가 모여 앉아 시절 얘기 해가며 알밤 까서 소 넣고 풋콩 까서
소 박으며 왁자지껄 떠들며 송편 빚는 것도 팔월 한가위다.

그런가 하면 또 어떤 집에서는 오랜만에 모인 여러 형제의 남정네가
햇곡으로 빚은 음식과 술을 들며 그동안 막힌 얘기를 나누고, 부엌에서
는 두 동서 혹은 삼 동서의 아낙들이 뜨락이나 장광의 맨드라미를 넣어
만든 기장떡(증편)과 솔잎을 깔고 찐 송편을 매만지며 뭐가 그리 우스운
지 깔깔깔 웃다가 눈물까지 찔끔거리는 것도 팔월 한가위다. 여름내 피
땀 흘려 지은 농사 곡식으로 조상께 제사 지내고 그 음식 싸들고 산소까

지 가 성묘하는 미풍가속(美風佳俗)이 지구상에 얼마나 있을까.

올해도 한가위 때가 되었으니 어김없이 몇 천만 명이 고향으로 고향으로 발길을 옮겨 액소더스를 이룰 것이다. 고향 찾는 귀성길이 초주검에 가까운 길이건만 사람들은 고생도 즐거워라며 고향행을 단행한다. 고향길이 전쟁 길임을 번연히 알면서도…….

그렇다면 사람들은 왜 이토록 고생스런 귀성을 기를 쓰고 하려하는가. 이는 우리 한민족이 가지고 있는 조상 숭배사상과 함께 고향이 그립고 부모 형제가 그리워 한가위 명절을 기해 만나기 위해서이다. 이러니 이 얼마나 아름다운 상자(桑梓)요 망운(望雲)인가.

그렇다. 이는 상자요 망운이다. 그래서 우리는 눈물겹기까지 하다. 그리고 우리는 당부하거니와 내년부터는 제발 남북한이 자유롭게 오갈 수 있게 돼 설이나 한가위 때 서로 왕래하게 되길 빌어마지 않는다. 서울, 부산, 대구, 광주, 인천에서 평양, 해주, 함흥, 신의주, 청진을 명절 때만이라도 오갈 수 있다면 오죽이나 좋겠는가.

남북 당국자들이여! 우리 그렇게 하자. 내년부터는 꼭 그렇게 하자. 마음만 먹는다면 못할 것도 없지 않은가.

―2001년 9월 28일

훈민정음을 국보 제1호로 지정하라

오늘은 훈민정음 창제 558주년이 되는 10월 9일 '한글날'이다. 그런데 이 한글날이 언제부터인가 국경일에서 빠져 여느 날과 다름 없는 평일이 되고 말았다. 한심하기 짝이 없는 일이다. 한글 창제가 단군이래 최고 최대의 위업이라 해도 과언이 아니므로 아무도 이에 대해 이의(異義)를 달 사람이 없는데 어떻게 이런 날을 국경일에서 빼 평일로 정했는지 모를 일이다. 아니 어느 잘난 사람이 한글날을 국경일에서 빼자하고 또 누가 이 가당찮은 발상을 받아들여 한글날을 평일로 돌려놓았는지 그 잘난 사람들의 얼굴이나 한 번 보고 싶다.

한글날을 국경일에서 뺀 것은 씻을 수 없는 잘못이다. 그러나 잘못은 이것만도 아니어서 지금의 10월 9일 '한글날'도 잘못 돼 있다. 왜냐하면 이는 세종실록의 기록을 잘못 해석해 훈민정음의 창제와는 아무 관계가 없는 날짜를 기념하고 있기 때문이다. 세종대왕의 '훈민정음' 창제는 엄연히 세종 25년임에도 불구하고 현재 쓰고 있는 것은 3년을 늦춰 세종 28년으로 기념하고 있다. 이러니 이 얼마나 잘못된 일인가. 그러므로 한글학회는 이 잘못을 세종대왕 영전에 사죄하고 온 국민에게도 사과해야 될 뿐만 아니라 훈민정음 창제 연대를 세종 28년에서 세종 25년(1443)으로 바로 잡아야 한다.

지금 우리가 기념하고 있는 10월 9일은 훈민정음 창제나 반포 날짜가 아니라 '훈민정음'이라는 책의 원고가 탈고된 날이다. 그리고 그 날짜도 양력으로 환산하는 과정에서 잘못 돼 정확히 환산하면 10월 9일이 아니라 10월 30일이어야 맞다.

그런가 하면 또 북한에서는 역사상의 기록이 분명한데도 '훈민정음'의 창제 기념일을 남한과는 달리 1월 15일로 정했고, 훈민정음 창제 연대도 1443년이 아니라 1444년으로 하고 있다. 우리 한글이 세계 최고의 표음 문자로 외국 학자들로부터 인정받고 있는 현실로 볼 때 이는 여간 수치스러운 일이 아닌지라 하루 속히 남북한 학자와 대표들이 공동으로 연구 협의해 훈민정음의 창제 연대와 창제 기념일을 올바로 통일시켜야 한다.

이렇게 볼 때 '훈민정음' 창제일을 국경일로 해야 함은 두 말할 필요도 없고 훈민정음 제자 원리를 상세하고 과학적으로 설명한 훈민정음 원본을 국보 제1호로 지정함도 당연한 순서라 할 수 있다.

간송(澗松) 미술관에 소장돼 있는 '훈민정음' 원본은 국보 제70호로 돼 있고 남대문은 국보 제1호로 돼 있다. 남대문이 국보 제1호인 것을 아는 사람은 많지만 훈민정음(원본)이 국보 제70호임을 아는 사람은 그리 많지 않다. 국보의 호수 번호가 앞에 있고 뒤에 있는 것으로 가치가 다르고 또 서열의 높낮음이 정해진 것은 아니지만 우리의 너무나도 자랑스러운 한글, 즉 훈민정음을 세계 만방에 선양하고 드날리기 위해서라도 훈민정음(원본)은 반드시 국보 제1호로 지정돼야 한다. 그래서 훈민정음(한글)이 국내외적으로 명실상부하게 국보 제1호임을 천명해야 한다. 그래야 한글의 우수성이 인정되고 국익에도 적잖이 기여할 것이다.

그렇다고 우리는 남대문이 가치가 없다는 건 아니다. 국보로서 손색이 있다는 것도 아니다. 남대문은 충분한 가치가 있고 문화재로서도 압권의 위치에 있다. 그러나 역시적 가치와 사실(史實)로 미뤄볼 때 남대문은 국보로서보다는 문화재로서 더 큰 의미와 가치가 있다.

폐일언하고 정부는 한글날을 국경일로 정하고 문화재 전문위원들은 훈민정음을 국보 제1호로 지정 고시하라. 가치 없고 역사성 없는 대상도 어거지로 견강부회시켜 국경일로 정하고 국보로 만드는 나라가 많은 데 어째서 이 나라 대한민국은 국경일로 돼 있던 한글날도 평일로 만들고, 세계에서 가장 우수한 표음만자 한글을 국보 제1호로 못 만드는가. 국회의원들은 이제 쌈박질일랑 제발 그만 하고 한글날의 국경일 제정을 발의하고 한글(훈민정음)을 국보 제 1호가 될 수 있도록 안건을 상정하라.

　이는 그러나 장관들도 마찬가지여서 각료 또는 국무회의 때 발의해야 한다.

　한데도 어떻게 된 영문이 발의하고 상정하는 국회의원 장관 한 사람 없으니 땅을 칠 노릇이다. 오호 통재라!

― 2001년 10월 9일

오랜만에 듣는 호곡(號哭)소리

한없이 슬프고 끝없이 애통한 것을 망극지통(罔極之痛)이라 한다. 이는 임금이나 어버이의 상사(喪事)를 일컫는 말로 천붕지통(天崩之痛)에 해당한 말이다. 그렇다면 천붕지통이란 또 무엇인가. 천붕지통이란 하늘이 무너지는 것 같은 아픔이라는 뜻으로 제왕이나 아버지의 죽음을 이르는 말이다.

그러니까 망극지통과 천붕지통은 슬픔을 극(極)한 애통 바로 그것으로써 더 이상의 슬픔이 없음을 나타낼 때 쓰이는 말이다. 애통이 슬플 애(哀)자에 아플 통(痛)자니 슬픔이 얼마나 크면 아프다고까지 하겠는가. 그러므로 부모님이 돌아가시면 그 애통이 망극해 슬피 우는 것이다. 『아이고 아이고』 곡을 하면서…….

생각해 보라. 어버이의 은혜가 하늘과 같이 넓고 크며 다함이 없어 호천망극(昊天罔極)이라 하는데 어찌 그런 부모님이 돌아가심에 슬피 울지 않을 수 있겠나를.

그렇다. 나를 낳아 먹여주시고 입혀주시고 재워주시고 가르쳐주신 그러고도 우위부족하다 싶어 혼인까지 시켜주신 부모님인데 어떻게 곡을 하며 울지 않을 수 있겠는가. 그런데 언제부터인가 이런 부모님이 돌아가셔도 울기는커녕 호곡마서 하지 않는 상제가 많으니 딱하다 못해 민망하다. 한 번 돌아가신 부모님은 땅을 쳐 통곡해도 다시는 뵐 수가 없는데 어쩌면 비통하고 애통해 하는 기색 하나 없는 상제도 있어 조문객이 되레 당혹스러울 때가 있다.

지난 날 상제는 죄인이라 하여 굴건제복에 행전 치고 상장막대 짚고 곡을 하며 슬피 울어야 상제였다. 하늘 무너지는 아픔과 슬픔을 뉘라서 막으며, 그런 아픔과 슬픔을 못 이겨 우는데 또 뉘라서 막을 것인가. 지금이야 그런 것이 거의 없지만 지난 날엔 초상집에 곡소리가 끊이지 않아야 했고, 만일 곡소리가 끊기게 되면 사람을 사서 대곡(代哭)을 시켰다. 탈상이라는 것도 요즘은 보통 1백일이시난 그땐 초상(初喪)부터 시작해 소상(小祥) 대상(大祥)까지 3년을 치렀다.

그리고 아침 저녁 빈소에 상식(上食)을 올렸고, 한 달에 두 번 초하루와 보름엔 삭망전(朔望奠)이라 하여 굴건제복 차림으로 제사를 올렸다. 하지만 어디 이뿐인가. 이러고도 모자라 눈 오면 산소에 가 눈 치고 비가 와도 산소로 가 비를 쳤고 대효(大孝)들은 3년을 산소 앞에 여막을 치고 시묘(侍墓)살이를 했다.

그러던 것이 지금은 가정의례준칙에 의거해 간소하게 바뀌고 또 세상사도 경천동지하리 만큼 많이 변해 시묘살이는 물론, 3년 상도 치르지 않고 삭망전도 올리지 않는다. 아침 저녁 올리던 상식마저 모르고 있다. 아니 알 필요가 없다. 빈소가 없고 거상(居喪)도 안 입으니 알 이유가 없는 것이다. 게다가 부모님이 돌아가시기 급하게 병원으로 모시고 가 영안실(말이 좋아 영안실이지 실은 냉동실)에 넣어 두고 조문객을 받으니 이곳에서 아이고 아이고 곡을 하며 울 수도 없다.

그래서인지 몰라도 상제들은 주상(主喪)부터 굴건제복은 여간해 볼 수가 없고 행전마저 치는 경우가 드물어 그저 검정 양복에 기껏 팔에 상장(喪章) 두르는 게 고작이다. 이러니 이게 도무지 상제 같지가 않고 상제 같지 않으니 슬프지도 않다. 혼삿집은 기뻐야 좋고 장삿집은 슬퍼야 되는 법인데, 상제라는 사람들이 눈에 눈물 한 방울 맺히지 않고 또 슬피 울 생각조차 안 하고 있으니 인간사 어천만사 중 제일 슬퍼해야 할 초상

집이 울음소리 듣기가 아주 어렵다.

그러나 나는 모처럼만에, 그리고 아주 오랜만에 장례다운 장례, 초상
집 다운 초상집을 다녀와 마음이 장히 흐뭇하다. 슬픈 상가를 다녀와 마
음이 흐뭇하다니 이게 될 법이나 한 소리냐 할지 모르지만 그 상가는 어
머니가 여든을 훨씬 넘긴 연세로 돌아가신 호상인데다 3형제가 굴건 제
복으로 상장막대를 짚은 채 껑쩡하게 서서 곡을 하며 슬피 우는 양이 참
으로 보기 좋았다. 그 상가는 윤(尹)상가로 나와 같은 아파트 같은 동(棟)
에 사는 공무원으로 예비군 소대장직을 맡고 있는데 지난 해 또 부친께
서 여든을 훨씬 넘긴 연세로 돌아가셨다. 한데 두 번 다 D면이라는 고향
에서 장례를 모셨고, 나는 두 번에 걸쳐 D면 고향 상가로 문상을 다녀왔
다. 두 번에 걸친 조문에서 3형제는 『아이고 아이고』 슬피 호곡했다. 그
호곡소리가 어찌나 듣기 좋던지 지금도 귀에 들리는 듯하다.

— 2001년 10월 19일

경찰서장의 딱지(범칙금)

　필리핀 대통령 막사이사이가 대통령에 당선된 얼마 후 교통 위반을 했다. 어디를 행차하다가였는지, 그리고 어떻게 그 삼엄한 경비를 뚫고 교통 위반을 적발했는지 하여간 막사이사이 대통령은 교통법을 위반해 교통경찰이 발행하는 스티커(딱지)를 받았다. 비서진들이 당황해 하룻강아지 범 무서운 줄 모르고 날뛰는 이 교통경찰에게 『이 차가 도대체 누구 차인지 알기나 하느냐. 아니 이 차안에 계신 분이 어느 분인지 아느냐. 대통령 각하시다. 대통령 각하!』했지만 그 경찰은 막무가내였다.

　막무가낼 뿐만 아니라 되레 한 술 더 떠 『나는 물론 이 차안에 계신 분이 대통령 각하인 줄 안다. 대통령이면 교통법규를 더 잘 지켜야 할 게 아닌가. 나는 교통법규에 의거, 법대로 집행할 뿐이다.』교통 경찰은 이러며 소위 말하는 딱지(범칙금)를 뗐다. 주저하거나 머뭇거리는 기색 하나 없이 아주 당당한 모습으로…….

　이 사실을 뒤늦게 안 대통령이 어느 날 그 교통경찰을 집무실로 불러 후한 상금과 함께 일계급 특진을 시켰다. 그런 얼마 후 보좌관으로 특채를 했다. 멋진 교통 경찰에 멋진 대통령이었다.

　막사이사이가 대통령에 당선되었을 때 그의 아버지는 어느 대장간의 풀무장이었다. 대통령이 아버지에게 『아버지, 이제 저는 이 나라의 대통령입니다. 그러니 제발 풀무질을 그만 두시지요.』했다. 그러자 아버지가 『내가 풀무질 하는 것과 네가 대통령 하는 게 무슨 상관이냐. 나는 풀무꾼이 좋으니 참견하지 마라.』아버지는 단호히 거절하고 죽을 때까지 풀

무질을 했다

　요즘 음성이라는 곳의 경찰서장이 많은 사람의 입길에 오르내리고 있다 한다. 교통범칙금 때문이다. 사연인즉슨 음성 경찰서장이 어느 일요일 개인 승용차를 운전하던 중 함께 타고 있던 동승자가 깜빡 잊고 그만 안전띠를 매지 않은 바람에 눈밝은 의경한테 걸렸다. 서장은 자신의 신분을 밝히지 않은 채 순순히 운전 면허증을 제시, 3만 원짜리 딱지(범칙금)를 받았다. 타지에서 파견 근무를 나와 서장을 알 리 없는 의경은 여타의 위반자와 마찬가지로 딱지를 뗀 것이다. 상식대로라면, 그렇다. 적어도 여태까지 있어왔던 이 땅의 관행대로라면 문제는 아주 간단할 수 있다. 아니다. 문제가 될 수조차 없다. 왜냐하면『어, 나 서장인데.』한 마디면 되니까. 그러면 의경이 되레 죽을 죄라도 지은 듯 들입다 거수 경례를 올려붙일 테니까. 그런데도 서장은 신분을 밝히지 않았다.

　조그마한 끗발과 힘만 있어도 이를 과시하고 대접 받기 좋아해 시도 때도 없이 자기 현시에 불타는 한심한 스노브족이 천지 사방 널브러져 발에 걸리다시피 하는데 이런 요즘 사람들과는 달리 음성 경찰서장은 고분고분 운전면허증을 제시하고 범칙금(딱지)을 받았으니 이게 도무지 생게망게해 신선감마저 느껴진다.

　어느 때던가. 지난 날 권위주위 시절 한 때 어느 일선 경찰서장은 자기 농장이 가문다고 소방차를 동원해 사용(私用)한 일이 있어 여론의 거센 질타를 받았고, 또 어느 양심 없는 일선 서장은 차로 사람(아마 어린아이였지 싶다)을 치여 놓고 그대로 내빼 뺑소니차가 된 적이 있어 역시 세인의 거센 지탄을 받았는데 여기 비하면 지금은 세월이 바뀐 것인지 사람(의식)이 바뀐 것인지 알 수 없어 ‘아지못게라’를 찾지 않을 수 없다.

　이는 우리 욕심이지만 음성 경찰서장에게 범칙금을 먹인 의경이 상대가 누구인지 모르고 딱지를 떼기보다 상대가 경찰서장인 줄 알고도 여느 위반자와 마찬가지로 딱지를 뗐다면 얼마나 근사했을까. 만일 그랬다면 서장도 서장이지만 그 의경은 정말 훌륭한 의경으로 경찰의 사표가 되고 귀감이 됐을 터이다. 그렇지만 이만큼이라도 된 건 의경이나 경찰서장이나 다 같이 보기 드문 일이어서 차라도 한 잔 나누고픈 생각이 절로 난다.

니는 음성 경찰서장과는 일년식도 없어 그에 대해 아는 건 전무하지만 자신을 밝히지 않는 겸허 만큼 다른 일도 그럴 것이란 점만은 믿어 의심치 않는다.

서장님!

기분 장히 좋으니 언제 소주라도 한 잔 하십시다. 이 가을이 가기 전에……

— 2001년 10월 27일

아아, 계정 민영환(桂庭 閔泳煥)

국가보훈처는 11월의 독립운동가로 을사조약에 항거, 순국 자결한 계정(桂庭) 민영환(閔泳煥) 선생을 선정했다.

이때 자결한 이는 계정 말고도 산재(山齋) 조병세(趙秉世), 호운(湖雲) 홍만식(洪萬植)이 있었고 '나라로 하여금 자주의 권리를 회복하고 백성이 종자를 바꾸는 화를 면해야 된다(使國復自主之權 民易種之禍)면서 의병을 모집, 왜구와 싸우다 체포돼 쓰시마도(對馬島)에서 아사순국(餓死殉國)한 면암(勉庵) 최익현(崔益鉉)도 있었다. 그리고 가을 등불에 읽던 책 덮어두고/천고의 옛일 생각하니/인간으로 태어나 식자인(선비) 노릇 하기 어렵다(秋燈掩卷懷千古 難作人間識字人)는 절명시를 남겨 놓고 자결한 매천(梅泉) 황현(黃玹)도 있다.

하지만 어찌 또 이들 뿐이겠는가. 우리 대한이 저 야차 같은 왜(倭)의 사슬에 묶여 병탄될 위기에 놓이고 협박 공갈에 무릎 꿇어 마침내 맥수(麥秀)의 탄(嘆)을 맞자 전국 방방곡곡에서 근왕창의(勤王倡義)의 횃불을 드는 이 한둘이 아니었고, 비분강개 자결하는 선비 한두 사람이 아니었다. 을사조약 체결 당시 일본의 이토히로부미(伊藤博文)는 한국(대한) 각료들을 위협하는 전대미문의 개별 심문으로 조약의 찬반 가부를 물었다. 그런만큼 이 조약은 당연히 원천 무효가 돼야 마땅하다. 왜냐하면 조약이 쌍방의 협의와 이해 아래 평화적으로 이뤄진 게 아니라 일본의 일방적 위협에 의해 강압적으로 맺어진 늑약(勒約)이기 때문이다.

일본이 한국 각료들을 위협하는 전대미문의 개별 심문으로 조약의 찬

반 가부(可否)를 물었을 때 이완용(李完用), 이근택(李根澤), 이지용(李址鎔), 권중현(權重顯), 박재순(朴齋純) 등의 을사오적(乙巳五賊)들은 찬성 쪽을 지지해 '불가불 가(不可不 可)'라 했고, 한규설(韓圭卨), 민영기(閔泳綺), 이하영(李夏榮) 등은 목숨을 걸고 '불가불가(不可不可)'라 했다. 여기서 불가불가란 말할 것도 없이 '옳지않다', '절대로 안 된다'를 나타낸 말로 '불가'를 한 번도 아닌 두 번씩이나 강조해 안 되고 옳지 않음을 최대한 드러냈다. 한데 '불가불 가'는 불가불, 부득불과 같이 이중 부정의 성격을 띠고 있어 그 뜻이 되레 타당으로 강조되고 있다. …… '하지 않을 수 없다', …… '하지 않으면 안 되므로 마땅히'라는 뜻이니 꼭 해야 된다는 말이다. 그러므로 불가불가는 띄어 쓰기와 띄어 읽기에 따라 그 뜻이 완전히 달라진다. 불가불가를 한 음절씩 붙여쓰고 한 음절씩 떼어 읽으면 절대 안 된다는 뜻이요, 불가불 가는 불가불을 붙여 쓰고 '가'만 떼어 읽으면 꼭 해야 된다. 꼭 하지 않으면 안 된다로 해석이 된다. 그래서 이는 홍만종의 '순오지(旬五志)'에 나오는 녹비(鹿皮)에 가로왈(曰)'과 같은 것이다. 사슴 가죽에다 가로왈(曰)자를 써놓고 아래위로(세로로) 당기면 날일(日)자가 되고, 옆으로(가로로) 당기면 가로왈(曰)자가 되기 때문이다.

  민영환 선생은 17세의 어린 나이로 정시(庭試) 문과에 급제, 예조판서, 병조판서, 한성부윤 등을 지냈고, 1895년에 미국 주재 전권대사에 임명된 바도 있었다. 그리고 1896년 3월 러시아 황제 대관식에 특파되고 이어 영국, 독일, 프랑스, 이탈리아, 오스트리아의 특명공사를 역임하기도 했다. 그러나 명성황후가 일본 낭인(자객)들에 의해 시해되자 깊은 자괴감에 빠져 괴로워하던 중 광무황제(고종)의 신임으로 참정대신, 탁지부대신에 임명됐다. 하지만 이게 다 무슨 소용인가. 계정은 1904년 2월 한. 일 의정서 체결과 1904년 8월 제 1차 한. 일 협약 등 일제가 자행한 침략행위에 대해 격렬히 저항하다 다음 해 11월 을사조약의 체결과 함께 이완용 등 을사오적을 처형하고 조약을 파기하라는 상소를 올렸다가 일경에 체포, 수감돼 같은 달 29일 자결했다. 기울어진 대세를 바로잡을 길이 없음을 개탄하면서. 이때 계정의 나이 한창인 45세였다. 계정은 자결 직전 국민과 각국 공사에 고하는 피맺힌 유서를 남겼지만 이것 역시 아무 소용이 없었다.

아아, 계정 민영환. 가빈사현처(家貧思賢妻)에 국난사충신(國難思忠臣)이라, 집이 어려우면 어진 아내가 생각나고, 나라가 어려우면 충성된 신하가 그립다더니 과연 그렇구나, 과연 그래.

아아, 계정 민영환! 계정 민영환!

— 2001년 11월 13일

아름답고녀 용간난 할머니

애국하는 사람은 대제 어떤 사람인가. 그리고 우리가 존경해야 할 사람은 또 어떤 사람인가.

나는 먼저 이 두 질문부터 화두로 던져놓고 칼럼을 쓰고자 한다.

강원도 홍천군 홍천읍 희망리 용간난(65. 여). 할머니.

결론부터 말한다면 우리는 이 용간난 할머니를 애국할머니로 우러러야 한다. 물론 존경도 함께 곁들여서 말이다. 왕후장상(王侯將相)에 씨가 따로 없듯 존경받는 이 또한 씨가 따로 없어야 한다. 용간난 할머니는 애국이 뭔지 모르면서 애국을 한 사람이다. 그러니 존경은 더더구나 생경해 그게 뭔지도 모른 촌부요, 필부(匹婦)다. 그럼에도 우리는 용 할머니에게 감동 받은 바 하도 커 고개가 절로 숙여진다. 그러고 보면 용 할머니는 순리(順理)의 화신이요, 원형이정(元亨利貞)의 전범(典範)이었다.

1979년 9월, 용 할머니는 남편 이두봉 씨(80년 사망, 당시 59세)와 함께 약초를 캐러 산에 가 남편이 무심코 버린 담뱃불에 국유림 3.5ha를 태웠다. 홍천 국유림관리소는 이씨의 어려운 살림을 감안해 산불 피해 변상금 1백 30만 원을 분할 상환토록 명령했다. 그런데 아뿔사 이씨는 얼마 후 중풍을 앓아 숨졌고 숨지기 직전 이씨는 아내에게 '내 대신 당신이라도 변상금을 꼭 갚아달라' 는 유언을 남겼다.

용 할머니는 남편의 유언을 명심해 하루도 그 유언을 잊은 적이 없어 3남 1녀를 혼자 힘으로 애면글면 키우면서 돈이 생기는 대로 3만 원 혹은 5만 원씩 갚아나갔다. 그러나 85년부터는 농사를 짓기 힘들어 식당에서

일당 7천 원의 허드렛일을 해 돈을 갚았고 그렇게 한 지 20년만인 지난 9일 마침내 변상금 1백 30만 원을 다 갚았다. 용 할머니는 마지막 변상금 10만 원을 내면서『내 몸이 부서지는 한이 있어도 남편과의 약속을 지키고 싶었다』했고, 변상금을 꼭 갚아야겠다는 생각을 하루도 잊은 적이 없었다고도 했다. 그리고 또『남편은 저승에서 편히 쉴 수 있을 것』이라 했고,『이제야 두 다리 펴고 잠잘 수 있게 됐다』며 활짝 웃기도 했다.

어려운 살림에 궂은일도 마다 않고 나랏법을 지키기 위해 20년 간 변상금을 모두 갚은 정직한 준법정신에 감동한 북부지방 산림관리청은 15일 전국의 산림청직원들이 십시일반 모은 성금 1백 30만 원을 용 할머니에게 전달, 용 할머니의 정직성과 책임의식과 준법정신을 높이 기렸다. 이에 용 할머니는 죄스런 표정으로 조그만 칼국수 가게를 내려 했는데 이 성금을 가게 내는 데 보태겠다며 좋아했다. 그런데도 왠지 용 할머니는 나쁜짓을 하다 들켰을 때처럼 눈 둘 곳을 몰라했다. 여기서 우리는 말하지 않을 수 없다. 잘나고 똑똑해 내로라 하는 위인들은 나랏돈을 수백억 수천 억을 떼어먹어도 여봐란 듯 활보하고, 은행돈 공적자금 또한 수백 억 수천억 원을 떼어먹어도 끄덕 없어 곤댓짓으로 덤터기 씌우고 쇠똥구리처럼 떠넘기기 잘해 유방백세(流芳百世)하려 드는데 어째서 용 할머니는 과자 값도 안 되는 쩨쩨한 돈을 20년 동안 일구월심 갚고도 되레 미안해 했을까. 용 할머니는 용해서 그랬을까.

지금 이 순간에도 이 나라 어디에선가는 눈도 귀도 코도 없는 돈이, 아니 국고가 삼베바지에 방귀 빠지듯 술술 잘도 빠져나가고 있을 것이다, 그러면 또 어디에선가 산골 처녀 묵나물 팔 듯 조조(曹操) 군사 말 팔아먹듯 그런 신명난 수작질이 벌어질 것이다. 밑엣돈이 숨을 못 쉬는 사람들은 한 병에 1천만 원이 넘는 수입 양주를 앞다퉈 사 가고, 부정으로 천문학적인 돈을 번 사람들은 하룻밤 술값이 1천여 만 원에 팁이 몇 백만 원이라니 이 사실을 알면 어떻게 될까.

아니, 돈밖에 없는 졸부의 10대와 20대 자녀들이 하룻밤 유흥비로 수백 만원을 탕진한다는 사실을, 만일 용 할머니가 알면 어떻게 될까. 남의 돈을, 나랏돈을 소화제 한 알 안 먹고도 수백, 수천억 원씩 꿀꺽꿀꺽 삼키고도 모르쇠 하거나 내전보살하는 인간들이 볼 때 과자 값도 안 되는 논을 20년 동안 갚은 용 할머니가 세성없이 못나보일 것이다. 왜냐하면 사기꾼과 도둑꾼들은 그것(사기와 도둑질)을 능력으로 아니까.

천하에 빌어먹을 x들 같으니라고…….

— 2001년 11월 23일

죄는 천산갑(穿山甲)이 짓고……

　대부분의 국민들은 지금 "이런 천하에 주리를 틀 x들!"이 아니면 "아이구, 이런 천벌을 받을 x들! 저 시퍼런 하늘이 무섭지도 않은지 원!" 하고 분통을 터뜨리고 있다.

　비분강개파들은 "주리를 틀 x들과 천벌 받을 x들"을 굴비 엮듯 줄줄이 엮어 계하에 꿇려놓고 "네 이노옴! 네 죄를 네가 알렷다?"하고 대갈 일성 소리치며 물고라도 내고 싶어한다. 아니다. 그래도 설분이 안 돼 압슬이라도 가하고 싶어한다. 얼마나 분기 탱천 화가 나고 얼마나 가당찮게 억울하면 주리를 틀고 천벌을 받고 계하에 꿇려놓고 물고로 치죄를 하고 싶어할까.

　국민들은 욕곡봉타(欲哭逢打) 바로 그 심정이어서 건드리기만 하면 그대로 퍼질러 앉아 울 판이다. 안 그래도 불평 불만이 머리끝까지 올라와 있어 언제 터질 지 모를 시한폭탄 같은데, 그런 국민을 위해 주지는 못할망정 되레 못살게 벗겨 먹으려드니 무골충이 아닌 다음에야 어찌 나 죽었소 하고 자복(雌伏)할 수 있는가.

　그렇다면 대저 무엇이 국민을 이렇듯 화나게 하고 억장 무너지게 하는가. 그것은 그 망할 놈의 공적자금, 그 개도 안 물어갈 공적자금이 국민을 화나게 만들고 있다. 공적자금이 대체 뭔가. 지난 97년 IMF 외환 위기 이후 금융 구조조정을 위해 정부가 투입한 자금이 공적자금이다. 다시 말하면 이 나라의 병든 경제를 살리기 위해 정부가 긴급 처방의 수술 비용으로 쓴 돈이 공적자금이다.

97년 말부터 올 10월 말까지 4년 간 정부가 투입한 공적자금은 물경 1 백 50조 6천억 원이나 되는 천문학적인 액수다. 이 자금은 주로 부실 금융기관의 부실채권 매입, 고객 예금 대지급(代支給) 및 부실 금융기관의 증자(增資) 자금 등에 쓰여졌다. 지금까지 예금 대지급이 23조 7천억 원, 부실채권과 자산매입에 52조 6천억 원, 금융기관의 자본금을 늘리는데 74조 3천억 원이 투입됐다.

그런데 이렇게 쓰여진 공적자금이 감사원 특감결과 부실기업주와 금융기관 임직원에 의해 7조 원 이상이 은닉되고 4억 달러는 해외로 유출되었으며 정부 판단 잘못 등으로 11조 원 이상이 과다집행 됐다니 이런 분통터질 노릇이 어디 있는가.

하지만 분통터질 노릇이 어디 이것뿐인가. 감사원 감사 결과 부실 금융기관들을 관리 감독해야 할 정부기관 담당자들이 공적자금을 횡령했다고 하는데 이르러서는 모럴 해저드(도덕적 해이)를 지나 도둑에게 물건 지키게 하고 고양이에게 생선가게 맡긴 꼴에 다름 아니어서 앙천부지할 수밖에 없다.

그래 우리는 자산관리공사 직원이 법원에서 지급 받은 부실채권 경락배당금 26억 원을 제 주머니에 넣고, 법원 직원이 자산관리공사에 지급해야 할 배당금 1억 2천만 원도 제 주머니에 집어넣는 등 횡령을 밥먹듯 하며 국민 혈세를 여반장으로 빼돌린 행위에 대해 하늘 무너지는 소리를 듣지 않을 수 없다.

자, 이러니 나라는 도대체 어찌 될 나라인가, 공적자금을 받은 대한생명, 대한종금, 동남은행, 태평신협 등 임직원들도 질세라 회사 돈을 횡령한 사실이 밝혀지고 보면 밝혀지지 않은 여타의 회사는 얼마나 될 것인가. 그야말로 빙산의 일각이어서 공적자금을 눈 먼 돈으로 치부, 앞장서 빼먹는 데 혈안이 되다시피 했다.

공적자금은 조성부터 관리까지가 총체적 부실이었다. 엉터리 장부만 믿고 자금을 지원해준 데데함이며, 반쪽 감사에도 눈감아준 당국의 데면데면함이 오늘과 같은 현상을 낳았다. 인간들 사복(私腹) 채우는 데 쓰였고 해외에 나가 초호화 생활과 초호화 쇼핑으로 세월아 네월아 하는 데 쓰이고 있다.

이 바람에 공적자금 1백 50조 원 중 30조 원은 받을 수 없어 회수가 불능이라니 또 죽으나 사나 국민이 물어야 할 판이다. 만만한 사람은 성도 없다더니 만만한 건 언제나 국민이다. 죄는 천산갑(穿山甲)이 짓고 벼락은 구목(丘木)이 맞는다더니 과연 그렇다. 그러나 이제는 천산갑이 지은 죄를 구목이 벼락 맞지 않게 하기 위해 특단의 조치를 취해야 한다.

정부는 국운을 걸고라도 끝까지 자금을 추적, 건곤일척(乾坤一擲)하기 바란다. 지금 국민은 분노와 허무와 절망을 지나 무상(無常)을 느끼고 있다.

— 2001년 12월 7일

애환(愛環)과 고온개(古溫介)

　　나라가 누란의 위기에 처해 바람 앞의 등불처럼 위태위태할 때 그 위태한 나라를 위해 목숨을 바친 이들은 누구였는가. 그리고 강약(强弱)이 부동(不同)이라, 나라가 강자의 힘 앞에 무릎 꿇고 통한의 맥수가(麥秀歌)를 부를 때 그 맥수의 통분을 못 이겨 비분강개 자결한 이들은 또한 누구였는가.

　　나라의 위태로움을 보면 목숨을 내놓으라던 저 논어(論語)의 '견사위치명(見士危致命)'을 이념과 신념으로 삼던 선비나, 선비가 편안히 살기만을 생각하면 이는 선비라 할 가치가 없다는 논어적 '사이회거 부족이위사의(士而懷居　不足以危士矣)'를 생활철학으로 삼던 참선비가 불의와 싸우거나 학정에 맞서거나 망국에 분연히 일어나 버린 장거가 있긴 하나 나라 위해 바친 호국창의(護國倡義)는 애오라지 민초가 그 으뜸이었다.

　　보라, 저 몽고군의 침입에 목숨 걸고 싸운 천민들의 항쟁이 그랬고, 임진왜란 병자호란에 죽창들고 일어난 백성이 그랬고, 동학혁명 때 낫과 괭이 들고 일어난 민병이 그랬고, 경술국치(庚戌國恥)로 나라가 일본에 먹히자 전국 방방곡곡에서 분기한 의병이 그랬고, 일제가 갖은 핍박 온갖 압박으로 2천만 동포와 3천리 금수강산을 짓밟자 국권을 쟁취하기 위해 일제와 싸운 독립군들이 그랬다. 이들은 누구였는가. 이들 중엔 선비나 사대부, 그밖에 상당한 가문의 자손들도 있었지만 머슴, 포수, 하인, 비복 계급의 민초들도 상당수 있었다.

　　이렇게 볼 때 우리는 '애환(愛環)'과 '고온개(古溫介)'를 말하지 않을 수가 없다. 이들은 누구인가. 이들은 사대부가의 비녀(婢女)로서 병자호란 때 인조가 삼전도(三田渡)에서 청태종 홍타시(洪他時)에게 무릎 꿇고 세 번 절하고 이마를 아홉 번 땅에 조아리는 삼배 구고두(三拜九叩頭)의 치욕을 겪고 행궁(行宮)의 강화도마저 적의 손에 떨어지자 '나라가 이 지경에 이르렀는데 살아서 무엇하리' 라며 자결한 계집종들이다.

우리가 여기서 알아야 할 것은 인조가 청태종에게 항복하고 강화가 적에게 함락되자 물경 69 명의 부녀자가 혹은 자액(自縊.목매 죽음) 혹은 자문(自刎.목을 칼로 찔러서 죽음) 혹은 자분(自焚.불에 타 죽음) 혹은 아사(餓死.굶어 죽음) 혹은 투수사(投水死.물에 몸을 던져 죽음) 로 목숨을 스스로 끊었다는 사실이다. 애환과 고온개도 물론 목숨을 끊어 자결한 계집종들이다. 봉건 또는 사대부 국가가 강대국의 외침을 받고 나라가 기울고 자신들은 붙잡혀 노비(奴婢)가 될작시면 차라리 깨끗이 자진하는 게 낫다며 스스로 목숨을 끊은 69 명의 아녀자. 이 69 명의 아녀자는 선비의 아내와 사대부의 처, 첩이었으나 이 중 애환과 고온개는 종의 신분이면서도 나랏님(인조)의 항복과 강화의 함락에 자진을 했다.

나는 여기서 크게 외치노니 이는 동(東)의 양서(洋西) 시(時)의 고금(古今)을 통틀어 세계 역사상 오직 우리(조선)밖에 없었던 대 충절로 죽백 청사에 길이 남을 절사순국(節死殉國)이다. 얼마나 장한 일인가. 얼마나 훌륭한 일인가. 아니다. 장하고 훌륭하다는 말로는 유위부족해 그 어떤 거룩함마저 느껴 우러러야 할 일이다. 세상을 이끌어 갈 지도급의 사대부 계급도 아니요, 나라 경영과 운영에 책임을 진 고관대작의 신분도 아닌 한낱 초개 같고 노방초 같은 최천민 계급의 노비가 무엇이 답답해 자진을 하는가.

자진을 할 사람은 애환과 고온개 같은 노비가 아니다. 자진할 사람은 따로 있다. 언제나 그렇듯 자결해야 할 사람은 마땅히 따로 있는 법이다.

지난 날의 충직한 종들은 주인을 위해서도 목숨을 바쳤다. 그러니 나라를 위해서야 어찌 목숨 따위를 아꼈겠는가. 그런데 지금은 어떤가.

　나라 위해 죽어야(자결)할 사람이 쌔고 쌨는데도 자결은커녕 되레 세월아 네월아 여기가 어디메뇨, 무릉도원 예 아니냐, 천국이 여기로다며 인생을 한껏 구가하고 있다. 나라를 망치는데 기여한 위인들은 애환과 고온게를 하루 얼 번씩만 생긱하라. 그녀들은 종의 신분인데도 임금이 적장에게 항복하고 행궁이 적의 손에 떨어지자 자결로써 순절했다. 이러니 어찌 불법 탈법 범법 위법을 능사로 하며, 나라를 도륙내고 그래도 성이 안 차 나랏돈과 국민 돈을 어마어마하게 먹고 배탈이 난 자들을 용서할 수 있겠는가. 자결하라.

— 2001년 12월 14일

그대들, 11계명을 아는가

'들키지 말라!'

이는 십계명(十誡命)에 하나를 더한 '십일계명'이다. 이 십일계명은 할 일 없고 말하기 좋아하는 호사가들이 그냥 심심파적으로 지어낸 말이 아니다. 이 십일계명 '들키지 말라!'는 누가 언제 어디서 어떻게 만들었다기보다는 시대상을 그대로 반영한 자연발생적인 말로 일종의 패러디요 패러독스라 할 수 있다.

하나님이 시나이산(Sinai 山)에서 모세에게 내렸다는 십 개조의 십계명은 1. 다른 신을 섬기지 말 것. 2. 우상을 섬기지 말 것. 3. 여호와의 이름을 망령되게 하지 말 것. 4. 안식일을 지킬 것. 5. 어버이를 공경할 것. 6. 살인하지 말 것. 7. 간음하지 말 것. 8. 도둑질 말 것. 9. 거짓말 말 것. 10. 탐하지 말 것 등등이다. 그런데 이 십계명에 언제부터인가 '들키지 말라!'는 일계명이 더 추가돼 십일계명이 됐고 이 십일계명은 지금 때를 만나 아주 적절히 써 먹히고 있다.

보라! 거짓말을 하고도 들키지 않아 괜찮은 인간들과, 도둑질을 하고도 들키지 않아 괜찮은 인간들과, 사기를 치고도 들키지 않아 괜찮은 인간들과, 중상 모략을 하고도 들키지 않아 괜찮은 인간들이 이 땅에 얼마나 시글시글 많은가를.

이럴 때마다 나는 셜록 홈즈를 쓴 영국의 추리작가 코난 도일의 일화가 생각난다. 코난 도일이 어느 날 장난기가 발동해 몇몇 고관과 유명인사에게 전보를 띄웠다. 전문은 '탄로났다. 도망가라!'였다. 그런데 이 어찌 된 영문인가. 전보를 받은 고관과 유명인사 모두가 약속이라도 한듯 도망쳐버렸다. 코난 도일은 아무 생각 없이 해 본 일인데 전보를 받은 고관과 유명인사들은 자기 죄를 귀띔해 주는 줄 알고 줄행랑을 친 것이다. 도둑이 제 발 저린 격이 되고 말았다.

만일 이것이 우리 나라에서 생긴 일이라면 어찌 되었을까. 정치인, 사업가, 공무원, 유명인사들은 어떤 반응을 보였을까. 모르긴 해도 얼굴이 새파랗게 질리지 않으면 혼비백산 넋을 놓고 덜덜 떨었을 것이다. 그러며 전화 오는 소리에도 화들짝 놀라고 누가 부르는 소리에도 가슴이 철렁 내려앉아 숨을 제대로 못 쉬었을 것이다. 뿐인가? 누가 쳐다봐도 간이 콩알 만 해지고 누가 뒤에서 어깨만 쳐도 기절초풍할 것이다. 이러니 어디 잠인들 마음놓고 잘 수가 있는가. 눈을 감으면 자기를 잡으러 오는 무시무시한 곡두가 나타나고 꿈을 꾸면 그 곡두에 쫓겨 달아나다 천 길 벼랑에서 떨어져 깨 온 몸이 식은땀으로 뒤발을 한다.

작금 진승현 게이트라는 불가사의한 사건 하나로 나라 안이 온통 뒤죽박죽이다. 모두가 진승현이라는 사람한테 놀아났기 때문이다. 권력자도 권력기관도 한두 사람 한두 군데가 아니다. 사실 그동안 무슨 게이트니 무슨 리스트니 할 때마다 청와대와 여권 실세, 국정원, 검찰, 경찰 등 힘깨나 있는 사람들의 이름이 식단의 단골 메뉴처럼 등장하더니 급기야는 권력기관끼리 서로 "우리를 제거하려는 음해"라느니 "수사를 방해하기 위한 음모"라느니 하는 식의 치고 받는 상황에까지 이르렀다.

진승현이 도대체 누구인가?

아직 새파란 20대의 풋내기로 구속 수감 중인 벤처 사기범이 아닌가. 한데 이 새파란 20대 풋내기 사기범한테 이 나라의 내로라 하는 사람들이 새끼줄에 두릅 엮이듯 줄줄이 엮여 곤혹을 치르고 있다. 왜? 그 망할 놈의 개도 안 물어갈 돈과 연관 됐기 때문이다. 진씨가 주무른 2000억

원대의 금융지금 가운데 아직 600억 원 가량이 용처가 불분명해 오리무
중이라니 이 돈은 어디로 갔는가. 발이 있어 걸어갔는가. 날개가 있어 날
아갔는가. 지난 해 4.13총선을 전후해 여야 의원 20여 명에게 수 십억
원을 뿌렸다는 설이 지금도 무성한데 혹시 그쪽으로 간 것일까? 도무지
실타래처럼 얽히고 땅콩 줄기처럼 설켜 한 뿌리에 줄줄이 달린 사건은
어디서부터 어디까지 믿어야 할 지 알 수가 없다. 다만 비리로 날이 밝고
부정으로 날이 저무는 게 2001년 겨울 이 땅의 현주소임을 우리는 알고
있다. 그렇다면 들키지 않은 11계명은 얼마이고 탄로 났다, 도망가라에
줄행랑칠 위인들은 또 얼마나 될까. 가슴이 답답하다.

— 2001년 12월 20일

새 해에 띄우는 메시지

송구영신(送舊迎新)!

어느새 또 한 해가 지고 새로 또 한 해를 맞이했다. 지난 한 해는 20세기에서 21세기로 넘어온 새 천 년의 해여서인지 여느 해보다 감회가 유달랐다. 감회뿐 아니라 의미까지도 새로웠다.

2000년에서 한 세기가 바뀐 2001년이 되었으니 기호학적으로도 의미가 새로울 수밖에 없었다. 그래서 사람들은 지난 해 2001년을 밀레니엄이니 밀레니엄 버그니 하면서 야단법석을 떨었다. 소년처럼 흥분하면서…… 아니 새 세기엔 무슨 수라도 생길 듯 목을 빼고 기다리면서.

그러나 새 세기가 되어도 우리에겐 아무 수도 생기지 않았다. 안락의 낙원도 생기지 않았고 녹색의 장원(莊園)도 생기지 않았다. 꽃피는 동산도 생기지 않았고 열락(悅樂)의 새도 울지 않았다.

하지만 어찌 또 이것 뿐이랴.

우리는 새 천년을 맞아 모어의 '유토피아'를 꿈꾸었고 칸트의 '목적의 왕국'도 꿈꾸었다. 그러나 유토피아는 토머스 모어의 실현 불가능한 공상적 이상향(理想鄕)임을 알았고, 목적의 왕국 또한 임마누엘 칸트의 실현 불가능한 공상적 이상임을 알았다. 생각해 보라!

어찌 '사람이 잘났든 못났든 돈이 많든 돈이 적든 저마다 떳떳한 인간으로 대접받을 수 있는 사회'에 살 수 있겠나를. 한데도 칸트는 이것을 '목적의 왕국'이라 정의해 인간은 모름지기 이렇게 살아야 한다 했다. 이러니 이게 모어의 유토피아 무가유향(無可有鄕. 어디에도 없다는 뜻)

과 다를 바 무엇이겠는가.

　돌이켜보면 새 세기가 시작된 지난 해 2001년은 참으로 부끄러운 한 해였다. 부정으로 날이 새고 비리로 날이 저물었다해도 과언이 아닐 만큼 모든 분야가 철저히 썩어 그 악취로 코를 내두를 수 없는 데다 분쟁, 반목, 중상, 갈등, 음해, 훼절, 은폐, 조작, 모르쇠는 또 얼마나 많았는가. 여기다 강상지변(綱常之變)의 패륜과 윤상 붕괴의 도덕적 파괴까지 합치면 짜장 나라 안 망한 게 되레 이상할 지경이다. 그래서인지 나라 망치기에 앞장서다시피 한 작자들은 또 무슨 게이트니 무슨 커넥션이니 해 이 나라 대한민국을 '비리 공화국' 내지 '게이트 공화국' 의 반열에까지 올려 놓는 데 크게 공헌했다. 새 세기가 시작된 2001년은 신사년(辛巳年)으로 뱀의 해였다. 그 때(2001년 새해) 우리는 모든 장애와 난관을 '뱀처럼 슬기롭게 헤쳐 나아가자' 했다.

　그리고 이것은 국가적 또는 국민적 컨센서스로 합일점을 이끌어냈다. 일종의 묵계요 묵약이었다. 그랬는데 결과는 와해(瓦解)요 도사(徒事)였다. 한심하고 속상하고 부끄러운 일이 아닐 수 없다.

　올해 2002년은 임오년(壬午年) 말의 해다. 말은 본시 그 태생이 뛰기를 좋아하고 한 번 뛰었다 하면 수십 리 혹은 수백 리를 쉬지 않고 한 달음에 달린다. 그러므로 우리는 이런 말의 속성을 닮아 말의 해 임오년을 힘차게 뛰어야 한다. 그러면 그것이 비록 준마(駿馬)는 아닐지라도 가고자 하는 목적지에 다다를 것이다. 천리마(千里馬)가 어디 따로 있으랴. 그리고 그 천리마를 알아보는 백락(伯樂)이 어디 따로 있으랴. 힘차게 뛰는 말이면 그것이 천리마고 그 말의 가치를 알아주는 이 있으면 그것이 곧 백락이지.

　잘 알다시피 올해 2002년은 큰 행사가 많은 해다. 지자체 의원과 단체장 선거 및 대선이 있는 해다. 게다가 지구촌 수십 억이 지켜보는 월드컵

축구대회가 한국에서 벌어진다. 이는 88년 올림픽대회 때와 마찬가지로 단군이래 가장 큰 행사다. 이런 관계로 한국은 이제 한국만의 한국이 아니어서 세계 속의 한국이다. 여기서 우리가 성숙된 세계시민으로서 지키고 실천하지 않으면 안 될 것은 질서와 친절과 준법이다.

이런 국가적 과제 앞에 지역 사회의 증인을 자부해 온 충청일보는 올해의 주제를 '바르고 밝게'로 정해 이의 실천을 지상(至上)으로 삼고 있다. '바르다'는 무엇인가. 바르다는 정(正)으로 틀리거나 비뚤어지거나 굽지 않고 곧아(直) 도리나 사실에 맞는 참됨을 말함이요, '밝게'는 어둠의 반대개념으로 사물을 세상에 명명백백 드러내 보여주는 것으로 매사에 자신 만만할 때가 아니면 못 쓰는 말이다.

올해는 이 나라가 제발 '바르고 밝게' 되었으면 참 좋겠다.

— 2002년 1월 1일

부끄럽고 어이없어 웃음이 절로 난다

어느 도시를 막론하고 신년 초가 되면 '신년 인사회' 라는 걸 가진다. 해마다 시무식이 시작되는 신년 초에 그 지방의 기관장과 단체장 및 지역 인사(유지)들이 모여 나누는 인사로, 이는 대개 그 지방의 상공회의소가 주관하고 있다.

이 신년 인사회는 지방에 따라 명칭도 달라 어느 지방에선 신년 교례회라 하고 또는 어느 지방에선 신년 하례회라 하기도 하지만 이제는 명칭도 통일이 됐는지 거의 '신년 인사회' 라 부르는 것 같다. 그러나 명칭이야 어찌됐던 새 해가 시작되는 신년 초에 그 지방의 기관 단체장 및 지역 인사들이 한 자리에 모여 덕담을 나누며 인사를 교환한다는 건 참으로 아름다워 적극 권장할 만한 일이다.

이 야차 같고 부라퀴 같은 세상에 이만한 아름다움도 그리 흔치않다 싶자 어떤 충일감마저 느껴지는 것이다. 물론 내가 살고 있는 이 도시에도 신년 인사회가 있어 시무식이 시작되는 신년 초면 이곳 상공회의소가 신년 인사회를 어김없이 주선한다. 그런데 이 신년 인사회에 다녀온 어느 인사가 흥분한 채 나를 찾아와 불만을 토로했다. 까닭인즉 올해도 또 내 이름이 초청자 명단에 빠져 있어 도무지 이해부득이라는 거였다.

그는 흥분한 이조로 한 나라의 작가이자 한 신문의 논개(논설위원)으로 20여 권의 저서(작품집)를 내고 수천 편의 글(사설과 칼럼)을 쓰고 수백 회의 초청강의를 했으면 명사 중의 명사여서 신년 인사회 초청은 최우선 일뿐만 아니라 초청하는 쪽에서 오히려 영광으로 알아 깍듯이 모셔야 함에도 불구하고 어찌 장삼이사(張三李四) 다 모이는 신년 인사회 명단에 이름이 빠질 수 있느냐며 분개했다. 이런 그는 3년 전에도 나를 찾아와 비슷한 말을 하더니 상공회의소에 항의하겠노라 했다. 나는 아서라며 극구 만류했다.

내가 신년 인사회에 초청 받았다고 명사가 되고 초청 안 받았다고 명사가 안 되느냐, 뜻은 고맙지만 사양하니 제빌 가만 있으라 했나. 그랬는데 그가 뭐라 했는지, 아니면 다른 어떤 말이 있었는지 몰라도 그 해 겨울, 아니 해가 바뀐 신년 인사회에 초청장이 날라 왔다. 나는 그러나 나가지 않았다. 나를 초청하는 건 그들의 자유겠으나 내가 참석하지 않는 것도 내 자유였다.

초청장은 3년인가 오더니 다시 안 오기 시작했다. 어떤 이유에서인지 몰라도 신년 인사회 초청자 명단에 내 이름이 또 빠지고 만 것이다. 그러자 그가 다시 흥분했다. 선진국에선 자기 고장에 작가가 살면 최고 최대의 영광으로 알아 긍지가 대단하다는데, 이 나라에선 작가가 곁에 살아도 영광과 긍지는커녕 모르기 예사요, 혹여 안다해도 관심조차 갖고 있지 않으니 이런 한심하고 기막힌 일이 어디 있느냐 했다. 그는 또 구미 제국에선 장관 명함은 안 통해도 작가 명함을 통한다 들었는데 어찌해 이 나라는 작가가 가까이 있어도 알지조차 못하는가 했다. 이러니 후진국 소리를 듣고 미개국 소리를 듣는다 했다. 그는 또 이런 말도 했다. 백락(伯樂)이 있어야 천리마(千里馬)를 알고 종자기(種子期)가 있어야 백아(伯牙)의 거문고 소리를 알지, 백락도 종자기도 없는데 어찌 천리마를 알고 거문고 소리를 알까보냐고. 말이 났으니 말이지만 그의 말은 모두가 옳았다. 이럼에도 내가 진작에 이를 옳다하지 못한 것은 이게 내 일(문제)이라 자칫 오해의 소지가 있을까 싶어서였다. 경주 돌이라고 어찌 다 옥돌이겠는가. 불도 켤 자리에 가 켜야(목욕재계로 촛불 밝히고 천지신

명께 치성 올리는 일) 아들도 낳고 딸도 낳는 법이다. 권력과 금력을 제일로 아는 사람들은 작가와 논객은 하잘 것 없는 존재일 터이다. 개 발에 편자가 무슨 소용이며 돼지 목에 진주 목걸이가 무슨 소용인가. 훌륭한 작가는 대단한 존재다. 훌륭한 작가를 포함한 훌륭한 예술가는 위대한 존재다. 그들은 역사를 바꾸고 사상을 바꾸고 세계를 바꿨다. 그래서 영국은 셰익스피어를 인도하고도 바꾸지 않는다 했을 터이다. 선진국에서의 작가 예우란 적어도 귀빈 예우다. 한데 이 나라에서의 작가 예우란 찬밥 취급이다.

그리고 내가 사는 이 곳에선 숫제 가봉자 취급이다. 참 부끄럽고 어이 없어 웃음이 절로 난다.

— 2002년 1월 9일

탕왕(湯王)의 자책 육사(自責六事)

요. 순. 우. 탕 (堯.舜.禹.湯)하면 어질기로도 유명했지만 선정을 펴기로도 유명한 군주들이었다. 이 군주들 중 어느 하나 훌륭하지 않은 군주가 있을까만 오늘은 탕왕(湯王)에 대해 말해볼까 한다.

은(殷)나라의 초대 임금 탕왕이 왕위에 올라 천하를 다스리자 처음 몇 년은 모든 일이 순조롭게 돌아가 국태민안하고 시화연풍(時和年豊)했다. 그래 백성들은 강구연월(康衢煙月) 좋을시고 하며 격양가(擊壤歌)를 불렀고 이게 다 어진 임금의 덕이라며 탕왕을 성군으로 높이 기렸다. 그런데 웬걸 몇 해가 지나자 가뭄이 들기 시작해 온 천하가 타들어갔다. 결론부터 말하자면 이게 7년 동안 비 한 방울 내리지 않았다는 그 유명한 칠년대한(七年大旱)이다.

탕왕은 애가 타 신령님께 기원, 점을 쳤다. 그랬더니 산 사람을 제물로 바쳐 기우제를 지내야 한다는 점괘가 나왔다. 탕왕은 그렇다면 내가 제물이 되겠다며 기꺼이 흰 상복을 입고 제단에 올랐다. 백성들이 이런 탕왕 앞에 무릎 꿇고 호소했다. 임금님이시여! 어찌하여 이 어린 백성들을 버리려 하시나이까. 군주 없는 백성이 무슨 소용이옵나이까. 바라옵건데 저희 백성이 제단에 올라 제물이 되겠사오니, 임금님께서는 부디 저희 간절한 소원을 받아들이사 제발 제단에서 내려오소서!

백성들은 눈물로 호소했지만 탕왕은 듣지 않았다. 듣지 않을 뿐만 아니라 오히려 무슨 소리들인고. 백성을 위해 기우제를 올리는데 어찌 백성을 제물로 삼는단 말인고. 내 덕이 부족해 하늘이 재앙을 내리시니 내가 제물되는 게 열 번 당연하도다. 그러니 얼른 섶에 불을 붙여 나를 태우라 했다. 그러며 탕왕은 마음 속으로 스스로를 문책했다.

첫째, 나는 백성을 위해 올바른 정치를 해왔는가. 둘째, 나는 백성들에게 충분한 일자리를 마련해 주었는가. 셋째, 나는 지금 백성보다 호화롭게 살고 있지는 않은가. 넷째, 후궁(後宮)이나 왕자, 공주가 너무 설치고 있는 것은 아닌가. 다섯째, 뇌물 등 부정 부패가 횡행하고 있지나 않은가. 여섯째, 간악한 자들의 고자질을 믿고 그릇된 인사를 해온 것은 아닌가.

탕왕은 눈을 감고 깊이 자책했다. 이를 후세 사람들은 탕왕의 '자책 육사(自責六事)' 라 부르고 있지만 시사하는 바가 참으로 커 요즘 통치자나 정치인들에게 들려주고 싶다. 아니 이 여섯 가지를 뱃속에 넣어 실천할 수만 있다면 강제로라도 정치인들 입을 벌려 넣어주고 싶다. 비리로 날이 새고 부정으로 날이 저무는 전천후 부패 앞에 못할 일이 무엇인가.

말이 났으니 말이지만, 지금 우리는 국기(國基)의 붕괴를 보는 듯해 마음이 조마롭다. 도처에 썩지 않고 위태롭지 않은 게 없기 때문이다. 윤게이트와 함께 이용호, 진승현, 정현준 의혹 사건들에 놀아난 이 나라의 내로라 하는 사람들. 청와대, 국정원, 검찰 등 나라의 중추기관이 모두 다 사기꾼 집단에 연계됐으니 땅을 쳐 통곡해도 시원찮을 일이다. 생각해 보라! 오직 국민과 국가를 위해 일해야 할 사람들이 나라 망치고 국민 속이는 사기꾼 집단에 이름이 오르내리니 어찌 통곡할 일이 아니겠는가를.

역대 어느 정권 할 것 없이 권력 주변엔 늘 비리가 있어왔다. 그러나 지금처럼 이렇듯 철저히 썩어 '먹고 보자. 못 먹는 게 병신이다' 식으로 국정의 주요 포스트가 총망라 되다시피 한 적은 없었다.

그렇다면 이제 어찌해야 하는가. 각종 게이트의 철저한 수사도 중요하지만 부패의 고리와 뿌리를 잘라 다시는 준동 발호(蠢動跋扈)할 수 없도록 하는 초 강경 법령을 제정, 이를 국가의 최우선 아젠다로 세워야 한다. 그러나 무엇보다 중요한 건 통치자의 의지와 철학이다. 논어에도 있지 않은가. '정치란 정(正)이니 그대가 거느리기를 바로 하면 누가 감히 바르지 않겠는가' 하는 자솔이정(子帥以正) 숙감부정(孰敢不正)이.

 이 참, 잊을 뻔했다. 기우제와 제물로 제단에 오른 탕임금은 어찌 됐을까. 백성을 위해 기우제의 제물이 되겠다는 탕임금의 호소에 백성들은 눈물을 흘리며 섶에 불을 붙였다. 그런데 참 신기도 하다. 갑자기 하늘이 머흘거리며 비를 퍼붓기 시작했다. 이 비가 노아의 홍수를 방불케 한 그 유명한 대우방타(大雨滂沱)였다.

— 2002년 1월 16일

이것 참 큰일났다.

얼마 전 TV를 보다가 너무도 어이없는 광경을 목도하고 깜짝 놀랐다. '도전 골든벨' 이란 프로를 보다가였다. 이 프로는 잘 아는 바대로 KBS에서 매주 일요일 저녁 7 시 10 분부터 8 시까지 방송하는 고등학교(고등학생) 퀴즈시간이어서 학생은 물론 어른들도 자주 보는 프로다. 왜냐하면 이 프로에서 많은 것을 공부하고 여러 가지 상식을 배우기 때문이다. 그래 나는 부득이한 일이 없으면 거의 매번 이 프로를 보고 있다.

그런데 그 날은 아뿔싸! 내가 이 프로를 보지 않은 것만 같지 못한 결과를 목격하고 말았다. 한 학생이 글쎄 문제로 출제된 '자당(慈堂)' 과 '춘부장(春府丈)' 을 잘못 써서 이를 묻는 진행자에게 자당은 '자기 자신' 이고 춘부장은 '된장 또는 고추장' 이란 기도 차지 않은 대답을 했기 때문이다. 유치원, 초등학생도 아닌 고등학생이, 그것도 학교 대표로 뽑혀나온 고3 학생이 남의 어머니에 대한 존칭 '자당' 을 자기 자신이라고 하고, 남의 아버지에 대한 존칭 '춘부장' 을 '된장 또는 고추장' 이라 대답했으니 이 얼마나 기막힌 일인가.

요즘이야 거의 한글 세대고 또 호칭이나 촌수도 대수롭지 않게 여길 뿐만 아니라 무엇보다 본데없이 자라 상놈 다 된 세상이지만 한 세대 전만해도 행세깨나 하는 집안 어른들은 초면 젊은이가 인사를 하게 되면 으레 중시하(重侍下)냐 구경하(具慶下)냐 물었다. 그리고 안행(雁行)이 몇 분이냐고도 물었다. 중시하란 조부모 부모가 다 살아 계시는 시하를 말함이요, 구경하란 양친이 다 살아계시는 시하를 말함이다. 안행이란 남의 형제의 경칭으로, 안행(또는 안항)이 몇 분이냐 하면 형제가 몇이냐 하는 뜻이다. 간혹 조부님과 부모님이 다 돌아가셔서 "영감하(永感下) 올시다"하면 어른은 부얼부얼한 삼각수(三角鬚)를 쓸어내리며 "어허, 그러시구먼!"하고 혀를 끌끌 찼다. 세상이 핵가족화다 뭐다 해 저희끼리(젊은 부부) 나가 살다보니 만고에 보고 들은 게 없어 아이들 버르장머리 없음은 물론이요, 친척에 대한 호칭도 캄캄이다. 이러니 어찌 예절을 알고 압존법(壓尊法)을 알겠는가. 예절을 모르고 압존법을 모르면 이게 인두겁만 뒤집어 쓴 사람 형상이지 인본(人本)을 갖춘 온전한 사람이라 할 수 없다.

그렇다면 압존법이란 무엇인가. 어른에 대한 공대가 그 어른보다 더 높은 어른 앞에서는 말을 낮춰하는 것을 압존법이라 한다. 그러니까 할아버지나 할머니 즉, 조부모 앞에서는 자신의 부모도 낮춰 말하고 아버지 어머니 앞에서는 남편과 아내를 낮춰 지칭함을 압존법이라 한다.

도대체 가정교육을 어떻게 받았기에 낼 모레면 대학교에 갈 다 큰 고3 짜리 학생이 자당을 자기 자신이라 하고 춘부장을 된장 또는 고추장이라 하는가. 아무리 한글세대요, 모래시계 세대라 해도 이는 고개를 들 수 없을 만큼 부끄러운 일이다. 하기야 핵가족화로 어른을 모시고 살지 않고 저희끼리 천둥벌거숭이처럼 살다보니 만고에 보고 들은 게 없고, 보고 들은 게 없다보니 그 밑에서 자란 아이들이 무엇을 보고 배웠겠는가.

콩심은 데 콩나고 팥심은 데 팥나지. 호칭만 해도 그렇다. 이른바 N세대로 일컬어지는 신세대의 여자아이들은 동성 아닌 이성의 남자아이에게 '형 형' 하고 그래도 모자라 피도 살도 섞이지 않은 생판 남인 타성(他姓)의 남자에게도 '오빠 오빠' 하니 세상에 이런 망측한 호칭이 어디 있는가. 여기에 어떤 여자들은 한 술 더 떠 남편한테까지 오빠란 호칭을 사용해 언어질서는 말할 것도 없고 인간질서마저 파괴하고 있다 그래, 이 여자들은 제 오라비와 혼인해 상피(相避)라도 났단 말인가.

　세상이 이 지경으로 짐승처럼 돌아가면 어른들이나 사회 지도층이 이를 제대로 다잡아 가르쳐줘야 하는데 제대로 다잡아 가르쳐 주기는커녕 가장 영향력 있는 방송매체에서조차 권장(?)하다시피 하니 일은 난 일이다. 보라. 방송이 앞다퉈 내보내고 있는 일일연속극이나 주말극 중 여자가 남자에게 '형' 이라 하고, 남편한테 '오빠' 라 부르는 게 얼마나 많은가를. 이렇게 가다간 아버지를 '오빠' 라 하고 어머니를 '언니' 라 부르지 않는다고 누가 장담하랴. 누가 보장하랴. 가슴이 울울하다.

— 2002년 1월 25일

부패 척결에 국운 걸라

청백리로 유명한 박수량(朴守良)은 동부승지, 호조참판, 우참찬, 한성판윤 등 높은 벼슬을 살았으면서도 집 한 칸 없는 청백리였다. 그가 죽자 왕(명종)은 그의 무덤에 비(碑)를 내렸는데 그 비가 글씨 한 자 없는 백비(白碑)였다. 너무도 청렴하게 살아 비에 글씨를 쓴다는 게 오히려 더럽다 하여 백비를 세운 것이다.

강직하기로 소문난 정갑손(鄭甲孫)이 함경감사로 있을 때 자기가 없는 사이 아들이 향시(鄕試)에 합격하자 아들의 향시 합격 취소는 물론 시험관까지 파직시킨 바 있다. 까닭인즉 "내가 아들놈의 실력 없음을 아는데, 이런 놈을 합격시킨 것은 시험관이 나에게 아부한 것일 뿐만 아니라 나라(임금)마저 속인 기군망상(欺君罔上)이므로 아들 놈의 합격 취소와 함께 시험관을 파직한다."였다.

태조에서 세종에 이르기까지 4대에 걸쳐 35 년 간이나 벼슬길에 있던 정승 유관(柳官)은 담장 없는 초옥에서만 산 청빈한 정승으로 태종이 그의 청빈에 감동해 선공감(繕工監)을 시켜 몰래 그의 집에 담장을 치게 했다. 이엉을 못해 덮은 지붕은 비만 오면 빗물이 줄줄 방으로 새어 내렸다. 유정승은 왕에게 하사받은 일산(日傘)을 펴 들고 아내와 함께 비를 피하며 걱정하기를 "이 비에 우산 없는 집은 어찌할꼬"했다. 그러면 아내가 곁에서 "우산 없는 집은 다른 방도가 있겠지요."했다.

곧은 재상으로 이름 높던 성종 때의 손순효(孫舜孝)도 유명한 청백리였다. 그는 평생을 청빈 일변도로 살다 죽었는데 죽을 때 자식들을 불러

놓고 "너희가 알다시피 이 애비는 초야에서 일어났기 때문에 너희에게 아무것도 물려줄 게 없다. 있다면 다만 없는 것을 물려주는 것뿐이다." 하고는 가슴을 가리키며 "이 애비 가슴 속에 더러운 것이라곤 티끌만큼 도 없다. 너희도 그렇게 살아라."했다.

명재상으로 이름 높은 한음(漢陰) 이덕형(李德馨)이 고을 원으로 나가 는 아들을 보고 "만나는 백성마다 모두 큰손님 대하듯 하여라. 그들이 감동하여 스스로 규범을 넘지 않고 마음 속 깊이 나라를 고맙게 여기도 록 이끄는 게 어진 정사를 펴는 방법이니라. 알겠느냐?"했다.

올곧은 재상으로 유명한 방촌(厖村) 황희(黃喜)는 24 년을 정승으로만 있어 삼공육조(三公六曹)를 두루 거치고도 사직 후 삼간 모옥에 비가 샜 다. 방촌은 재상으로 있을 때 야대(夜對.야근)를 하면서도 절대 야찬(밤 찬)을 안 든 청백리였다. 이를 모르고 밖에서 야찬을 들여보내기라도 하 면 관후 정대해 어질기로 소문난 방촌도 도대체 누가 누구의 돈으로 밤 참을 먹느냐며 호통을 쳤다.

성종 때의 청백리 이약동(李約東)은 제주 목사로 있다 돌아올 때 채찍 하나만을 들고 관아를 나섰다. 그러다 이 채찍도 이 섬(제주) 안의 물건 이라 하여 관아의 다락에 걸어 놓고 왔다. 그 후 제주사람들은 이 채찍을 보배처럼 간직해 새로 목사가 부임할 때는 이 채찍을 벽 위에 걸어 놓곤 했다.

2002년 1월 25일 마침내 대통령 직속 총괄기구인 부패방지위원회(위 원장 강철규)가 역사적인 출범을 했다. 항간에서 'ROTC' 로 불리는 언필 싱 총체직 부패 공회국(Republic of Total Corruption)을 한 번 깨끗하 게 만들어 보자 함인 것 같다. 망국적 부정 부패가 얼마나 뿌리깊게 창궐 미만했으면 부패방지위원회가 대통령 직속 기구로 생겼을까 싶어 일변 반가우면서도 일변 걱정이 앞선다. 왜냐하면 또 '늑대소년' 이 되지 않을까 저어해서이다.

언제는 부정 부패를 뿌리 뽑지 않는다 했는가. 기구만 달랐지 부정 부패를 뿌리 뽑겠다 한 것은 역대 정권마다 소리 높여 외쳐온 캐치프레이즈였다. 한데도 이 캐치프레이즈는 모조리 실패했다. 어째서인가. 느슨하게 단속적으로 유야무야 했기 때문이다. 일벌백계로 강하게, 그리고 지속적으로 헤보리. 실패할 까닭이 없다.

부패 추방은 정부의 의지에 달려 있다. 부패가 망국이란 정신 하나로 건곤일척 해 보라. 어디서 부패가 발을 붙이겠는가.

이 땅의 부패한 공직자들은 앞에서 열거한 청백리들의 청렴을 신주 모시듯 해 일생 일대의 감계로 삼으라.

그래야 나라가 바로 선다. 알겠는가.

— 2002년 2월 1일

가련할사 우리 국어

  '길손, 강나루, 가마솥에 누룽지, 기찻길 옆 오막살이' 위에 예시한 말들은 예쁘고 아름다운 우리 말이다. 그런데 이 예쁘고 아름다운 우리 말을 대전시가 얼마 전 20쪽 짜리 소책자 500부를 만들어 시내 업소에 배포한 일이 있다. 이 책자에는 음식점의 경우 나눔, 갈무리, 가고파로, 커피숍의 경우 꽃반지, 눈 내리는 마을, 나무의 시로, 단란주점의 경우 목로 등 예쁜 우리 말 상호 400 개가 실려 있다.

  그리고 이 책자는 왕조나 국호를 사용해 역사와 문화적 가치를 해치는 상호로 왕건, 광개토대왕, 대한민국 소주방 등을 예시하고 '삐까삐까' 나 '얼레꼴레' 등 비속어도 고쳐야 할 상호로 꼽았다. 그런가 하면 미시촌, 총각파티, 과부촌, 냄비다방, 조개다방 같은 퇴폐적인 말과 멍청도니, 보리문둥이니 하는 위화감 조성과 함께 듣는 이로 하여금 불쾌감을 주는 말도 개선이 필요한 나쁜 상호로 지적했다.

  그래서 대전시는 올 상반기부터 '예쁜 상호 전시회'를 열고 상호를 바꾸는 업소에는 낮은 금리(연리 3%, 2년 거치 3년 상환, 최고 1000만 원)의 대출을 알선해 주며, 업소를 상대로 예쁜 상호 달기 사업도 벌여나가기로 했다. 뿐만 아니라 대전시는 올 4월까지 불쾌감을 주는 상호가 사라지도록 힘쓰겠다니 듣던 중 반가운 소리여서 박수라도 쳐주고 싶다.

  말이 났으니 말이지만 우리는 그동안 아름답고 예쁜 우리 말을 너무 우습게 알아 오이장수 쓴 외 버리듯 해왔다. 그러면서도 외래어를 자국어인 양 아무 거리낌없이 써왔다. 아니 지금 이 시각까지도 아무 거리낌

없이 쓰고 있다. 특히 일본어가 그런 식인데, 이 일본어는 나잇살이나 먹은 기성세대들이 입에 익어 저도 몰래 쓰는 경우가 많이 있다.

그러나 일본어를 전혀 몰라 무슨 뜻인지조차 분간하지 못하는 새파란 신세대들도 걸핏하면 일본어를 써 이맛살을 찌푸리게 하고 있다. 가령 '곤조' 나 '노가다' 같은 경우가 그것인데, 곤조는 근성, 본성, 성깔로 쓰면 되고 노가다는 노동자, 막일, 막노동꾼으로 쓰면 되는데도 기성세대 신세대 할 것 없이 모두 곤조요 노가다다. 이러니 버릇은 '쿠세' 요 흠이나 상처는 으레 '기스' 다. 그리고 부하는 '꼬붕' 이요 양파는 '다마네기' 며, 바닥갈기나 갈아 닦기는 '도끼다시' 다.

하지만 어찌 이뿐이겠는가. 가짜나 헛 것은 '가라' 요, 준비, 채비, 단속은 '단도리' 며 허드레, 일꾼, 조수는 '데모도' 다. 그러니 거간꾼이나 중간 상인은 '나까마' 요, 선심, 호기, 한턱 냄은 '기마이' 다. 하지만 어찌 또 이뿐이겠는가. 접시는 '사라' 라 쓰고, 물수건은 '시보리' 로 쓰며, 이쑤시개는 '요지' 로 쓴다. 무모한 사람은 '무데뽀' 요, 번쩍번쩍은 '삐까삐까' 요, 속닥속닥이나 뒷거래는 '사바사바' 로 쓴다. 결판이나 승부는 '쇼부' 요, 마치다 끝내다는 '시마이' 며, 기본 안주는 어디서건 '쓰끼다시' 다. 자. 예쁘고 아름다운 우리 말 하나 제대로 못 지켜 이렇듯 무참히 짓밟히는 데도 대부분의 사람들은 무관심인 채 오불관언 하고 있으니 이 노릇을 대체 어찌하면 좋단 말인가. 우리 말이 이 지경으로 만신창이가 돼 거리 방천으로 나앉았으면 이 땅의 내로라 하는 사람들이, 더 정확히 말해 이 나라를 다스리고 이 사회를 경영하는 사람들이 우리 말 살리기 범국민운동이라도 전개함직 한데 만날 천날 명리와 보신과 이권에 정신이 없고 아전인수와 승관발재(昇官發財)와 게리맨더링에 영일이 없으니 어떻게 숭고한 내 나라 말 쓰기 운동을 전개할 수 있겠는가.

내 나라 말은 내가 지켜야 한다. 이는 물론 내 나라 글도 마찬가지여서

내가 지켜야 한다. 여기서의 '나' 는 '우리' 라는 공동체를 전제로 한 '나'
다. 독일이 저리 강대한 것은 여러 요소가 있지만 무엇보다 국어 사랑이
컸기 때문이며, 프랑스가 저리 빛나는 것은 예술 지상주의와 함께 남다
른 국어 사랑이 있었기 때문이다.

　이제 우리는 오늘부터라도 와사비를 '고추냉이' 로 쓰고 이빠이를 '하
나 가득' 으로 쓰자. 분빠이는 '분배' 로, 소데나시는 '민소매' 또는 '맨팔
옷' 으로 쓰자. 국어 사랑은 나라 사랑 이전의 심심상인(心心相印)이요
교외별전(敎外別傳)이다.

―2002년 2월 14일

양화가 있지, 천벌이 있지

도대체 무슨 말을 어떻게 해야 할지 알 수가 없다. 너무나 기가 막혀 말이 잘 안 나오기 때문이다. 아태재단 전 상임이사 이수동 씨가 지난 25일 특검 출두에 앞서 기자들과 가진 인터뷰에서 금감원 로비 대가로 이용호 씨로부터 받은 5000만 원은 '용돈' 이라 했다니 어떻게 말이 잘 나올 수 있겠는가. 이 지경을 당하고도 말이 잘 나온다면 이는 이미 정상인은 아니다.

생각해 보자. 마음을 가라앉히고 깊이 한 번 생각해 보자. 5000만 원을 용돈이라고 한 당사자의 심리 저의를.

말이 났으니 말이지만 이수동 씨의 '이용호 게이트' 연루 의혹은 날이 갈수록 점입가경이다. 언필칭 '인터피온 주가 조작' 사건으로 대표되는 이 사건은 동교동 실세들이 종횡무진 활약한 게 속속 드러나고 있다. '동교동의 영원한 집사' 라 일컬어지는 이수동 씨를 축으로 아태재단 부총장 출신인 황모 교수, 전 서울 시정신문 회장 도모 씨, 전 국회의원 김모 씨 등등 기라성 같은 면면들이 불거져 나오고 있다.

어쩌자는 것인가. 대체 어쩌자는 것인가. 5000만 원이 용돈이라면 용돈 아닌 돈은 그럼 얼마인가. 이런 말을 아무렇지 않게 할 수 있는 사람은 밑엣 돈이 숨을 못 쉬어 생발광을 하는 천민자본가나 부정 비리로 천문학적인 돈을 모아 아무리 써도 줄지 않고 되레 눈사람처럼 재산이 불어나는 위인들이 하는 소리다. 그리고 그들의 어부인들, 다시 말하면 가진 건 만고에 돈밖에 없어 사치에 탐닉하다 못해 허파에 바람든 귀부인들(?)이 하는 소리다.

이 아낙들은 세이블 코트와 친칠라 코트가 아니면 입지를 않는다 하니 적어도 이쯤은 돼야 5000만 원이 용돈 밖에 안 된다 할 자격이 있다. 이 아낙들은 바다 다람쥐의 일종인 세이블 털로 만든 코트를 입는데 잔 프랑코 페레가 디자인한 수입품이면 1억 원이 넘고 친칠라 코트도 페레나 펜디가 디자인한 것이면 1억 원에 육박해 보통 사람들은 이런 코트가 있다는 사실조차도 모르고 산다. 참 기막힌 세상이다.

믿어지지 않겠지만 지금 이 순간에도 단 돈 몇 백 원이 없어 라면 한 봉지 못 사는 애옥살이가 있다. 있을 정도가 아니라 쌔고 쌨다. 팔자 좋은 사람들은, 내 배부른 사람들은 이 21세기 초과학시대에 무슨 생뚱한 소리냐 할지 모르지만 아직도 이 땅엔 저 보릿고개 때의 참담하던 삼순구식(三旬九食)이 너무나 많다. 나라에서 어려운 사람을 먹여 살리기 위해 생활보호 대상자를 정해 최소한의 도움을 주는 모양이나 그러나 이는 언 발에 오줌누기요 밑 빠진 독에 물길어 붓기여서 감당이 불감당이다. 오죽하면 가난 구제는 나라에서도 어쩔 수 없다는 말이 생겼겠는가.

우리는 승관발재(昇官發財)란 말을 알고 있다. 이 말을 안다는 게 다행인지 불행인지 모르겠으나 하여간 알고 있다.

승관발재란 무슨 뜻인가?

벼슬이 높으면 높을수록 돈이 더 생긴다는 뜻이다. 다시 말하면 관직이 오르면 오를수록 이에 비례해 제물도 더 생긴다는 뜻이다. 그래서 이 땅의 관리들은 높은 자리에 오르기 위해 기를 쓴다는 말이 있다. 자리만 높으면 재물은 따 놓은 당상이요 받아 놓온 밥상이기 때문이다.

이 땅에 진정 가난한 부자는 없는가?

이 땅에 진정 청렴한 부자는 없는가?

5000만 원이 용돈이라면 단 돈 몇 백 원이 없어 라면 한 봉지 못 사는 애옥살이들은 어떡하란 말인가. 라면 한 봉지에 500원을 쳐 5000만 원이면 자그마치 10만 봉지다. 10만 봉지면 평생을 먹고도 남을 이 라면(양식)을 뭐 용돈밖에 안 된다고?

　가난한 사람들은, 당장 방 한 칸 얻을 힘이 없어 한동하며 하늘 우러러 앙가슴 치는 사람들은 사는 게 너무 힘들고 하도 고달파 꺼이꺼이 땅을 치며 피울음을 토하는데, 사는 게 너무 쉽고 호강에 겨워 5000만 원도 용돈이라니 이게 어찌 사람 사는 세상인가.

　하기야 5000만 원이 무슨 대수겠는가. 5억 원도 과자 값과 떡값밖에 안 된다며 튀튀 거리는 사람들이 있는데.

　앙화가 있지, 천벌이 있지.

— 2002년 2월 27일

아아, 월남 이상재

　문화관광부는 '3월의 문화 인물'로 월남 이상재 선생(月南 李商在 ~1850~1927)을 선정했다.

　잘 알다시피 월남은 우리 민족의 명운이 바람 앞의 등불처럼 위태위태하던 일제 강점기 때 조선일보 사장을 지낸 언론인이요, 독립운동가요, 종교지도자였다.

　월남은 충청도(충남 서천) 출생으로 승지 박정양(朴定陽)의 개인 비서 겸 수행원 생활을 하다 1897년 독립협회에 참여, 만민공동회 등의 토론회를 주도한 혐의로 3년여의 옥고를 치른 기개 있고 지조 있는 민족의 큰 어른이었다.

　월남은 기개와 지조만 대단한 게 아니라 해학과 풍자도 대단했고, 꼿꼿한 기품과 기상 또한 따를 자가 없었다. 이는 우선 다음과 같은 일화로서 알 수가 있는데, 먼저 월남이 초대 주미공사 박정양과 함께 일등서기관으로 미국에 가 벌인 행각은 가히 속세를 떠난 절륜 그것이었다. 월남은 외교관을 예우하는 관례대로 미국 정부가 베푸는 디너파티 리셉션장에 나갔다.

　그런데 만찬장에 나온 음식을 보니 조선에서는 도대체 보지 못한 희한한 음식들만 식탁 위에 놓여 있었다. 집시에는 고기와 야채 뿐이고 죽 같은 것(수프)을 떠먹는 숟가락(스푼)은 조선 것과 비슷했으나 고기와 야채를 먹는 숟가락(포크)은 영락 없는 쇠스랑처럼 생겼는데 알 수 없는 건 쇠스랑처럼 생긴 숟가락 곁에 놓인 칼(나이프)이었다. 월남은 볼 것 없이 통역관을 불러 커다란 그릇 하나를 가져오게 하고는 그 그릇에다 음식을 쏟아 부은 다음 열무김치에 보리밥 비비듯 고추장(케첩)과 함께 양식을 썩썩 비벼먹었다.

이 광경을 지켜보던 미국 각료들이 원더풀을 연발하며 박수를 쳤다. 월남이 아니었다면 꿈도 못 꿀 일이요, 남의 것(서양 것) 좋아해 자기 것 지킬 줄 모르는 요즘 사람이라면 십 중팔구는 원숭이처럼 미국사람 하는 대로 따라했을 것이다.

이런 월남은 위트와 촌철살인도 뛰어나 이완용, 이근택, 이지용, 권중현, 박제순 등의 을사오적(乙巳五賊)을 꼼짝못하게 했다. 월남은 이들이 모인 자리면 "허허, 이 곳에 신이화(辛夷花)가 만발했군!"하며 을사오적을 비꼬았다. 신이화란 개나리를 달리 부르는 이름이므로 신이화가 만발했다 함은 결국 '개 같은 나리들'이 많이 모였다는 뜻이다. 풍자는 유독 이완용에게 심했는데 어느 날인가는 "대감은 일본으로 이사를 가시지요"했다. 이완용이 "왜 내가 일본으로 이사를 갑니까"하자 "대감은 나라 망치는 귀재니 일본으로 이사를 가면 일본이 망할 것 아닙니까."했다. 참으로 격조 높은 풍자였다.

한 번은 이런 일도 있었다. 종로통인가 어디에서 우연히 변영태 씨(시인 수주 변영로의 형님으로 외무부장관을 지냈음) 아들이 걸어가는 것을 보았다. 월남은 다짜고짜 "여보게, 변영태 씨, 변영태 씨"하고 변영태 씨 아들을 불렀다. 뒤를 돌아본 변영태 씨 아들은 "아이구 선생님. 안녕하십니까. 그런데 변 영자 태자는 제 선친이시고 저는 그 분의 아들입니다."했다. 그러자 월남이 소리를 버럭 지르며 "그걸 누가 모르냐 이놈아. 그러니까 네 놈이 바로 변영태의 씨(種) 아니냐, 씨!"했다. 놀라운 골계(滑稽)였다. 월남이 아니면 도저히 나올 수 없는 익살이었다.

월남은 최초로 조직된 소년연합척후대(보이스카우트) 초대 총재가 되고 신간회의 초대 회장도 했다. 그런가 하면 나이 70에 조선 기독교청년회(YMCA)의 연합회장이 돼 활발한 사회활동을 펴기도 했다. 그래서인지 월남은 강연이 있을 때마다 "70 세의 청년 이상재는"하고 허두를 꺼냈다. 그러면서도 월남은 단 한 번 훼절하거나 주체를 일탈한 법이 없어 언제나 당당하고 떳떳하고 의연해 추상열일(秋霜烈日) 같았다. 지조가 그립고, 주체가 그립고, 큰 어른이 그리운 지금, 월남은 사무치게 그리운 우리들의 이마고(마음 속으로 이렇게 됐으면 하고 바라는 이상적인 존재)다.

어찌 지조와 주체 뿐이겠는가. 익살이 그립고, 풍자가 그립고, 기지(機智)가 그립고, 촌철살인이 그립다.

아아 언제나 우리 앞에 월남 같은 태산교악(泰山喬嶽)이 우뚝 서 호령, 질타, 풍자, 골계로 이 풍진 세상을 제도할꼬.

—2002년 3월 7일

어느 촌부의 기막힌 지혜

공자의 구술 꿰기에 대한 고사는 두 가지가 전해 내려오고 있다. 하나는 촌부로부터 나온 것이요, 다른 하나는 추녀(醜女)로부터 나온 것이다. 먼저 촌부로부터 나온 고사는 다음과 같다.

공자가 어느 날 구멍이 꾸불꾸불 뚫린 구슬에 실을 꿰자 곁에서 그것을 지켜보던 한 촌부가 "선생님, 구슬에 실을 그렇게 꿰어선 안 됩니다" 하더니 공자에게서 구슬을 건네 받았다. 공자가 아무리 애를 써 구슬에 실을 꿰어도 실이 꾸불꾸불한 구슬 구멍으로 들어가지 않자 촌부는 안타까웠던 것이다. 공자에게서 구슬을 건네 받은 촌부는 아주 쉬운 방법으로 구슬에 실을 꿰기 시작했다. 촌부는 개미허리에 실을 매 구슬 구멍으로 들여보냈다. 그러자 참 신기하기도 하지, 개미는 잠시 후 구절양장(九折羊腸) 같은 구슬 구멍을 통해 밖으로 나왔다. 공자가 그렇게 애먹으며 쩔쩔 매던 것을 촌부는 아주 쉽고 간단하게 성공을 한 것이다. 이를 두고 후세 사람들은 공자천주(孔子穿珠)라 일렀다.

그리고 다른 하나의 고사는 공자가 광(匡)이라는 나라에 갔을 때 광나라 사람들은 공자를 악정의 권력자 양호(陽虎)로 오인했다. 공자는 자신이 양호가 아니라고 강변했지만 소용없었다. 그래도 공자는 양호가 아니고 공자라 주장했다. 그러자 광나라 사람들이 그렇다면 성현의 '표적'을 보이라 요구했다. 사람들은 아홉굽이 구멍이 뚫린 구슬을 내놓으며 실로 구술을 꿰어보라 했다. 이때 공자는 언젠가 길을 가다 어느 추녀에게서 배운 묘책이 떠올랐다. 그때 추녀는 아홉굽이 굽은 구곡주(九曲珠)에 실을 꿰고 있었고 공자는 그 추녀에게 구곡주에 실 꿰는 방법을 배웠다. 그 때 배운 방법이 '밀(蜜).' '의(蟻)' '사(絲)' 세 글자였다.

공자는 추녀가 적어준 밀, 의, 사 세 글자를 보고 곧 그 뜻을 깨달았다. 밀은 꿀이요, 의는 개미요, 사는 실이니 그 뜻이 금세 나왔던 것이다. 그래 공자는 구슬의 구멍에 꿀을 부어넣고 개미허리에 실을 맸다. 개미는 실을 달고 이쪽 구멍에서 저쪽 구멍으로 나왔다.

이렇게 해 공자는 추녀의 덕으로 성현의 표적을 보여줄 수 있었는데, 이것이 구슬에 대한 공자의 또 하나의 고사다. 소동파(蘇東坡)는 이 일을 시로 읊어 가로되 유득구곡주 천지부득 공자교이지도우선 사의통지(有得九曲株 穿之不得 孔子敎以肢塗于線 使蟻通之)라 했다. 풀이하면 아홉 굽이 구멍 뚫린 구슬을 얻었으나 실을 꿰지 못하다가 기름을 붓고 개미를 부려 뜻을 이뤘다는 내용이다. 그러니까 위의 고사는 공자 같은 대성현도 한낱 촌부나 필부(匹婦)에게 배울 바가 있음을 말해주고 있는 것이다.

이런 일이 있고부터 공자는 심한 자책과 자괴에 빠져 자신을 깊이 되돌아 봤고 촌부나 필부 또는 필부(匹夫)의 언행까지도 인생의 시금석(試金石)과 타산지석(他山之石)으로 삼아 자신의 처세에 활용했다. 이는 참 대단한 혁명이요 유신(維新)이어서 의식의 코페르니쿠스적(的)인 대전환이라 아니할 수 없다. 아니 공자 같은 성현이 아니고는 생각조차 할 수 없는 대 사건이다.

그렇잖은가. 생각해 보라.

보통 사람들은 자리(지위)나 이름(명성)으로 그 사람을 평가하고, 지식이나 지혜 또한 그 사람의 자리와 이름으로 평가하려 한다. 그래서 사람이 지위가 높으면 학식도 높고 이름이 높으면 인격도 높은 줄 알고 있다. 하지만 천만의 말씀이다. 이는 '공자천주'의 촌부나 '공자 구곡주'

의 추녀의 지혜로서 알 수가 있다. 그러므로 지위가 낮고 이름이 없어도 인격이 훌륭하고 지혜가 많은 이가 있고 반대로 지위가 높고 이름이 높아도 인격이 형편 없고 학식이 보잘 것 없는 사람도 있다.

각설하고, 치자(治者)는 피치자(被治者)를 널리 구해 귀한 자리에서 겸허히 내려와 백성들의 뜻(지혜)을 구해야 한다. 그래야 크게 백성을 얻이 안심 입명할 수 있다. 이는 지 '억경(易經)'의 이귀하친(以貴下賤) 대득민야(大得民也)가 이를 말해주고 있다. 한데 언제 한번 이 땅의 치자들이 겸허한 자세로 백성에게 내려와 지혜를 구한 적이 있었던가.

백성은 풀 같은 존재여서 바람이 부는 대로 쓰러지고 또 눕는다. 그래서 백성을 민초(民草)라 한다. 풍타낭타(風打浪打)도 크게 다르지 않다.

— 2002년 3월 19일

정정(正正)하고 당당(堂堂)하자

벌써부터 걱정이 앞선다. 곰비임비 선거철이 다가오기 때문이다. 이제 두어 달 소수면 정치계절이라 할 수 있는 기초 및 광역의원 선거와 그 단체장 선거가 있다. 그러면 또 얼마나 많은 금전 살포와 권모술수와 중상모략과 흑색선전이 난무해 선거법을 위반할 지 안 봐도 보는 듯하다. 그리고 이 선거법 위반이 12월의 대선 때는 더 크게 나타나 마키아벨리즘은 물론, 데마고그와 아지테이션(선전선동)으로 뒤발을 할 것이다.

미리 경고하거니와 만일 기초·광역의원과 그 단체장 선거가 불법으로 치러지거나 부정으로 당선되면 그 당선은 무효가 돼야 한다. 이는 대통령 선거도 마찬가지여서 원인무효가 돼야 한다. 그러므로 국민들은 눈을 부릅떠 감시해야 하고, NGO나 지식인 단체도 불법 부정선거를 예의 주시해야 한다. 올림픽을 치르고, OECD에 가입을 하고, 월드컵 개최를 눈앞에 둔 나라가 아직도 불법선거 운운이니 부끄럽기 짝이 없지만 어쩔 수가 없다.

명문의 옥스퍼드 대학생 3000 명을 대상으로 선거에 대한 여론조사를 했더니 3000 명이 하나 같이 '정당하고 공평한 페어플레이를 못할 바엔 차라리 패자의 영광을 안는 게 낫다' 라고 한 보고는 너무나 유명한 이야기다.

하지만 어찌 옥스퍼드대 뿐이겠는가.

명문 케임브리지 대학생 2000 명에게도 같은 설문을 냈더니 2000 명 모두가 '더티플레이의 승자보다는 페어플레이의 패자가 낫다' 라는 대답이 나왔다.

　제1차 세계대전이 발발했을 때 제일 먼저 전쟁터로 달려나간 사람들은 영국의 지도적 명사들로 거의가 이튼이나 할로, 또는 옥스퍼드나 케임브리지 같은 명문학교 출신의 귀족들이었다. 2차 세계대전 당시 영국에 유능한 정치가가 적었던 것은 1차 대전 때 명문학교 출신의 인재들이 모두 전쟁티에 나가 전사힌 때문이었다. 징말 옷깃 어머 고개 숙일 일이나.

　이스라엘이 6일 전쟁에서 자기들보다 물경 스무 배나 더 큰 아랍공화국을 이긴 것은 무엇 때문인가. 우연인가. 아니다. 이는 필연으로 외국에 가 공부하던 유학생들이 모두 펜을 집어던지고 자진해 전쟁터로 나가 목숨 걸고 싸웠기 때문이다. 이럼에도 아랍공화국 청년들은 상당수 몸을 숨겨 전쟁에 안 나갔으니 싸움이야 처음부터 질 수밖에 없었다. 그러나 이는 우리 현실도 비슷해 크게 다를 바 없다. 한 때 고관이나 돈 많은 자제들의 해외 유학은 군대를 가지 않기 위한 도피수단이었다. 지금도 이중 국적을 소지한 내로라 하는 사람들의 자제들은 군대 같은 거 얼마든지 안 갈 수 있다.

　이들은 누구인가. 시장 바닥에 좌판 놓고 난전 보며 단속경찰의 발길에 이리 차이고 저리 차이며 봉지쌀 사 먹는 영세민의 자제들인가, 노동판에서 코에 단내 확확 나도록 일하며 오줌을 누면 버얼건 피오줌이 나오는 막노동자의 자제들인가.

　아니다. 이들은 이중 국적이 아니면 고관이나 재벌의 자제들로 디룩디룩 속살 찐 사람들이다.

　우리는 알고 있다. 저 이산가족 찾기 때의 기막힌 장면을. 그 때 TV 화면에 비친 사람들은 누구였는가. 하나 같이 비쩍 마른 주름살 투성이의 고단한 민초들이었다. 고관이나 재벌, 그리고 사회적으로 이름 있는 명사는 단 한 사람 없었다. 얼굴에 기름이 번지르르한 사람은 한 사람도 없었다.

캄보니아가 패망할 때 마타크(전 수상)는 뭐라고 했는가. 미국 고위층이 신분보장과 안전 피난을 책임진다 했을 때 마타크는 '이만큼 살았으면 많이 살았다. 나는 내 조국 땅에서 죽겠다.' 하고는 망해 가는 조국에서 공산군한테 학살당하지 않았는가.

바야흐로 정치철이 다가오고 있다.

칼릴 지브란은 '예언자'에서 '우리와 함께 들로 가자. 아니면 우리 형제와 함께 바다로 가서 그물을 던지자'고 했다.

기초 및 광역의원 선거와 그 단체장 선거는 월드컵대회 분위기 속에서 실시된다. 우리는 우리의 수준과 우리의 의식을 이날 세계인으로부터 심판 받고 검증 받는다 해도 과언이 아니다. 이번 선거는 스포츠맨십의 정정하고 당당한 페어플레이가 되었으면 참 좋겠다.

— 2002년 3월 28일

너무도 아름다워 눈물이 난다

"아아, 세상의 어느 누가 부모가 없으며, 어느 누가 사람의 자식이 아니리요."

위의 말은 명재상으로 이름 높던 서애 유성룡(西厓 柳成龍)이 한 말이다.

유성룡은 효경(孝經)의 발문에서도 '백 가지 행실이 효도가 아니면 서지 못하고, 만 가지 착한 일이 효도 곧 아니면 행하지 못한다'고 해 효의 중요성을 강조했다. 어찌 유성룡 뿐인가.

중국의 서관(徐貫)이란 사람도 효경의 서문에서 '이 글(효경)을 읽는 자가 능히 그 말에 의해서 마음에 구하고, 마음의 같은 바에 의해서 그것이 자기 집이나 국가, 그리고 천하를 다스리는 데 쓰게 된다면 온 천하의 도(道)가 모두 여기에 있다'고 말해 역시 효의 중요성을 강조한 바 있다. 그래 세상 사람들은 효를 백 가지 행실의 근본으로 여겨 백행지원(百行之源)이라 부르고 있다.

이럼에도 이 효가 잘 지켜지지 않을 뿐만 아니라 어렵고 완고하고 고독한 풍습 쯤으로 여겨 잘나고 잘 배워 똑똑하고 세련된 사람은 안 해도 되고, 못 나고 못 배워 무식한 무지렁이나 빙충이가 하는 것으로 치부되는 듯한 풍조마저 있으니 통탄할 노릇이다. 하기야 도의는 물론 효라는 것이 땅에 떨어진 지 오래여서 걸핏하면 제 부모 두들겨 패기 예사요, 내다버리기 일쑤이니 안 맞고 버림 안 당하는 것만도 다행이라면 다행인지 모른다.

아니 저를 낳아 기르고 입히고 먹이고 가르쳐서 성취까지 시켜준 하늘 같은 부모를 짐승 죽이듯 시해하는 천하에 용서 못할 패륜이 경성드뭇 저질러져 하늘 보기가 두려운 이 막된 강상지변(綱常之變)의 세상에 자식한테 봉변 안 당한 것만도 다행이라면 다행일지 모른다.

그런데, 그런데 말이다. 이런 몹쓸 짐승 세상에, 아니 어쩌면 짐승만도 못한 인간 세상에 101 세 어머니를 76 세의 아들이 삼륜차에 극진히 모시고 대륙 종단의 효도관광에 나선 이가 있어 우리를 한없이 감동시키고 있다. 주인공은 중국인으로 동북 하얼빈(哈爾濱)에서 남부 하이난다오(海南島)까지 장장 몇 만리를 2년째(22개월) 관광시켜 드리고 있는 아들 왕이민 씨(王一民)와 그의 어머니 오후이전(吳惠珍) 할머니다. 몇 년 전 직장에서 은퇴한 아들 왕씨는 거동이 불편한 어머니가 먼 바깥 세상 구경을 하고 싶어한다는 것을 알고 쇠파이프를 용접, 삼륜차를 만들어 관광길에 올랐다. 차 뒤엔 '노년 석양호 특별만차(老年夕陽號 特別慢車)'란 글씨를 써 붙였고, 어머니가 볼 TV와 DVD도 준비했다.

여행을 시작한 모자는 매일 아침 8시 쯤 식사를 마치고 길을 떠나는데 오전엔 인근의 명승과 고적을 찾아 관광을 하고 오후엔 여관에 들어 어머니의 팔 다리를 주무르고 또 어머니와 대화도 나누며 휴식을 취한다고 한다. 이러기를 자그마치 22개월째 계속하는데도 하늘의 보살핌이 있어서인지 두 노인 모자는 감기 한번 걸리질 않았다 한다.

　　'왕상(王祥)에 이어(鯉魚) 잡고
　　맹종(孟宗)의 죽순 꺾어
　　검던 머리 희도록
　　노래자(老萊子)의 옷을 입고
　　일생에 양지 성효(養志誠孝)를
　　증자(曾子) 같이 하리라'

우리는 효자 왕이민 씨를 보고 문득 현대판 왕상과 맹종과 노래자와 증자를 보는 것 같고, 또 문득 현대판 이십사효(二十四孝)를 보는 것 같아 명치가 아려온다. 그리고 그의 너무나도 아름다운 부모 공경에 눈물이 난다.

'어버이 살아신제 섬기기란 다 하여라.
지나간 후면 애닯다 어이하리
평생에 고쳐 못할 일 이뿐인가 하노라'
—송강 정철(松江 鄭澈)

'아버지 날 낳으시니 은혜 밖의 은혜로다
어머니 날 기르시니 덕밖의 덕이로다
아마도 하늘 같은 이 은덕을 어디닿여 갚사오리'
—노가재 김수장(老歌齋 金壽長)

'세상 사람들아 부모 은덕 아나산다
부모 곧 아니면 이 몸이 있을소냐
생사장제(生死葬祭)에 예로서 시종(始終)같게 섬겨서라'
—노계 박인로(蘆溪 朴仁老)

효(孝)와 예(禮)와 의(義)와 신(信)이 없어지다시피 한 오늘 이것들의 바탕이라 할 수 있는 효를 우리에게 보여준 왕씨는 그 어느 위대한 정치가나 사상가나 예술가보다 더 위대하다. 그래 바라노니 스웨덴 한림원은 올해부터라도 노벨 효도상을 신설, 왕씨에게 노벨 효도 상을 수여하라.

— 2002년 4월 5일

윗사람들은 '배참'을 아는가

우리 말에 '배참'이란 게 있다. 윗사람에게 꾸지람을 듣고 그 화풀이 (분풀이)를 다른 데다 할 때 이를 배참이라 한다. 그러니까 이 화풀이 즉, 배참은 그 대상이 따뜻한 부뚜막에 코를 박고 자거나 아니면 사람(특히 부엌 출입이 잦은 며느리) 눈에 잘 띄는 부엌문 앞에 누워 꼬리를 살랑살랑 흔들어대는 강아지가 되게 마련이다.

며느리가 시어머니한테 꾸중을 들으면 죽어나는 건 강아지이기 때문이다. 아무 죄 없이 며느리한테 배를 걷어차인 강아지는 너무도 억울해 눈을 흘끔거리며 '깨갱깨갱' 소리친다.

그러나 그 뿐, 더는 어쩔 수 없다. 강약이 부동인데다 상대가 주인이니 억울하고 절통해도 도리가 없는 것이다. 그러니 이 얼마나 속상한 노릇인가. 잘못은 며느리가 하고 얻어터지는 건 애매한 강아지니 이런 가당찮은 일이 어디 있는가. 그러나 세상엔 이런 가당찮은 일이 경성드뭇 일어나 됩데 큰소리를 치니 기가 찰 일이다.

터키의 작가 아지즈 네신이 쓴 '장관과 고양이'는 '배참'의 대표적 작품이라 할 수 있다. 그는 이 짤막한 소설(단편)에서 배참을 극명하게 나타내 풍자소설의 백미를 보여주고 있다.

작가는 우연히 거리로 쫓겨 나온 고양이 한 마리를 발견하고 그 고양이를 지켜본다. 그러며 상상의 날개를 펼친다. 왜 저 고양이는 집에서 쫓겨났을까. 혹시 저 고양이는 어느 고관 집 고양이가 아닐까. 작가는 이렇게 추리하다 마침내 저 고양이는 어느 장관 집 고양일지도 모른다는 데까지 생각이 미쳤다.

이야기의 줄거리는 다음과 같다.

어느 날 아침, 그 장관은 기분이 몹시 언짢았다. 그래 차관을 불러 야단을 치며 짜증을 냈다. 성질을 부리며 신경질도 냈다. 차관은 꼼짝없이 당하고 장관실을 나왔다. 생각할수록 속이 상해 견딜 수가 없었다. 아닌 밤중에 홍두깨라고 아무 잘못도 없이 야단을 맞고 보니 울화가 치밀어 올라 참을 수가 없었던 것이다. 차관은 국장을 불러들였다. 장관한테 받은 울화통을 국장한테 터뜨렸다. 국장은 기가 막혔다. 마른하늘에 날벼락이라더니 자신이 바로 그 격이었다. 국장은 볼 것 없이 과장을 불러들였다. 그리고는 막 퍼부어 댔다. 영도 철도 모르고 부옇게 닦인 채 국장실을 나온 과장은 화가 머리끝까지 치받쳐 계장을 불러 좁은 골에 돼지 몰 듯 몰아붙였다. 계장은 어이가 없었다. 계장은 부글거리는 속을 풀 길이 없어 계원을 들볶았다. 계원은 부사리처럼 식식거리다가 수위한테로 쫓아가 분풀이를 했다. 수위가 왜 그토록 불친절하고 시건방지냐면서…… 관청 안에서 화를 풀 길이 없었던 수위는 집에 돌아가 아내한테 화를 쏟아 놓았다. 아내는 기가 막혀 이 화풀이를 누구한테 할까 하다 고양이 배를 냅다 걷어찼다. 고양이는 그 길로 그 집에서 쫓겨났다.

이상의 것이 아지즈 네신이 추리해 낸 '고양이가 쫓겨난 이유'이다.

그러니까 윗사람이 화내거나 소리치면 아랫사람은 잘못도 없이 기가 죽고 오금이 저려 쩔쩔맨다. 이런 현상은 동서양이 크게 다르지 않고 화풀이도 위에서 아래로 내려가 강아지나 고양이의 '배참'으로 끝나는데 이는 고양이를 통해 관료사회의 병리를 풍자한 것에 다름 아니다.

주인한테 배참을 당해 거리로 쫓겨 나온 '고양이'는 누구인가. 그리고 그 고양이는 얼마나 될까. 작가 아지즈 네신은 쫓겨 나온 고양이를 터키의 국민 즉, 힘없는 대다수의 민초로 봤을 터이다. 하지만 그 민초는 터키뿐만 아니라 어느 나라에나 있는 민초들이다.

우리 속담에 대어(大魚)는 중어식(中魚食)하고 중어는 소어식(小魚食)한다는 말이 있다. 큰 고기는 중간치 고기를 먹고 중간치 고기는 작은 고기를 잡아먹는다는 뜻이다. 강한 자가 약한 자를 지배하고 약한 자는 강한 자의 밥이 되는 약육강식(弱肉强食)은 정글의 법칙만은 아니다. 적자(適者)만이 생존하고 그렇지 않으면 도태되는 게 자연계만의 법칙도 아니다. 약육강식과 적자생존은 엄연한 인간 세계의 법칙이기도 하다. 그래서 고양이나 강아지의 '배참'의 역사는 연면히 이어져 내려오고 있다. 부탁하노니 윗사람은 제발 아랫사람에게 배참 같은 치사한 짓거리로 분풀이를 하지 말기 바란다.

— 2002년 4월 10일

대통령의 세 아들

조선조 선조 때의 상신(相臣) 한음 이덕형(漢陰 李德馨)은 고을 원으로 나가는 아들에게 "만나는 백성마다 모두 큰손님 대하듯 해라. 그들이 감동해 스스로 규범을 넘지 않고 마음속 깊이 나라를 고맙게 여기도록 이끄는 것이 어진 정사를 펴는 방법이다."라고 말했다. 참으로 훌륭한 아버지요, 훌륭한 정승이다.

조선조 광해군 때 문신 김좌명(金佐明)은 영의정 육(堉)의 아들이었다. 그는 광해군과 현종조에 출사했는데 벼슬이 대사간, 대사성, 도승지, 예조판서, 공조판서 등에 이르렀다. 사람됨이 원만하고 그릇됨이 커 요직을 두루 역임했던 것이다. 그런데 이런 김좌명이 늘 최술(崔述)이라는 아이를 곁에 가까이 두고 있었다. 아이가 똑똑하고 영특해 잘만 기르면 훌륭한 가령(家令)은 물론 그 이상의 인물도 될 것 같았기 때문이다.

그러나 최술의 어머니는 생각이 달라 어느 날 김좌명을 찾아가 호소를 했다. 제발 아들 놈을 한 달에 쌀 서 말 봉록만 주시든가 아니면 아래 것들 있는 데로 내치셔서 하례(下隸)로 막 부려달라 부탁했다. 김좌명이 의아해 왜 그렇게 해 달라느냐고 묻자 어머니는 놈이 대감께서 오냐오냐 귀여워해 주시니까 보이는 게 없어 오만 방자할 뿐만 아니라 교만하고 포시라워 사람을 버릴 것 같아서라 했다. 김좌명은 즉각 어머니의 부탁을 받아들여 최술을 하인배들과 한방에서 생활하도록 했다. 이렇게 해 최술의 오만 방자한 호가호위(狐假虎威)를 없애고 최술을 겸손하고 바르게 살도록 만들어 인간으로 다시 태어나게 한 최술의 어머니는 너무나

홀륭한 바여서 이덕형과 함께 높이 우러르지 않을 수가 없다.

작금 김대중 대통령의 아들 3형제가 각종 의혹사건에 직·간접으로 연루돼 연일 언론에 오르내리고 있다. 여권 내에서는 세 아들 즉 김홍일, 김홍업, 김홍걸을 H1, H2. H3로 불리는 모양인데, 이 3H가 일으키는 파장이 너무도 커 지금으로서는 뭐라 말할 수가 없다.

보라. 둘째 아들 김홍업 아태재단 부 이사장의 친구 김성환 씨가 차명으로 관리해 온 돈 가운데 10억 원이 김홍업 씨 돈인 것으로 드러나면서 그 돈의 출처를 놓고 온갖 소문이 난무하고 있는 데다 미국에 유학중인 셋째 아들 김홍걸 씨의 의혹도 불가사의 투성이다.

체육복표 사업자 선정 로비 의혹을 받고 있는 최규선 씨는 홍걸 씨가 집을 살 때 등 여러 차례에 걸쳐 수시로 미화 수만 달러씩을 도와줬다 하는데도 정작 홍걸 씨는 돈 받은 사실이 없다고 부인한다니 이런 불가사의가 어디 있는가. 여기에 또 장남 홍일 씨를 둘러싸고 시중에 나돌고 있는 소문은 더 고약해 각종 추문과 인사 잡음이 생길 때마다 그의 이름이 단골 메뉴처럼 오르내리고 있다.

역대 정권 치고 친·인척 문제가 불거지지 않은 적이 단 한번도 없었지만 대통령의 아들이, 그것도 세 아들 모두가 약속이나 한 듯 구설과 의혹이 난마처럼 뒤엉켜 세상을 시끄럽게 하기는 김대중 정부가 처음 있는 일이다. 그러나 우리는 구설과 의혹 중에 어느 것이 진실이고 어느 것이 진실이 아닌지 알 수가 없다. 그러므로 이는 특검제를 도입해서라도 기필코 규명해야 하고 대통령과 그 아들들이 솔선해서라도 반드시 의혹을 풀어야 힌디.

김대통령은 야당총재 시절 당시 대통령 아들이었던 김현철 사건을 '법대로 처리' 할 것을 강력 주장했고, '법대로'란 '구속까지도 포함된 말'이라며 단호한 태도를 보였었다. 그런 만큼 대통령은 이를 반면교사 삼아 세 아들의 비리 의혹을 국민이 납득할 수 있도록 해야 한다.

그리고 차제에 우리는 민주당 대선 후보자들에게 이르노니 어째서 경선자들은 경선 현장토론에서 현직 대통령의 아들 3 형제가 각종 의혹사건에 직·간접으로 연루되었음에도 이를 본격적인 토론 대상이나 주제로 삼지 않는지 묻고 싶다. 이러고도 그대들이 국가와 국민을 위한 대통령이 되고자 하고, 이러고도 그대늘이 나라 살림을 맡겨달라며 국민에게 지지를 호소할 수 있는가.

저 대만의 장개석 전 총통은 비리를 저지른 며느리에게 권총과 실탄을 보내 스스로 목숨을 끊게 했다. 논어에는 자솔이정 숙감부정(子帥以正 孰敢不正)이란 말이 있다. '정치란 정(正)이니 그대가 거느리기를 바로 하면 누가 감히 바르지 않겠는가' 라는 뜻이다. 그리고 우리는 또 '노블레스 오블리제' 란 말도 알고 있다. 높은 신분에 따르는 도덕적 책임. 지금 우리는 몇 시에 살고 있는가.

— 2002년 4월 17일

햇살은 저리도 눈부신데

햇살이 찬란하다. 그리고 눈부시다. 그래서 눈에 띄는 사물마다 온통 금빛 일색이다. 야드르르 피어나 팔랑팔랑 나부끼는 아가의 손길 같은 연초록색 이파리, 그 이파리에 내려앉은 햇살도 눈부시게 찬란한 금빛이요, 바위틈을 돌돌돌 휘돌아 내리며 저희끼리 뭐라고 재잘대는 청계 옥수, 그 옥수에 떨어지는 햇살도 반짝 반짝 빛나는 금빛 일색이다.

바야흐로 5월이다. 기화요초 다투어 피고 온갖 새 청아히 우짖는 5월. 진달래 개나리가 지고 살구꽃 산벚꽃이 사위는가 하자 산야엔 조팝꽃이 흐드러져 눈이 부시다. 하얀 소금과 옥수수 튀김을 뿌려놓은 듯한 조팝꽃을 바라보노라면 무수한 꽃잎 떨어짐의 꽃보라를 보는 것 같아 어질어질 꽃멀미가 인다. 이맘 때면 곰비임비 초롱꽃, 금낭화 은방울꽃이 경염을 토하고, 괭이눈, 다래붓꽃, 쥐오줌풀도 자태를 뽐낸다. 그러면 복주머니꽃, 현호색, 매발톱꽃, 바위말발도리 같은 야생화도 질세라 자태를 뽐낸다.

이름을 알수 없는 산새들은 이 나무 저 가지로 포록포록 옮겨다니며 노래를 부르고, 이파리에 가려 소리만 들리는 산새들은 쫑쫑쫑, 똑똑또그르르, 지쭈지쭈지쭈 하며 쉬임없이 우짖는다.

하지만 어디 또 이뿐인가. 뻐꾸기, 꾀꼬리, 지쪽새, 밀화부리, 휘파람새 같은 나그네새들이 어디 내 목소리 한 번 들어보라는 듯 제 각기 한 마디씩 지저귀면 산야는 그대로 철새들의 대합창장이 돼 반란을 일으킨다.

이렇듯 자연(계절)은 한 치의 어김도 없어 봄이면 꽃 피고 여름이면 잎 푸르고 가을이면 잎 지고 겨울이면 앙상한 나목이 돼 봄 오길 기다리는 게 우주 만상의 법칙인데, 어찌하여 인간들은 이 철칙을 어기고 거짓(僞)과 속임(欺)을 능사로 하고 굽음(曲)과 썩음(腐)을 여반장으로 아는가.

이제는 미올 지 위 공중에서 빙빙 원을 그리며 아랫 세상을 부감하던 솔개는 좀처럼 볼 수 없고, 하늘 복판에 정지 비행을 한 채 아랫 세상을 굽어보던 황조롱이 말똥가리도 여간해 볼 수 없으며, 머리 위 공중에서 삐삐삐삐 몸달게 들까불며 연신 보리밭으로 굴러 내리던 종다리(종달새, 노고지리, 한문으로는 고천자(告天子), 규천자(叫天子), 운작(雲雀), 종지조(從地鳥)라고도 함)도 웬만해 볼 수 없지만 자연은 그래도 어김없이 제 갈 길을 가고 있다. 명지바람이나 재넘이에 물결치던 맥파(麥波). 산자락 언덕배기나 또는 사래 긴 보리밭에 바람이 쏴아 지나가면 보리밭은 그대로 장관이 돼 춤을 추듯 굼실거려 물결바다를 이루던 그 보리밭.

5월이다. 사슴의 시인 노천명이 말한대로 계절의 여왕 5월이다. 5월이 얼마나 근사하면 선인들을 녹음방초승화시(綠陰芳草勝花時)라고까지 했겠는가.

녹음과 방초가 꽃을 이긴다는 녹음방초승화시. 이는 녹음과 방초가 꽃보다 낫다(좋다)는 뜻이기도 하다. 그러기에 독일 속담에 '5월은 그 해의 열쇠'라 했을 것이고 스페인 속담도 '5월을 내게 주면 나머지 달은 모두 네게 주마' 했을 터이다.

이런 5월에 우리 인간은 도대체 무엇을 하고 있는가.

솔바람이 살살 귓전을 간질이고 연초록 이파리는 아가의 손길인 양 야드르르한데 뻐꾸기는 몸달게 울어 목이 쉬어터지고, 멧새들은 분주히 삐비거리며 포록포록 날아다니고, 바람은 쏴아쏴아 여울물 소리를 내며 등

성이를 넘고, 풀향기 꽃향기는 바람에 실려 아슬히 흩날리고, 장끼는 잔솔포기 밑에서 꿔엉 꿩 하다가 푸드득 날아올라 골짜기 아래로 날아내리고, 청설모는 나뭇가지를 타고 분주히 돌아치고, 다람쥐는 바위 난간에서 앞발을 세운 채 눈을 말똥거리다 어딘가로 쪼르르 내닫고, 산토끼는 귀 쫑긋 코 벌름으로 화등잔 만한 눈을 이쪽에 돌리다가 제바람에 놀라 깡충깡충 달아나고, 여기에 찬란한 햇살까지 눈부시게 대지를 비춰 이런 축복이 없다 싶은데 무엇이 부족해 저질러대는 인간사마다 거짓과 속임과 굽음과 썩음뿐인가.

아니 이러고도 모자라 저 하늘 같은 조당(朝堂)에서마저 줄줄이 거짓과 속임과 굽음과 썩음으로 그 냄새가 건곤에 진동하니 이런 떡 해 먹을 집안(노릇)이 어디 있는가. 가슴에서 자꾸 돌 구르는 소리만 난다.

― 2002년 5월 6일

녹비(鹿皮)에 가로 왈(日)

요즘 나라 돌아가는 꼬라지(꼬락서니의 방언. 꼬락서니는 '꼴'을 낮잡아 이르는 말임)가 말이 아니다. 그래 '꼴보고 이름 짓고 체수(體數) 맞춰 옷 마른다'는 속담이 절로 생각난다. 아니 실제로 '꼴에 군밤(떡) 사 먹는다'는 속담과 '꼴이 떡 사 먹을 꼴이라'는 속담이 흘러 다니고 있다.

뿐만이 아니다. '꼴에 수캐라고 다리 들고 오줌 눈다'는 속언도 어디선가 들었던 듯 싶다. 이 속담들은 모두 세상(특히 정권과 정치판)을 비꼬아 은유적으로 표현한 풍자요 골계다.

'먼저 꼴보고 이름 짓고 체수 맞춰 옷 마른다'의 속뜻은 무슨 일이나 분수를 알아서 격에 맞게 해야 함을 비유적으로 이른 말로, 사람을 평가할 때 그 사람의 품격과 행동을 중요하게 여겨야 된다는 뜻이다.

그리고 두 번째로 '꼴에 군밤(떡) 사 먹겠다'는 뜻은 분수에 맞지 않게 엉뚱한 생각을 하는 경우를 놀림조로 이를 때 하는 말이다.

다음으로 '꼴이 떡 사 먹을 꼴이라' 함은 똑똑하지 못해 일을 망치거나 너절한 짓을 저지를 것 같은 사람을 역시 비유적으로 가리킬 때 쓰는 말이다.

마지막으로 '꼴에 수캐라고 다리 들고 오줌 눈다'는 말은 되지 못한 자가 여봐란 듯 나서서 너절한 짓거리로 꼴값할 때의 아니꼬움을 비꼬아 쓰이는 말이다.

하지만 어찌 또 이뿐이랴. 비유는 참으로 많아 가령 '마방이 망하려면 당나귀만 들어오고, 어장이 안 되려면 해파리만 들끓는다'를 비롯해 '동네가 망하려면 애 동장이 나오고, 집안이 망하려면 수염 난 며느리가 들어온다' 도 요즘의 여러 가지 정황과 무관하지 않다. '못된 송아지 엉덩이에 뿔나고, 미운 강아지 보리 멍석에 똥 싼다' 도 크게 틀리지 않는 속담이다. '모진 놈 옆에 있다가 벼락 맞는다' 와 '사위 X보니 외손자 볼까 싶지 않다' 도 그리 틀린 속언은 아닌 듯싶다.

우리는 이런 속담 말고도 또 다른 속담을 알고 있다. 그게 무엇인고 하면 '서울 소식은 시골 가서 물어라' 라던가 '도깨비도 수풀이 있어야 모인다' 라는 등속의 속담이다. '아들 못난 건 제 집만 망하고, 딸 못난 건 양사돈이 망한다' 도 빠뜨릴 수 없는 경구다. '잉어가 뛰니까 망둥이도 뛴다' 와 '잡은 꿩 놓아주고 나는 꿩 잡자한다' 도 시체에 맞는 속담이다.

그러나 우리는 '초라니 열은 보아도 능구렁이 하나는 못 본다' 는 속담과 '촌년이 아전 서방을 하면 날 샌 줄을 모른다' 고 한 속담은 단순한 속담이 아니라 많은 의미를 내포한 촌철살인 같은 것이어서 메시지를 던져주고 있다.

하지만 우리는 '사주에 없는 관을 쓰면 이마가 벗어진다' 거나 '모처럼 능참봉을 하니까 한 달에 거동이 스물 아홉 번' 이라는 따위의 속언도 깊이 한번 음미해 볼 필요가 있다. 여기에 '산 진 거북이요, 돌 진 가재' 며 '산 밖에 난 범이요, 물 밖에 난 고기' 도 당연히 운위돼야 할 속언이다.

그렇다면 '두부 먹다 이 빠진다' 는 속담과 '쇠가 쇠를 먹고 살이 살을 먹는다' 는 속담도 나와야 할 것 같고 '참깨 들깨 노는데 아주까리 못 놀까? 와 '의붓아비 떡 치는 데는 가도, 친아비 도끼질하는 데는 안 간다' 는 속담도 으레 나와야 될 것 같다.

보라. 요 몇 달 사이 걷잡을 수 없이 벌어진 불가해한 사건들. 그리고 의혹들. 이용호, 윤태식, 정현준, 진승현으로 대표되는 소위 4대 게이트와 아태재단의 의혹. 여기다 대통령의 세 아들에 대한 비리 연루.

집권그룹의 2인자였던 권노갑 전 민주당 최고위원의 구속. 김대중 대통령 차남 홍업 씨의 측근 김성환 씨(전 서울음악방송 회장), 체육복표 사업자 선정 과정에 3남 홍걸 씨의 연루 의혹을 받는 타이거 풀스 대표 송재빈 씨 등 핵심 인물들의 잇따른 구속. 이 외에도 대통령 친 인척의 부정 비리와 청와대 요직들의 줄줄이식 부정 비리.

우리는 아무리 그럴듯한 속담을 내 놓아도 정권이 '녹비(鹿皮)에 가로왈(曰)자'로 나온다면 이 말이 실린 순오지(旬五志)를 탓할 수밖에 없다. 국민은 언제나 노루잠에 개꿈이어서 눈뜨고 도둑 맞는다. 이제 제발 더는 장마 도깨비 여울 건너가는 소리일랑 하지 않기 바란다.

— 2002년 5월 10일

그대들, 사불삼거(四不三拒)를 아는가

조선조 성종 때의 재상 손순효(孫舜孝)는 임종에 앞서 자식들을 불러 놓고

"너희들이 알다시피 이 애비는 초야에서 일어났기 때문에 너희에게 물려줄 것이 아무것도 없다. 있다면 다만 '없는 것'을 물려주는 것뿐이다"했다. 그러더니 가슴을 가리키며"이 속에 더러운 것이라곤 티끌만큼도 없다. 너희도 그렇게 살아라."하고는 눈을 감았다. 가난하더라도 깨끗하게 살라함을 유언(유훈)으로 남긴 채 임종을 한 것이다. 참으로 대단하고 너무도 훌륭해 머리가 절로 숙여진다. 재상이라면 왕을 보필하고 백료(百僚)를 지휘 감독하는 승상(丞相)으로 최고로 높은 벼슬 상신(相臣) 아닌가. 그런데 어찌 이런 이가 재물 하나 없이 죽음을 맞았으며, 그 죽음 앞에 꿇어앉은 자식들을 보고"이 애비 가슴 속에 더러운 것이라곤 티끌만큼도 없으니 너희도 그렇게 살아라"

했는가. 이는 아무리 생각해도 꿈같은 소리여서 전설처럼 느껴진다.

생각해 보라. 1947년 정부수립 이후 지금까지 수백 명의 총리, 장관(정승 판서)들이 있어왔지만 임종 때 자식들을 불러 놓고"없는 것을 물려주지만 가슴 속에 더러운 것이라곤 티끌만큼도 없으니 너희도 그렇게 살아라"고 한 총리 장관들이 단 한 사람이라도 있었나를. 지위가 높으면 높을수록 돈(재물)도 지위 만큼 더 생기는 것을 승관발재(昇官發財)라 한다. 이는 예나 지금이나 마찬가지여서 벼슬(지위)이 높으면 돈(재물)도 지위에 비례해 더 생기는 법이다. 그래 환로(宦路)에 나선 자들은 기를

쓰고 더 높이 되려 하는지도 모를 일이다.

요 근자 지자체장들이 구속 또는 수사 대상에 올라 큰 충격을 주고 있다. 물론 그 개도 안 물어갈 돈, 그 돈을 받았기 때문이다. 4억 원의 뇌물을 받은 혐의로 구속된 아무개 전북지사에 이어(이런 이가 중도에 사퇴는 했지만 대통령 하겠다고 후보로 나섰으니 참) 인천, 대구, 울산의 자치단체장들도 비슷한 혐의로 검찰의 수사 대상에 올라 있다. 생각하기에 따라 다를 수는 있겠으나 이게 마치 무슨 돈 먹기 내기나 대회라도 하다 들통난 것 같아 기분이 영 떨떠름하다.

이들 단체장들은 그것이 기초단체장이든 광역단체장이든 그 권한이 중앙정부 못지 않게 막강하다. 칼자루를 쥔 인사권과 각종 인·허가 그리고 토목건설에 이르기까지 그 권한이 절대적이어서 가히 신성불가침이다. 그러니 부정 비리도 자연 많을 수밖에 없다. 토지 형질 변경과 관련, 대우자동차판매(주)로부터 3억 원의 뇌물을 받은 혐의로 검찰의 수사를 받고 있는 최모 인천시장과 비자금 불법 조성 혐의로 검찰의 수사를 받고 있는 문모 대구시장, 역시 3억 원의 뇌물 수수혐의로 조사를 받고 있는 심모 울산시장 등등은 용채가 궁해 주머니에서 먼지가 풀풀 나거나 당장 끼니거리 온데 간데 없는 애옥살이여서 뇌물을 받은 건 아니다.

공직자는 공직관(公職觀)이 있어야 하고 공인적(公人的) 자세(태도)가 바로 서 있어야 한다. 이는 공직자의 윤리요 청렴인데 여기엔 몇 가지 원칙이 있다. 이 원칙이 무엇인가 하면 해서는 안 될 네 가지 사불(四不)과 거절해야 할 세 가지 삼거(三拒)다. 먼저 사불 중의 일불(一不)은 공직자가 부업을 해서는 안 되고, 이불(二不)은 재임 중 땅을 불려서도 안 되며, 삼불(三不)은 재임 중엔 집을 늘려서도 안 되고, 사불(四不)은 재임 중 그 고을의 명물을 먹어서는 안 된다는 것이다. 그렇다면 삼거는 또 무엇인가.

첫째 일거(一拒)는 윗사람이나 세도가의 부당한 요구를 거절해야 하고, 둘째 이거(二拒)는 청을 들어주면 답례는 거절해야 하며, 셋째 삼거(三拒)는 재임 중 경조사에는 부조금을 받지 않아야(거절) 한다이다.

그러나 이들이 사불 삼거를 몰라 뇌물을 받았을 리 만무다. 그리고 뇌물을 받은 지자체 장들이 어찌 전북지사와 인천시장, 대구시장과 울산시장 뿐이겠는가. 이들은 흔히 말하는 재수가 없어서 걸렸을 뿐이다.

그러니 이제부터라도 아니 오늘부터라도 사불 삼거를 집 현관이나 출입문에 써 붙이고 아침 저녁 출퇴근 때마다 보거나 직장 책상 앞에 써 붙여놓고 좌우명을 삼는다면 이 나라가 이 지경으로 쿠렁쿠렁 썩지는 않을 것이다.

— 2002년 5월 20일

대주(對酒)와 우주(宇宙)

달팽이의 뿔 같은 작은 세상에서 서로 다툴 일이 무엇인가.

부싯돌처럼 순식간에 켜졌다가 꺼지는 덧없는 인생에 잠시 몸을 두고 있으면서.

부유하면 부유한 대로, 가난하면 가난한 대로 즐겁고 재미 있게 사는 것이 인생 아닌가.

커다랗게 입을 벌려 웃지 못하는 사람이야말로 바보일레라.

위의 글은 ‘장한가(長恨歌)’와 ‘비파행(琵琶行)’으로 유명한 백낙천(白樂天)의 시 ‘대주(對酒)’를 풀이한 것이다. 원문을 소개하면 다음과 같다.

와우각상쟁하사(蝸牛角上爭何事)

석화광중기차신(石火光中寄此身)

수부수빈차환락(隨富隨貧且歡樂)

불개구소시치인(不開口笑是痴人)

그렇다. 옳은 말이다. 백낙천의 ‘대주’가 아니더라도 달팽이 뿔같이 작은 세상에 다투지 말고 살아야 한다.

더욱이 부싯돌처럼 순식간에 켜졌다 꺼지는 덧없는 인생 아닌가. 그러니 빈부에 상관 없이 재미 있게 살아야지. 그래서 백낙천은 크게 입 벌려 웃지 않는 자를 바보로 규정했을 터이다.

화나거나 속상한 일이 생기면 백낙천의 시 '대주' 를 떠올릴 일이다. 고뇌나 번뇌로 괴로워할 때도 마찬가지다.

그러면 웬만한 속상함이나 괴로움은 신통하게 사라져 화평이 찾아올 것이다. '대주' 가 화평의 메신저 역할을 해주기 때문이다.

그러나 화나 속상함, 또는 고뇌나 번뇌가 이 대주의 떠올림이나 읊조림으로도 해결되지 않을 때가 더러 있다.

이럴 때는 어처구니 없도록 허무한 광대 무변의 우주(宇宙)를 생각하라. 그러면 곧 '아아!' 하는 탄성(그러나 이는 절망에 가까운 부르짖음이다)이 흘러나오며 화나 속상함, 또는 고민이나 번뇌가 하잘 것 없이 느껴져 실소를 금치 못할 것이다.

생각해 보라!

다른 것 다 그만 두고 우주의 크기 하나만 가지고 따져도 천문학자들은 이 우주의 크기를 약 150억 광년 내지 200억 광년이 될 것으로 보고 있다. 가장 빠르다는 빛(광선)의 속도가 1초에 30만km, 시속 10억 8000만 km인데, 이런 빛이 150억 년이나 200억 년을 달려야 우주의 끝에 닿는다니 어찌 절망의 탄성을 발하지 않을 수 있겠는가.

하지만 어디 이뿐인가. 무한대의 우주 공간에는 별들로 가득하지만 육안으로 볼 수 있는 숫자는 3000 개가 채 안 된다 한다. 지구가 속해 있는 우리 은하에는 눈에 띄지 않는 별까지 합쳐 1000억 개의 별이 있고, 우주 전체에는 그런 은하가 또 1000억 개나 더 있다 한다. 이림에도 별과 별 사이는 엄청나게 멀어 태양계로부터 가장 가까운 별 '알파 센타우리' 까지의 거리는 자그마치 4.3광년(빛이 1초에 30만km 속도로 4.3년간 달리는 거리), 40조 7000억 km나 된다 한다. 그러니까 태양계로부터 가장 먼 별의 빛은 사실은 40억 년 전에 이미 출발했다는 이야기다.

무한대의 우주에 비해 은하계는 직경이 10만 광년밖에 안 된다 한다.

그 가운데 자리잡은 태양은 먼지 한 개의 크기만큼이나 작아 태양을 농구공으로 친다면 지구는 탁구공보다도 작다 한다.

이런 우주 속의 하나인 지구가 바다 속에서 생명체가 태어난 것은 대략 30억 년 전으로 보고 있다. 그런 27억 년 후에 생명체가 육지로 올라와 생물이 되고 다시 2억 년이 지난다. 그런 다음 지금으로부터 6000만 년 선에 포유류(哺乳類)들이 생겨난다. 인간이 생겨난 것은 이로부터 5000 수만 년이 지난 다음이다. 오늘의 인류가 탄생한 것은 1만 년 전밖에 되지 않는다. 그리고 인류의 역사가 시작된 것은 고작 5000여 년에 지나지 않는다. 우주의 장구한 역사에 비해 이는 한낱 눈 깜짝할 순간이어서 수유요 찰나다. 이 수유 찰나에도 인류는 코딱지 만한 지구에서 단 하루도 편히 살지 못한 채 아옹다옹 싸우고 있다. 그런가 하면 한편으로는 놀라운 문명을 이룩했다. 무섭고도 대견한 인간들이다.

사람들이여!

속상할 때는 백낙천의 시 '대주' 를 생각하자. 그리고 더 속상해 복장거리 하고 싶을 때는 하도하도 기막히고 너무너무 어이없는 불가해한 우주를 생각하자. 그러면 다 아무것도 아니게 된다.

— 2002년 6월 3일

지인(至人)의 지도자는 없는가

큰 재주나 높은 학문이 있음에도 이를 세상에 팔지 않은 채 이름 없이 묻혀 사는 것은 지인(至人)의 경지에 다다른 일민(逸民)만이 가능한 도광양덕(韜光養德)이다. 심장이불시(深藏而不市)도 이와 비슷해 재주를 감춰 놓고 팔지 않을 때 쓰이는 말이다. 도회(韜晦)라는 말도 크게 다르지 않아 재능과 지위와 학문과 형적을 감춰 남이 모르게 하는 것을 도회라 한다.

노자(老子)에 보면 대교약졸(大巧若拙)이란 말이 나온다. 진정으로 재주가 많은 사람은 자신을 뽐내지 않아 겉으로 보면 마치 어리석고 치졸한 사람 같이 보인다는 뜻이다. 노자에는 또 대직약굴(大直若屈)과 대변약눌(大辯若訥)이란 말도 있는데, 이는 크게 곧은 사람은 마치 굽은 것 같고, 크게 말 잘하는 사람은 마치 말더듬이와 같다는 뜻이다.

그렇다. 이는 우선 매와 호랑이를 보면 알 수 있다. 독수리를 제외한 모든 조류의 천적이요, 공포의 대상인 매(수지니, 산지니, 육지니, 재지니, 송골매, 해동청. 보라매)는 사납기 짝이 없는 맹금류인데도 사냥을 하기 위해 나무 위에 앉아 있는 것을 보면 흡사 꾸벅꾸벅 조는 것 같고, 공포의 대명사로 불리는 백수의 왕 호랑이도 뭇 짐승이 볼 때는 어슬렁어슬렁 걸어가는 품이 마치 병에 걸린 듯 비영거려 만만해 보이기 십상이다. 그래서 이를 육도삼략(六韜三略)에서는 응립여수(鷹立如睡) 호행사병(虎行似病)이라 해 매가 앉아 있는 모습은 흡사 꾸벅꾸벅 조는 것 같고, 호랑이가 걸어가는 모습은 흡사 병든 것 같다 했다.

하지만 진정 그러한가.

매는 진정 졸고 있고, 호랑이는 진정 병들어 있는가. 아니다. 매는 조는 것처럼 보이고, 호랑이는 병든 것처럼 보일 뿐이다.

송사(宋史)에서 여회(呂誨)는 이런 말을 한 바 있다. '크게 간사한 사람은 그 아첨하는 수단이 매우 교묘해 흡사 크게 충성된 사람처럼 보인다'라고. 이를 대간사충(大奸似忠) 또는(大姦似忠)이라 하는데, 이는 논어(論語)에서 '공교로운 말과 좋은 얼굴빛을 짓는 사람은 어진(진실한) 사람이 적다'는 교언영색 선의인(巧言令色 鮮矣人)과 궤를 같이 한다 할 수 있다.

'미련한 자는 그 입으로 망하고 그 입술에 스스로 옭아매인다.'

구약성서 시편에 나오는 말이다. 고대 희랍 아테네의 웅변가 데모스테네스는 '접시는 그 소리로써 그 장소에 있나 없나를 알고, 사람은 그 말로써 지식이 있나 없나를 판단할 수 있다'고 했다. 그런가 하면 하이네는 '말, 그것으로 인하여 죽은 이를 무덤에서 불러내고, 산 자를 묻을 수도 있다. 말, 그것으로 인하여 소인을 거인으로 만들고, 거인을 철저하게 두드려 없앨 수도 있다'고도 했다.

그리고 우리 속담엔 '가루는 칠수록 고와지고 말은 할수록 거칠어진다'가 있고, '말 많은 집은 장맛도 쓰다'는 속담도 있다. 중국은 '말 속에는 피를 흘리지 않고서도 사람을 죽이는 용이 숨어 있다'는 속담이 있고, '세 치의 혓바닥으로 다섯 자의 몸을 살리기도 하고 죽이기도 한다'는 속담도 있다.

민주당이 한나라당과 이회창 대통령 후보에게 '마피아' '왕 도둑' '깽판' '강남 유한족' 등 정제되지 않은 험구를 함부로 하자 한나라당도 이에 질세라 민주당을 향해 '미친년 당'이라는 막말을 해 이들이 혹시 파락호나 왈패의 잡배가 아닌가 하는 착각을 불러일으키고 있다.

도대체 대통령이 되겠다는 사람들이 '깽판' 이니 '양아치' 니 하는 천박한 비속어를 거침없이 내뱉고 '빠순이' 니 '미친년 당' 이니 하는 비천어를 거리낌없이 해대고 보니 하도 기가 막혀 어이가 없을 뿐이다. 시정잡배나 필부(匹夫) 필부(匹婦)도 할 말 안 할 말 가려하는 법인데, 하물며 일국의 대통령을 하겠다는 사람들이 입에 담지 못할 막말을 한다면 우리는 이를 대관절 어떻게 받아들여야 하나.

이 땅엔 진정 앞에서 말한 '일민' 과 '도광양덕' 과 '심장이불시' 한 인물은 없는가. 그리고 '대교약졸' 과 '대직약굴' 과 '대변약눌' 의 인물은 없는가. 이런 현인이 있어 백성들로 하여금 우러러 추대한다면 얼마나 좋을까.

대통령이 되겠다는 사람들이, 대통령을 하겠다는 사람들이 비속어나 쓰고 중상 모략, 폄훼, 비방으로 막말을 하다니, 에잇 고약한지고. 에잇 한심한지고…….

─ 2002년 6월 5일

아, 대한민국이여, 태극전사여!

'울지마라 그대들
온 몸을 불태웠으므로,
노여워 마라 그대들
목놓아 외쳤으므로,
온 겨레가 뜨거운 한 덩어리
내가 네가 되고
네가 내가 되고
그리하여 기쁨의 눈을 비벼대며
다시 어깨동무 하노니
울지 마라 그대들!'

위의 글은 우리 태극전사들이 25일 밤 서울 상암동 월드컵경기장에서 전차군단 독일과의 준결승전을 맞아 1대 0으로 아깝게 분패하자 어느 일간지가 26일 아침 만평란에 쓴 글이다. 이 글은 우리의 심경을 그대로 토로했고 우리가 할 말을 그대로 노래했다. 그래서 나는 여기서 우리 심경을 대신한 이 글을 가감 없이 전문 인용한 것이다.

그렇다.

그대들 대한의 장한 태극전사들은 절대로 울지 말아야 한다. 온 몸을 활활 불태워 민족 앞에 아낌없이 뿌렸는데 왜 운단 말인가. 온 국민의 남녀노소가 하나된 채 "대~한민국"과 "오, 필승 코리아"를 목이 터져라 외

첬는데 어찌 노여워한단 말인가. 온 겨레가 한 덩어리가 되고, 온 나라가 한 마음이 되고, 그리하여 마침내는 내가 네가 되고 네가 내가 된 채 얼싸안고 몸부림치며 꺼이꺼이 울부짖었으니, 우리는 결코 울어서는 안 된다. 그런데도 왜 이리 눈물이 나는 것일까. 왜 이리 노여워지는 것일까.

그것은 감격과 통쾌와 희열의 눈물이요, 분함과 속상함과 안타까움의 분루(憤淚)일 터이다. 하지만 우리 태극전사들은 참으로 잘 싸웠다. 그래서 장하고, 용하고, 예쁘고, 자랑스럽다. 당초 1승과 함께 16강이 목표였는데, 이 목표를 초과 달성해 아시아 최초로 4강에 진입하는 위업을 달성했으니 어찌 장하고, 용하고, 예쁘고, 자랑스럽지 않겠는가. 여기다 또 태극전사들은 이탈리아와의 16강전(18일) 때 117 분, 스페인과의 8강전(22일) 때 120 분을 뛰고 체력이 쇠진한 탈진상태에서 싸우질 않았는가. 게다가 독일은 월드컵 우승을 세 번이나 차지한 강팀이고 체력도 좋은데다 휴식까지 충분히 취한 터였다. 이럼에도 우리 태극전사들이 1대 0이라는 점수 차로 분패한 것은 탈진한 체력이 패인이었다. 이런 극한 상황에서도 우리 태극전사들이 이렇듯 잘 싸운 것은 히딩크라는 명장 아래 일사불란하게 뭉친 선수들의 팀워크와 정신력이다. 그리고 온 국민과 붉은 악마들의 응원의 힘이다. 붉은 악마는 우리(한국)의 의식과 문화 코드를 바꿔놓은 일대 혁명(?)이었다. 광화문의 태평로에서 시작돼 전국 방방곡곡으로 퍼진 700만의 거대한 거리 응원 열정은 우리와 함께 세계를 깜짝 놀라게 했다. 우리 민족이 이렇듯 한 마음 한 뜻으로 얼싸안고 기쁨을 나눈 적이 언제 있었던가. 붉은 악마의 절규와 함성은 단순한 응원이 아닌 한국사회의 획기적인 변화를 고하는 일대 사건이었다. 이들의 붉은 물결은 강제로 동원된 인력이 아닌 처음부터 끝까지 스스로 모인 자발적인 군중이었다. 그랬으므로 이들은 나이, 성별, 직업, 종교, 유. 무식, 빈부 격차를 가리지 않고 붉은 티셔츠만 입으면 됐다. 그랬으면서도 서울

시청 앞 화단은 꽃잎 하나 다치지 않았고 전국의 어느 거리에서도 불상사 한 건 없었다. 수십 혹은 수백만 명이 운집해 있던 곳이라곤 도저히 믿기지 않을 정도였다. 그러면서 이들은 태극기를 흔들며 "대~한민국"을 연호했다. 참으로 눈물겨운 장면이요, 태극기와 애국가를 재발견한 감동이었다. 역대 어느 정권이 국민에게 이토록 큰 기쁨을 주었으며, 역대 어느 정치 지도사가 국빈에게 이렇듯 큰 감동을 주었는가. 보여주느니 그저 파당이요 반목이요 분열이요 갈등이었다.

그리고 거짓말과 눈속임과 부정과 부패가 주업인 양 발호했다. 너무도 부끄럽고 자괴스러워 같은 민족 같은 국민이라기엔 얼굴이 화끈거린다.

자, 이제 열정과 환희를 가다듬고 월드컵으로 분출된 에너지를 개인은 물론 각 분야의 발전과 풍요로움으로 승화시켜야 함은 두 말할 나위가 없다.

갈등을 용해하고 할 수 있다는 자신감과 뜨거운 나라 사랑의 숭고한 정신으로 거듭나게 한 태극전사들은 진정 대한의 희망이고 영웅이다.

— 2002년 6월 28일

지난 6월은 참으로 아름다웠다

한 달 동안 지구촌을 용광로처럼 펄펄 끓게 하던 2002 한-일 월드컵대회가 지난 달 30일 그 대단원의 막을 내렸다. 이번 한-일 월드컵대회에서 우리는 참으로 많은 것을 얻고 찾고 배웠다. 그것은 5000 년 우리 역사에서 일찍이 볼 수 없던 미증유의 파천황이었다. 그렇게도 일구월심 바라고 원하던 월드컵 16강! 그 16강을 우리의 장하고 미쁜 태극전사들은 거뜬히 넘었고 언감생심 상상도 할 수 없던 8강에 도전, 그 8강도 여봐란 듯 거뜬히 넘어 4강에 이르렀다. 그러니 이 어찌 미증유의 파천황이 아닐 수 있으랴. 이는 하늘 놀라고 땅 뒤집힐 일이어서 도무지 믿기지 않는 경천동지였다. 그런데 이 엄청난 경천동지를 우리의 사랑스런 태극전사들은 멋지게 해냈다. 폴란드, 포르투갈, 이탈리아, 스페인을 차례로 이기고 제치고 눕히고 침몰시켜 월드컵 성적 4위라는 엄청난 위업을 달성했다. 기적이나 행운 아닌 오직 실력 하나로…… FIFA 랭킹 41위의 한국이 FIFA 랭킹 38위의 폴란드와, 5위의 포르투갈과, 6위의 이탈리아와, 7위의 스페인을 모조리 격침시켰으니 단군이래, 아니 천지 조판이래 이런 엄청난 일이 어디 있었던가.

하지만 우리가 해낸 것은 4강 신화의 위업만이 아니다. 이번 월드컵대회를 통해 '한국인은 동기 부여만 하면 뭐든지 해낼 수 있다'는 것을 찾았고 동시에 국민통합과 공동체의식도 찾았다.

그러나 어찌 이뿐이겠는가. 거리 응원, 교통 질서, 관전 태도 등 질서의식이 선진화 됐다는 점도 높이 평가받을 일이다. 경기장은 물론 수십만 명이 한꺼번에 모인 거리 응원 전에서 누가 먼저랄 것도 없이 질서 정연한 '아름다운' 모습이 이어졌고 경기 개최도시에서 실시된 차량 2부제 참여율도 90% 이상 달했다. 조별리그 16강 전, 8강 전, 4강 전이 열린 모든 경기장과 관중석엔 경기가 끝난 뒤 휴지나 빈 음료수병, 담배꽁초 하나 찾아볼 수 없었다. 사회 각 분야에서 일고 있는 학연. 지연 등 각종 연고 배제와 능력 본위를 통한 역량의 극대화, 그리고 기본의 중시 등 '히딩크 따라하기' 붐이 일어 정치권도 동참해야 한다는 주장이 높게 이는 것은 참으로 바람직한 '히딩크 효과' 이다.

이번 월드컵은 당초의 많은 사람들이 우려한 것과는 달리 안전 부문에서 단 한 건의 사고도 없는 그야말로 완벽한 '안전 월드컵' 이라는 점에 세계의 찬사를 받고도 남을 만하다. 시설과 대회 운영 면에서도 국제축구연맹(FIFA) 관계자들이 극찬을 아끼지 않을 정도로 훌륭했다. 대표팀이 거둔 성과는 말할 필요도 없고 경기장 밖에서 거둔 성과 또한 대단한 것이어서 첫째, 국가(한국) 위상이 높아졌고 둘째, 경제에 활력소를 가져왔다. 그러나 가장 큰 성과는 국민 화합이다. 월드컵이 열리기 전만 해도 대회기간 중 지방 선거가 실시되고 연말에 대통령 선거가 있어 국민화합은 기대난으로 여겼는데, 웬걸 서울 광화문 네거리와 전국의 주요 광장 등에 쏟아져 나온 700만의 거대한 붉은 물결과 4700만의 국민, 그리고 570만의 해외 동포가 일치단결로 보여준 '대~한민국' 은 전 세계인의 가슴에 감동과 감격을 각인시키기에 충분했다. 축구장에는 영. 호남이 따로 없었고 충청 서울이 따로 없었다. 청소년들은 잃어버린 조국(대한민국)과 태극기를 찾았고 겨레와 애국을 찾았다.

지난 6월은 참으로 행복한 달이었다.

6월은 감동의 달이었고 감격의 달이었다. 6월은 환희의 달이었고 희열의 달이었다. 그래서 올 6월은 대한민국 국민이라면 잊지 못할 달이다.

영원히 영원히 잊지 못할 달이다.

　그러나 이제 우리는 이 감정들을 고이 접어 가슴에 소중히 묻고 일상의 평상심으로 돌아가야 한다. 그런 다음 각자 맡은 직분과 소임에 충실해야 한다. 이것이 우리가 온전히 대한민국 국민임을 자임하는 일이다. 언제 우리가 이리도 기뻐 목이 터져라"대~한민국"을 외쳤고, 언제 우리가 이리도 신나 팔이 떨어져라 태극기를 흔들며 눈물을 펑펑 쏟았는가. 이는 정권도 정치가도 사상가도 교육자도 종교가도 예술가도 못한, 오직 국민만이 해낸 위업이었다.

　아, 대~한민국이여! 아, 대~한민국 국민이여! 6월은 참으로 아름다웠다.

－2002년 7월 5일

억장이 무너져 복장을 친다

먼저 조선조 선조 때의 학자 구봉 송익필(龜峯 宋翼弼)의 시 '족부족(足不足)'부터 소개하고자 한다. 이 족부족은 부족지족매유여(不足之足每有餘), 족이부족상부족(足而不足常不足)으로, 풀이하면 '부족하더라도 넉넉하게 생각하면 매사에 여유가 있고, 비록 넉넉하더라도 부족하게 생각하면 항상 부족하다는 뜻이다.

그러니까 이 시 족부족은 안분지족(安分知足)의 경세시(警世詩)로 안빈(安貧)을 낙도(樂道)로 삼아 군자절(君子節)한다는 내용이다. 하지만 안빈을 낙도로 삼아 군자절 하는 게 어찌 이것 뿐이겠는가. 논어의 반소사음수(飯疏食飮水)하고 곡굉이침지(曲肱而枕之)라도 낙역재기중의(樂亦在其中矣)니 불의이부차귀(不義而富且貴)는 어아여부운(於我如浮雲)이라고 해 '거친 밥 먹고 물 마시고 팔굽혀 베개삼아 누울지라도 즐거움이 이 가운데 있으니 불의로 얻은 부귀는 나에게 뜬구름과 같다'라고 한 것이며, 저 후한(後漢) 때의 중장통(仲長統)이 '낙지론(樂志論)'에서 '개선부입 제왕지문재(豈羨夫入 帝王之問哉)라 하여 '어찌 제왕의 문에 듦을 부러워하랴'라고 한 것은 천하를 주고도 바꾸지 않을 안빈철학의 극치다.

그러나 이는 청빈을 낙도로 삼아 안분지족 하는 산림처사(山林處士)나 포의한사(布衣寒士)만의 전유물은 아니다. 권자에 있는 자, 벼슬길에 나아간 관원에게도 이 안빈낙도는 더 없는 자랑이요 재산이다.

때문에 배 주리는 가난 속에서도 지조를 지켰고, 지조를 지켰으므로 깨끗이 살아 고결할 수 있었다. 이러니 이런 조대(措大)와 경개(耿介) 앞에 뭐가 필요하겠는가. 벼슬길에 나아간 자, 높은 지위에 있는 자들이 반드시 감계로 삼아 좌우명으로 받들 일이다.

고려 우왕 때의 충신 최영 장군은 사헌두정의 벼슬에 있는 아버지 원직왕에게 '황금 보기를 돌같이 하라' 는 견금여석(見金如石)을 배워 이를 생활신조로 삼았고, 저 남송의 대 충신 악비岳飛)는 '천하가 태평할 수 있으려면 문신은 불애전(不愛錢)하고 무신은 불석사(不惜死)해야 한다' 고 갈파한 바 있다. 선인들은 일찍이 명예를 얻으려는 자 조정(朝廷)으로 가고, 잇속을 얻으려는 자 저자(市)로 가라 했다. 이것이 그 유명한 조명시리(朝名市利)다. 그리고 벼슬이 높으면 높을수록 그 벼슬만큼 재물도 더 생긴다 했으니 이는 또 승관발재(昇官發財)라 불리운다.

맹헌자는 '대학' 이라는 책에서 "벼슬아치 집에서는 백성의 재물을 거둬들이는 부하를 기르지 않아야 한다"하고는 "만일 백성의 재물을 거둬들이는 부하가 있다면 차라리 도둑질 하는 부하가 낫다"라고 했다. '채근담' 에서도 말하기를 "이속(吏屬)들이 자칫 한 번 뇌물을 먹고 몸을 시장바닥의 거간꾼으로 전락시킨다면 이는 깨끗이 살다 구렁텅이에 떨어져 죽는 것만 같지 못하다"했다.

김대중 대통령의 둘째 아들 홍업 씨(아태재단 부이사장)가 이권 청탁과 함께 25억 8000만 원을 받고, 현대와 삼성 등 대기업으로부터 22억 원을 별도로 받는 등 모두 47억 8000만 원을 수수한 것으로 느러났나. 이로써 김대중 대통령은 기막히게도 세 아들 중 두 아들이 영어의 몸이 됐거나 될 운명에 놓여 있고, 큰아들 홍일 씨(국회의원)도 이러쿵 저러쿵 말이 많아 앞일을 예단키 어렵다. 그동안 홍업 씨는 돈이 문제되자 대가성 없는 용돈을 받았을 뿐이라 강변했다.

그렇다면 묻겠는데 무슨 용돈이 100~200, 1000~2000만 원도 아닌 물경 47억 8000만 원이나 되며, 정당한 돈이라면 왜 헌 수표로 받아 베란다 창고에 쌓아두었다가 이를 다시 차명계좌 십 수 개에 나눠 넣고 얼마 후 또 100 만원 수표로 교환하는 식의 복잡한 세탁과정을 거쳤는가. 더욱이 홍업 씨의 재산이 불과 몇 년 사이 현금 10억 원, 예금 8억 원, 부동산과 채권 등 45억 5000만 원으로 불어났으니 이는 또 어찌 해석해야 한단 말인가.

마방이 안 되려면 당나귀만 들어오고 어장이 안 되려면 해파리만 끓는다더니 나라꼴이 꼭 그 격이다. 맞다. 동네가 망하려면 애 동장이 나오고 집구석이 망하려면 수염 난 며느리가 들어오는 법이다. 대통령 아들쯤 되는 사람이 뭐가 아쉬워 추한 짓거리를 골라하는가, 국민들은 지금 억장이 무너져 복장거리를 하고 있다.

— 2002년 7월 12일

쌀을 돼지 먹이로 쓰겠다니

'보릿고개'

부모(또는 조부모)는 겪고 자식(또는 손자 손녀)은 겪지 않은 우리 민족의 대준령 보릿고개.

피 토하고 절규하고, 땅 치고 하늘 우러러 통곡하던 단말마(斷末魔)의 처절 무비 보릿고개.

이런 보릿고개를 못났다 외면하고, 이런 보릿고개를 무슨 전설인 양 치부해 목낭청(睦朗廳)이처럼 망석중이처럼 외풍(外風)이나 맹목으로 받아들여 줏대 없이 사는 요즘 사람들.

그러나 아무리 외면하고 도외시해도 우리의 통한 준령(痛恨峻嶺) 보릿고개는 새록새록 새로워지는 아픔의 강하(江河)요, 미치도록 달려가고픈 까칠한 땅의 회상이다.

아아 보릿고개.

우리 한(韓)민족의 한이 가닥가닥 서린 보릿고개. 보릿고개는 누가 뭐라 해도 우리의 뿌리요 터전이요 어머니 품 같은 모향(母鄉)이다.

위의 글은 1993년 출간한 내 졸작 장편 '그리운 보릿고개'의 자서(自序) 즉 '작가의 말'의 한 부분이다.

보도에 따르면 정부는 남는 쌀 200만 섬을 돼지 사료로 쓸 빙침이리 한다. 그러나 정부는 이런 방침을 세워놓고도 농민들 눈치보느라 발표를 못하고 있다 한다. 귀한 쌀을 돼지에게 먹여야 한다니 기막히고 어이없어 통탄을 금할 수 없다. 정부의 쌀 정책이 어쩌다 이 지경에 이르렀는지 농민들은 복장거리를 해도 시원칠 않다.

정부의 쌀 재고는 980만 섬(2001년 10월말 기준)으로 이미 몇 년째 적정 재고 550만 섬을 훨씬 넘어서고 있다. 여기다 햇곡이 나오는 올 가을엔 예상 재고가 1380만 섬으로 400만 섬 가량 늘어 더 이상 쌓아둘 창고가 없다 한다. 창고 능력 초과분 400만 섬을 서둘러 처분하지 않으면 노천에 쌓아둔 채 썩혀야 할 판이라니 억장이 무너질 노릇이다.

쌀 정책의 실패는 농민표를 의식한 정치권의 '쌀 증산정책 강요'와 농정 당국의 '정치권 눈치 보기'가 만들어낸 합작품이다. 지난 1993년 우루과이라운드(UR)협상 타결 이후 이웃 일본은 해마다 추곡수매가를 조금씩 내려 감산을 유도했다. 한데도 우리 정치인들은 국회에서 해마다 추곡수매가를 올려 농민들에게 쌀을 더 많이 생산토록 권장했다. 이는 정부도 마찬가지여서 맞장구를 쳤다.

이 결과 정부(농림부)가 지난 10년 동안 쌀 증산을 위해 쏟아 부은 돈은 물경 57조 원이나 된다. 쌀 감산책을 펴야 할 때 쌀 증산책을 편 것이다. 이래서 누적에 누적을 거듭해 수백만 섬의 쌀을 돼지에게 먹여야 한다는 기막힌 상황이 된 것이다. 이러니 이 얼마나 한심한 시위소찬(尸位素餐)에 한심한 반식재상(伴食宰相)들인가.

생각건대 남는 쌀 처리 문제는 첫째 인도주의 입장에서 북한 동포의 대북 지원을 우선 순위로 하고, 둘째 굶주리는 아프리카 난민과 그 밖의 가난한 나라 등에 무상 원조를 해야 한다. 그리고 쌀이 남으면 그 때 사료로 사용해도 해야 한다.

하늘에 맹세하거니와 보릿고개를 겪은 세대들은 쌀이 목숨 같은 존재다. 그러기 때문에 보릿고개 때의 쌀은 무엇과도 바꿀 수 없는 금쪽 바로 그것이었다. 얼마나 쌀이 귀했으면 설날과 생일, 그리고 제삿날이라야 쌀밥 구경을 했겠는가. 어찌어찌 쌀 한 보시기 구하면 이 쌀이 너무 아까워 얼굴이 거울처럼 어리는 희멀건 나물 죽에도 손이 오므라들어 쌀 한 움큼 마음놓고 집어넣질 못했다. 뿐만 아니다. 대개의 사람들은 쌀밥 한 번 실컷 먹는 게 원이었고 쌀밥을 실컷 먹으면 죽어도 한이 없다 했다.

사랑하는 손자가 먹을 게 없어 생으로 굶은 채 밥 달라 울자 이를 보다 못한 할머니가 마름집 부엌에 몰래 숨어들어 허연 쌀밥을 훔치다 맞아죽는 참혹함은 쌀이 금쪽보다 귀하던 보릿고개 때의 참상이다.

그런데 이런 쌀을 사람 아닌 짐승한테 먹이다니. 앙화가 있지, 천벌이 있지. 아무리 쌀이 남아돌고, 아무리 쌀이 지천이어도 그렇지, 어떻게 하늘 같은 쌀을 돼지에게 먹일 수 있단 말인가. 정부는 대북한 지원을 필두로 가난한 나라들에 쌀을 보낼지라도 돼지 사료만은 재고해야 한다. 쌀은 농민의 피요, 혼이다.

— 2002년 7월 25일

그대들 개관사시정(蓋棺事始定)을 아는가

'개관사시정(蓋棺事始定)'이란 말이 있다. 줄여서 '개관사정'이라 하기도 한다. '관 뚜껑을 덮기 전에는 모른다'는 뜻이다.

이를 좀더 부연하면 시체를 관에 넣고 뚜껑을 덮은 후에야 비로소 그 사람의 살아 있을 때의 가치를 알 수 있다는 말이다. 그러니까 그 사람이 죽어 관 속에 들어가기 전에는 절대로 그 사람에 대해 왈가왈부 해서는 안 된다는 뜻이다.

이는 두보(杜甫)의 시에 나오는 말로 두보는 이 시에서 장부개관사시정(丈夫蓋棺事始定)이라 하여 장부는 관 뚜껑을 덮어야 일이 비로소 결정된다 했다. 두보는 말하기를 관 뚜껑을 덮기 전에는 아무것도 말할 수 없고 어떤 것도 평할 수 없다 했다. 이는 오늘의 충신이 내일의 역적이 되고 어제의 천덕꾸러기가 오늘의 세도가가 된 예가 얼마든지 있기 때문이다.

부귀와 영화, 영고와 성쇠는 본시 덧없어 세상이 다 변한다 해도 그 사람만은 절대 변하지 않는다고 철석 같이 믿었던 사람도 시간이 가고, 환경이 바뀌면 딴판 달라지는 게 역사에는 너무도 많다. 하기야 관 뚜껑을 닫고 오랜 세월이 흐른 다음에도 그 사람이 살았을 때 저질렀던 잘못(죄)이 불거져 부관참시(剖棺斬屍)라는 추형(推形)을 당하는 일이 있고 보면 엄밀한 의미에서 관 뚜껑을 닫은 후에도 알 수 없는 게 사람의 일이다. 그러므로 역사의 기록은 여간 조심하지 않으면 안 된다.

그런데, 그런데 말이다. 이 정부는 뭐가 그리 급해 아직 정권이 7개여

월이나 남아 결과 아닌 과정 중에 있는데도 벌써부터 치적(治積) 자랑에 열을 올리는지 모를 일이다. 참으로 치졸하고 용렬해 코웃음이 절로 난다. 아니다. 부끄러운 줄 모르는 넉살의 철면피(鐵面皮)와 남우세스러운 줄 모르는 뻔뻔한 후안무치(厚顔無恥)에 어이가 없을 뿐이다.

생각해 보라. 학생들이 배울 고교 2,3학년용 한국 근·현대사의 역사 교과서에 김영삼 정부는 공과(功過)를 실어 비판적으로 나오면서 김대중 정부에 대해서는 과(過)를 뺀 찬양 및 치적 일변도로 기술해 놓고 있으니 이를 어찌 철면피한 후안무치라 아니할 수 있는가.

문제의 교과서 4종 가운데 한 권은 김영삼 정부에 대해 '권력형비리가 측근 세력과 고위 공직자들에 의해 저질러져……' 라고 기술하면서도 김대중 정부에 대해서는 '국정 전반의 개혁·경제 난국의 극복, 국민 화합의 실현, 법과 질서의 수호 등 국가적 과제를 제시하고 국민의 협조 속에 개혁을 추진하고자 노력했다' 라고 기술하고 있다. 이러니 이 얼마나 가당찮은 기술인가.

김영삼 정부는 과(過)와 관련해 '권력형비리가 측근 세력과 고위 공직자들에 의해 저질러져……' 는 기실 김대중 정부에 더 들어맞는 말이다. 천하가 다 알다시피 김대중 대통령 가족 및 측근들의 권력형비리는 최근까지 하루가 멀다하고 터져 나왔다. 그런데 뭐 묻은 개가 뭐 묻은 개 나무라 듯 됩데 적반하장으로 역사를 기술하니 도대체 어쩌자는 것인지 기가 막힌다.

교과서는 역사의 엄정한 선정과 평가를 거쳐 거짓 없는 진실만을 선별 기술해야 한다. 교과서가 역사서일 경우는 더욱 그러하다.

우리는 고등학교 역사 교과서가 춘추필법(春秋筆法)이나 동호직필(董狐直筆)에 의해 씌어지길 바라진 않는다. 그러나 적어도 춘추필법 정신과 동호직필 정신으로 왜곡되지 않게 진실만을 사실대로 기술해야 된다고 본다. 이것이 역사 의식이요 역사 정신이다.

다시 개관사정으로 돌아가 말해보자. 집필자들이 까마귀 고기를 먹고 왜곡 기술했든, 옳게 판단하고도 밉보이지 않기 위해 굴절 기술했든 교육부는 이를 검정에서 합격 판정을 내리지 말아야 했다. 뒤늦게나마 교육부는 내용을 검토, 문제가 있으면 주저 없이 수정 보완하겠다며 진화에 나섰다. 그것으로 그칠 일이 아니다. '신 용비어천가'에 대한 검정과정이 소상히 밝혀져야 하며 관련자의 책임도 물어야 한다.

정부(정권)는 이 어처구니 없고 낯간지러운 역사 왜곡을 한 점 부끄러움 없는 역사 기술로 대명천지가 두렵지 않게 써야 한다. 이 세상 어천만사 중 떳떳하고 당당한 것 이상 더 큰 재산은 없다. 정권은 맹성으로 대오 각성하라.

— 2002년 8월 9일

어머니의 생명 존중

어머니와 함께 길을 걸으면 어머니는 언제나 갈지자걸음을 걸었다. 그런 어머니는 또 늘 습관처럼 땅만 보고 걸었다. 이상한 일이었다. 왜 어머니는 술 취한 사람처럼 발을 이리 저리 옮기며 걷는 것일까. 그리고 어째서 매양 땅만 보고 걷는 것일까. 어린 나는 이게 몹시 궁금해 어느 날 불쑥 물었다. 어머니와 함께 따비밭으로 옥수수를 따러 가는 길이었다. 그 날도 어머니는 땅을 내려다 본 채 지그재그의 갈지자걸음을 걷고 있었다.

"엄마, 엄만 왜 맨날 비틀비틀 걸어? 그리고 왜 자꾸 땅만 보고 걸어. 땅에 뭐가 있어 엄마?"

나는 말하고 얼른 어머니를 쳐다봤다. 어머니가 뭐라 할지 궁금했던 것이다.

"오라, 우리 간지(귀엽다는 뜻의 애칭)가 갈지자로 걷는 에미 걸음이 이상했던 게로구나. 에미가 왜 갈지자로 걷느냐 하면……."

어미니는 내 머리를 쓰다듬으며 갈지자로 걷는 이유를 설명했다. 그것은 개미 때문이었다. 개미를 밟지 않기 위해서였다. 어머니는 개미를 피해 걷느라 지그재그로 걸었고 개미를 안 밟으려고 땅에다 시선을 준 것이다.

"아무리 하잘 것 없는 미물이라도 목숨이 있고 목숨은 다 귀한 법인데…… 사람이 무슨 권리로 개미를 밟아 죽이누. 그것도 다 살기 위해 세상에 나왔는데. 어림도 없지. 암, 어림도 없고 말고……."

어머니는 혼자 소리로 이렇게 말하곤

"애야, 너도 되도록 개미를 밟지 마라. 목숨은 나랏님이나 땔나무꾼이나 다 마찬가지다. 그러니 어찌 개미라고 다르겠느냐. 부처님 눈으로 보면 개미도 부처인 것을……."했다.

이날 이후 나는 어머니처럼 지그재그의 갈지자걸음은 못 걸었지만 개미기 눈에 띄면 안 밟기 위해 발을 다른 데로 옮겨 걷곤 했다. 그래 나는 발 밑에 무슨 시커먼 물체만 있어도 개미인가 싶어 지레 발길을 옆으로 옮겨 놓는 습관이 생겼다.

어머니의 지그재그식 갈지자걸음은 나에게 많은 것을 가르쳐 주었다. 나는 어머니에게 생명의 존귀와 존엄성을 배우며 자랐다.

어머니는 또 마당이나 수챗구멍에 끓는 물을 버리지 않았다. 마당(밑)엔 지렁이나 굼벵이가 살고 있고, 수챗구멍엔 아주 작은 생명(미생물)이 살고 있기 때문에 끓는 물을 부으면 이것들이 다 죽을 게 아니냐면서…… 이런 어머니는 개숫물도 완전히 식은 다음에야 내다 버렸다.

개미 같은 미물과 눈에 보이지 않는 미생물에게까지 생명 존귀와 생명 경외를 가르쳐준 어머니. 어머니는 비록 낫 놓고 기역자를 모르고 똬리 놓고 이응 자도 모르는 어로불변(魚魯不辯)의 판무식이었지만 생명 존귀와 생명 경외에 있어서만은 슈바이처 박사에 못지 않았다.

그런데 이제는 어디에서도 생명 존귀와 생명 경외를 볼 수가 없다. 볼 수 없을 정도가 아니라 숫제 씨도 싹도 없이 사라져 사람 목숨을 파리 목숨 쯤으로 안다.

보라! 자식이 부모를 시해하고, 아내가 남편을 살해하고, 친구가 친구를 살육하는 이 천인공노의 강상지변(綱常之變)을. 그러고도 하늘 무서운 줄 모르고 곤댓짓하는 인면수심(人面獸心)을…….

사람이 사람을 살해한다는 건 상상도 못할 일이다. 사람이 어찌 사람을 살해하는가. 사람이라면 사람을 절대로 살해 못한다.

그러나 어쩌랴. 사람이 사람을 살해하고도 고개를 빳빳이 들고 사는데야.

우선 얼마 전(8월 1일) 아동 학대 예방센터에서 있은 살해사건을 보라. 상담을 받던 한 남자가 무슨 연유에서인지 갑자기 부인과 처남을 살해했다. 흉기로 난도질 하듯 마구 찔러서.

참으로 기막히고 너무도 끔찍한 노릇이다. 사람이 어찌 한 자리서 두 사람을 살해하는가. 그것도 부인과 처남을 한꺼번에 말이다. 이는 인간이기를 포기하거나 인간 이하 또는 인간 이전으로 돌아가지 않고는 절대로 불가능한 일이다.

개미의 생명까지 절대시하던 어머니와 모기의 생명까지 경외시 하던 슈바이처가 만일 요즘의 인명 경시 풍조를 안다면 천국에서 뭐라고 할까. 어머니는 "아이구 부처님!"할 것이고, 슈바이처는 "오, 하나님!"할 것이다.

— 2002년 8월 19일

제2의 정갑손(鄭甲孫)은 없는가

청백리에 녹선된 정갑손(鄭甲孫)은 강직하기로도 유명해 '대쪽 대감'
이란 소리를 들었다. 그는 조선조 태종 때 식년문과(式年文科)에 급제,
감찰(監察), 병조좌랑(兵曹佐郞), 지평(地平)을 거쳐 지승문원사(知承文
院事)에 올랐다. 그는 강직한 성격으로 세종에게 인정받아 좌승지(左承
旨)로 발탁된 뒤 지형조사(知刑曹事), 예조참판을 역임하고 그 얼마 후
대사헌(大司憲)이 돼 대강(臺綱)을 바로잡아 세종의 신임을 두텁게 받았
다. 이런 정갑손은 경기도와 함길도의 도관찰사(都觀察使), 중추원사(中
樞院使), 판한성부사(判漢城府事), 예조판서, 우참찬(右參贊)을 거쳐 이
조판서에 이르렀다. 요즘으로 말하면 행정자치부장관이 된 것이다.

이런 정갑손이 함경 감사로 있을 때의 일이다. 정갑손이 임금(세종)의
부름을 받고 대궐을 다녀 오느라 두어 파수 관아를 비운 일이 있었다. 그
런데 그 사이 향시(鄕試)가 있었고, 이 향시에서 정갑손의 아들이 여봐란
듯 장원급제를 했다. 아들은 물론 시험관들은 희희낙락이었다. 정갑손에
게 잘 보여 영화, 영달은 따놓은 당상으로 여겼기 때문이다.

그러나 이 어찌 된 노릇인가. 좋아할 줄 알았던 정갑손이 크게 노해 벼
락치듯 대성 일갈했다.

"뭐가 어째고 어째? 내 아들놈이 향시에 장원 급제했다고? 내가 그 놈
의 실력 없음을 알고 있거늘 어찌 그런 놈을 장원을 시킨단 말인가.
그 놈의 급제는 무효다."

정갑손은 크게 꾸짖어 당장 아들의 급제를 취소하고 시험관들을 파직

시켰다. 아부 잘하는 시험관들이 실력 있는 자를 뽑지 않고 실력 없는 놈을 뽑아 기강을 흐려놓았으니 이를 엄하게 다스려 감계로 삼고자 해서였다.

듣자하니 이준 국방장관이 장관 취임 후 월여 동안에 10여 건의 인사청탁이 있었다며, 앞으로 인사를 청탁할 경우 아무리 우수한 인재라도 진급 명단에서 지울 것이라고 해 듣는 이로 하여금 신선한 충격을 던져주고 있다. 이 장관은 "인사를 잘못되게 하는 요소는 지연과 학연, 혈연 등을 이용한 청탁과 이런 청탁을 공정한 것으로 포장하기 위한 안배"라 지적하고 "군의 인사는 군의 인력 운용을 바탕으로 기능별, 분야별로 국방의 원동력이 되는 사람에게 진급이 돌아가야 한다"고 강조했다.

이 장관은 또 "장관이 초청한 경우를 제외하곤 장관 공관을 출입하지 못하도록 하겠다. 잘 된 인사의 생명은 투명성과 공정성이며, 그 결과에 공감을 얻는 인사가 돼야 할 것"이라고 덧붙이기도 했다. 국방장관이 진급 심사를 앞두고 군 간부들을 상대로 청탁 사실을 공개한 것은 이번이 처음이다. 그런 만큼 이 장관의 발언은 신선한 충격과 함께 비상한 관심으로 다가오고 있다.

말이 났으니 말이지만 사실 그동안 군장성의 진급에 대해 이러쿵 저러쿵 말들이 많았다. 별 하나 다는데 얼마의 돈을 바쳐야 한다느니, 장군이 되려면 공식적으로 얼마가 들어야 한다느니 하는 따위의 거액 진상설이 공공연한 비밀로 무성히 회자됐다. 그리고 그 회자는 아직도 유효(?)해 저자 여항(閭巷)에 돌아다니고 있다.

그러므로 우리가 바라는 것은 참으로 멋진 이가 있어, 참으로 멋진 인사권자가 있어 자기 임무에 충실, 맡은 바 직분에 열성을 다 하면서도 초연한 자세로 복무하는 자를 찾아 진급시키고 진급을 하기 위해 온갖 수단 다 부려 로비하는 자는 따로 골라 불이익을 주는 그런 인사권자가 있다면 얼마나 근사할까 하는 점이다.

묻노니 이 땅엔 정녕 정갑손 같은 이는 없을까. 어쩌면 있을 수도 있다. 아니 있을 것이다. 우선 지금의 초심 그대로를 지켜 변함 없이 잘 유지한다면 이준 국방장관도 제2의 정갑손이 되지 말란 법이 없다.

그러나 인사에 대한 공정성과 투명성은 군에만 해당되는 게 아니다. 인사의 공정성과 투명성은 모든 식상과 직종에 두루 해당된다. 때문에 금품을 싸 가지고 몰래 다니며 뒷구멍으로 진급운동을 하거나 진급 로비를 하는 자는 상사나 단체장이 호통쳐 불이익을 줘야 한다. 우리는 이런 상사 이런 소속장이 보고 싶은 것이다. 아주 많이. 그리고 아주 크게……

— 2002년 8월 23일

9월의 문화인물 김입(金笠)

허다 운자하호 멱(許多韻字何呼覓)

피멱 유난항차 멱(彼覓有難況且覓)

일야숙침현어 멱(一夜宿寢懸於覓)

산촌훈장단지 멱(山村訓長但知覓)

허다한 운자 중에 왜 하필 멱 자인가

한번 멱 자도 어렵거든 또 멱 자인가

하룻밤 자는 것이 오직 멱 자에 달렸으니

산골 훈장은 다만 멱 자 밖에 모르는구나.

이 시는 김삿갓이 유랑하던 어느 날 날이 저물어 산골 훈장 댁을 찾아가 하룻밤 자고 가기를 청하자 훈장이 김삿갓을 무시하며 내가(훈장) 부르는 운자(韻字)로 시를 지으면 재워주겠노라 했다. 그러며 부른 운자가 까다로운 찾을 멱(覓)자였다. 그러나 김삿갓은 훈장이 거드름을 떨며 멱 자를 부르기가 급하게 풍자와 해학을 섞어 절륜한 시 한 수를 지어 훈장의 코를 납작하게 만들었다.

이런 김삿갓이 어느 날인가는 또 강원도 유점사로 이(齒) 뽑기 내기를 하러 갔다. 이는 일종의 타이틀매치로 주지와 시 짓는 내기를 하다 지는 쪽이 생니 한 대씩을 뽑는 내기였다. 주지는 김삿갓이 산문을 들어서자 기다렸다는 듯 운자를 불렀다. 운자는 언문(한글)의 '타' 자였다. 김삿갓은 주저 없이 "사면 기둥이 붉었타" 했다. 주지가 또 "타" 했다. 김삿갓이

"석양   행객이 시장타"했다. 주지가 세 번째로 "타"를 불렀다. 김삿갓이 득달 같이 "네 절 인심 고약타"했다. 그러자 주지는 "아이구 소승이 졌습니다. 처사님!"하고 무릎을 꿇었다. 또 타자를 부르면 어떤 말이 나올지 몰라 겁이 났던 것이다.

위에 인용한 두 시는 1000여 수나 되는 많고 많은 김삿갓의 시 중 400~600여 수밖에 전해 내려오지 않은 가운데서 골라본 풍자 및 해학 시로 재치의 극치를 보여주는 촌철살인적 골계시(滑稽詩)다.

문화관광부는 9월의 문화인물로 방랑시인 김삿갓을 선정 공포했다. 김삿갓은 별호요 본명은 병연(炳淵)이요, 자(字)는 성심(性深)이며, 호는 난고(蘭皐)다. 그러나 김병연은 김삿갓 또는 김입(金笠)으로 널리 알려져 있다. 김입은 조선조 후기(1807~1863) 사람으로 명문 안동 김씨 후예다. 그런데 김입의 조부 김익순(金益淳)이 선천부사(宣川府使)로 있을 때 홍경래(洪景來)의 난이 일어났고(1811년·순조11) 김익순은 홍경래에게 항복한 죄로 폐족(廢族)이 됐다. 이때 김입의 나이 겨우 다섯 살이었다. 집안이 결딴나자 김입의 아버지 김안근(金安根)은 병하(炳河)와 병연 두 형제를 멀리 피신시켰다. 어려서부터 총기가 뛰어나 어깨 너머로 글을 익힌 김입은 향시의 백일장에 응시, 장원을 했다. 그 때의 시제가 '만고 역적 김익순을 참 하라' 였다. 김입은 옳다구나 하고 출출 문장으로 써 내려갔다. "만고 역적 김익순아 내 말을 들어라. 하늘에는 두 해가 없고 땅에는 두 임금이 없는 법이거늘 너는 어찌하여 금상(순조)을 버리고 역적 홍경래에 굴복하였느냐. 네 죄는 용서할 수 없는 대죄여서 천참만륙(千斬萬戮)하고도 죄가 남은 즉……" 김입은 도도한 문장으로 김익순을 탄했다. 어머니는 장원한 아들이 장해 시제가 뭐였느냐고 물었다. 김입은 자랑스레 '만고 역적 김익순을 참하라' 가 시제였다 하자 어머니는 사색이 된 얼굴로 "아이구 이 일을 어쩌나! 아이구 이일을 어쩌나!"하더니

"얘야, 그 분이 바로, 그분은 바로 네 조부님이시다!"하고 땅을 쳤다.

이날 이후 김입은 조부님을 제 손으로 또 한 번 죽인 강상죄인(綱常罪人)이라 하늘 보기가 두렵다며 삿갓을 쓰고 방랑 길에 올랐다. 이 때 깁입의 나이 스물 두 살이었고 큰아들 학균은 이 해에 태어났다. 김입은 2년 후 집으로 돌아오긴 했지만 방랑벽을 어쩔 수 없어 다시 집을 떠났다. 둘째 아들 익균이 태어난 건 이때였다.

이렇듯 하늘 보기가 두려워 삿갓을 쓰고 방랑생활을 한 김입은 숱한 일화와 사건을 남기며 유리표박을 했다. 그러면서도 불의 부정에는 해학과 풍자와 골계로 응징했고 절경 가인(佳人)을 만나면 빼어난 서정시로 화답을 했다. 이런 김입은 1863년 3월 29일 전남 화순 동복(和順 同福)에서 57세를 일기로 한 많은 일생을 마감했다. 그는 로맨티스트요, 옵티미스트요, 니힐리스트였다. 그리고 그는 또 센티멘탈리스트요, 아이디얼리스트였다. 아, 생각느니 이 재미없는 세상에 김입 같은 해학 풍자가라도 있으면 얼마나 좋을꼬!

― 2002년 9월 9일

추석은 다가오는데……

  정부가 세15호 태풍 '루사'로 인해 피해를 입은 전국 모든 지역을 특별 재해지역으로 지정한 것은 참 잘한 일이다.

  정부는 이재민들에게 적게는 200만 원에서 많게는 2000만 원(사망 또는 실종)까지 특별 위로금을 지급하며, 수해 복구비는 18일 국무회의 의결을 거친 뒤 지원된다고 한다. 그러니까 전국의 이재민 2만 760여 세대 8만 8600여 명은 모두 정부의 특별 지원을 받게 되고 지역으로는 전국 323개 시·군·구 중 203곳, 3500여 개 읍·면·동 중 1917곳이 해당된다. 그러나 지난 8월초 태풍 '루사'에 앞선 집중폭우로 극심한 피해를 입은 진천 등 충청권 수해지역이 제외된 것은 유감이 아닐 수 없다. 특별 재해지역에 준하는 지원이 뒤따라야 할 것이다.

  수재민들은 피해 종류에 따라 기존보다 60만~270만 원씩 인상된 특별 위로금을 받게 되는데, 주택이 전파된 경우는 500만 원, 반파된 경우는 290만 원을 받는다. 침수 주택은 200만 원, 가내공장이나 점포 피해는 200만원, 농경지나 어로시설 등 80% 이상 피해를 본 농어민은 500만 원. 50~80% 피해 농어민은 300만 원씩을 지급 받는다.

  주택 피해 복구는 지금껏 최대 15평까지만 정부가 복구비를 지원하고 나머지는 자기 부담이었으나 특별 재해지역에 대해서는 18평까지 정부가 지원키로 했다. 주택이 전파된 경우 1가구 당 특별 위로금을 포함해 1796만 원이 지원되고, 반파된 가구는 938만 원, 주택이 침수된 경우는 200만 원씩 지급된다 한다.

농경지가 유실된 경우는 1ha당 1573만 9000 원, 농작물 피해는 1ha당 781만 9000 원씩 지급되며, 비닐하우스는 1ha당 4229만 9000 원이 지급된다 한다. 이와 함께 피해 복구비도 기존에는 10~30%를 수재민이 부담해야 했으나 특별 재해지역으로 지정된 곳은 본인 부담이 면제되고 국고와 지방비에서 보조된다.

그래서 정부는 이번 태풍 피해지역에 대해 복구자금 융자, 기존 융자금 상환 유예, 이자 감면, 특례 보증 등의 혜택을 주기로 했다 한다. 반가운 소식이 아닐 수 없다. 그런가 하면 또 조세 감면과 세금 납기 연장 및 징수 유예, 건강 보험료 감면 등도 실시할 방침이라니 이 또한 여간 반가운 일이 아니다.

그러나 정부가 아무리 특혜를 주고 국민 모두가 수재의연금을 내고 복구 현장으로 달려가 팔을 걷어붙인들 어찌 수재민의 아픔에 비할 수 있겠는가.

지금 수재민들은 하늘이 무너지고 땅이 꺼지는 천붕지괴(天崩地壞)의 천지개벽 앞에 절망하고 있다. 너무나 기막힌 절망 앞에 망연자실 하고 있다.

생각해 보라. 파손되거나 유실된 집이야 새로 지으면 되고 침수로 망친 농사야 내년에 다시 지으면 되지만 상전(桑田)이 벽해(碧海)돼 논·밭이 하천으로 변했거나 돌 자갈로 뒤덮혀 구릉(丘陵)을 이룬 농토는 도저히 손을 쓸 수조차 없으니 이 노릇을 어찌하면 좋단 말인가. 참으로 기막히고 억장 무너져 복장거리를 할 노릇이다.

그러나 기막히고 억장 무너져 복장 칠 노릇이 어찌 이뿐이겠는가. 공원 묘원에 모신 조상님이나 상자지향(桑梓之鄕)의 선산에 모신 조상의 유해가 가뭇없이 사라져 흔적조차 없는 자손들은 조상 유해를 찾을 길 없어 피 말리는 초사(焦思)로 가슴을 쥐어뜯고 있다.

　이제 민족 최대의 명절 추석이 다가오고 있다. 추석엔 몇 천만 명의 대
인구 이동이 벌어져 엑서더스 현상이 있을 것인데 오호라, 미증유의 파
천황적 수해로 쑥대밭이 되다시피 한 공전절후의 참혹한 고향을 어찌 차
마 찾을 것인가. 그러나 고향은 찾아야 한다.

　지금 노아의 홍수 같은 물난리를 겪은 특별 재해지역 주민들은 컨테이
너 박스에서 눈물겨운 생활을 하고 있다. 아니 그것은 생활이라기 보다
명줄만 이어가는 생존이다. 먹을 것, 입을 것, 마실 것 없는 애옥살이로
본의 아닌 가린주머니 노릇을 하는 수재민들. 올 추석은 검소하게 보내
고 수재민들에게 따뜻한 손길을 보내자. 머지않아 날씨 떠르르 하면 기
러기 울어예는 낙목한천도 눈앞인데…….

— 2002년 9월 18일

가을 메시지

마알간 햇살이 폭포처럼 좔좔 내리고 있었다. 차를 산발치 한녘진 구렁에다 세워놓고 산길로 이어진 밭머리를 접어들자 이제 한창 놀놀한 들깻잎 냄새가 코에 물씬 닿았다. 밭두둑과 길 가장자리에 부룩으로 심은 들깨가 그 특유의 가을 냄새를 풍기며 재넘이에 가벼이 일렁이었다.

"아, 그 냄새 참 좋다아!"

노 여사가 탄식하듯 말하며 깻잎 하나를 따서 코로 가져갔다.

"자네들도 이 냄새 한번 맡어 봐!"

노 여사가 이번엔 깻잎 세 개를 따서 아들들에게 나눠주며 소매 속에서 눈이 부시도록 정갈한 흰 손수건을 꺼내 이마에 송송 솟은 땀을 찍어냈다.

가을이라곤 하지만 한낮의 햇살은 아직 늦여름의 뙤약볕 만큼이나 따가웠다.

"예, 어머니. 이 깻잎 냄샌 어릴 때 외갓집 가는 들길에서 많이 맡았지요"

큰아들이 들깻잎을 코로 가져가며 노 여사를 쳐다봤다.

"그랬지. 외갓집 가는 길엔 들깨 밭이 많았지. 과일나무도 많았구. 하지만 더 좀 맡아야 돼. 시금 자네 몸에선 기게냄새가 나. 허구한날 연구실에만 틀어박혀 바깥 세상과 담을 쌓고 있으니 몸이 그 모양으로 허약하지. 아, 대학 교수에 박사면 뭘 하누. 몸이 박사래야지……"

노 여사는 자애로운 눈으로 큰아들을 일별하곤 막내아들에게 눈을 주며 "자네도 마찬가지야. 그 맨날 형법 몇 조 민법 몇 조하고 법조문만 따지는 판사, 그거 너무 딱딱해. 오늘 가을 냄새 실컷 좀 맡어!"

노 여사는 이 말과 함께 막내아들에게서 눈을 돌려 산중턱 한 지점을 응시했다.

"그러고 보니 어머니, 저만 예외군요. 전 이렇게 건장하니까요. 그렇죠 어머니?"

둘째 아들이 여봐란 듯 가슴을 펴며 짐짓 과장된 몸짓을 해 보였다. 그런 둘째 아들의 어깨 위에 별 두 개가 햇볕을 받아 번쩍거렸다.

"글쎄, 자넨 좀 예욀까? 허지만 자네도 도낀 개낀이야"

노 여사가 산중턱에다 준 시선을 둘째 아들에게로 돌리며 장난기 어린 웃음을 머금었다.

"도낀 개낀이라니요?"

"도캐간이란 말이야. 이건 장군입네 하고 지휘봉이나 휘둘러 부하들 명령이나 하구…….

몸은 건장할지 모르지만 자연을 모르긴 매일반이지"

"아닙니다 어머니. 저 이래 봬두 작전 지휘차 산에도 더러 갑니다."

"그래서 자연을 안다 이건가?"

"그럼은요"

"그런데 왜 자네 몸에서도 기계 냄새가 나지?"

"기계 냄새요?"

"그래!"

"그럴 리가 없을 텐 데요"

"그걸 어찌 본인이 아누. 그건 본인이 모르는 게야"

"……"

이상의 글은 K작가의 단편 '가을 길' 의 도입부 한 장면이다. 가을 풍경이 손에 잡힐 듯 극명하게 묘사돼 있어 한번 인용해 봤다.

바야흐로 가을이다. 햇볕 맑아 투명하고 명징한 가을이다. 하늘 아슬히 높고 바람 소슬히 부는 가을. 햇살은 대지로 찬란히 내려오고 들녘은 그 햇살로 황금빛을 띠어 눈부신 가을. 이제 그런 가을이 이 누리에 가득 찼다.

그러므로 정치도 사회도 사람들의 심성도 가을 햇살을 닮아 맑고 명징하자. 가을 하늘을 닮아 높고 투명하자. 벼이삭 수수이삭 으석으석 속삭이고 귀뚜리는 섬돌에서 애잔히 노래한다. 마당가 울 너머엔 진홍빛 대추가 오복조복 달려 가지가 휘고, 뒤꼍 밤나무엔 형제, 삼 형제 의좋게 들어앉은 빨간 알밤이 금세라도 떨어질 듯 바람에 간당인다. 지붕엔 흰 박이 띄엄띄엄 앉아 있고 사립 밖 울타리 위론 빨간 고추잠자리가 평화로이 날아다닌다. 가을은 옷깃 여미는 계절이다. 가을은 성찰의 계절이며, 사색하는 계절이다. 그래 이 가을 우리는 적어도 엄숙하고 정직하자. 그런 다음 '나의 조국'을 작곡한 보헤미안(체코)의 스메타나와 '핀란디아'를 작곡한 핀란드의 시벨리우스를 한 번쯤 생각하자. 정치인 경제인 사회인 종교인 교육자 예술가 모두가.

— 2002년 9월 25일

어느 농민의 포효

며칠 전 '바르게살기운동 충주시협의회'에서 강의 청탁이 와 한 시간 동안 강의한 일이 있었다. 이 날은 바르게살기운동 충주시협의회가 '에너지 절약의 중요성과 부정 부패방지 다짐대회'를 했고, 나는 같은 제목으로 강의를 했다.

내가 바르게살기운동 충주시협의회 회원들을 상대로 강의를 한 것은 이번이 처음이 아니어서 벌써 세 번짼가 그렇다. 그런데 이상한 것은 강의 주제가 매번 달라야 하는데 어쩐 일인지 강의 주제(연제와 내용)가 매번 같다는 점이다. 그래서 나는 주최측에 왜 강의 주제가 매번 똑같으냐고 물었더니 주최측 대답이 "선생님은 물자 절약을 누구보다 많이 외치시고, 부정 부패 또한 남달리 외치셔서 이 방면엔 전문가가 아니십니까?"였다. 그러며 덧붙이기를 물자 절약과 부정 부패에 대한 질타는 얼마를 해도 지나침이 없어 선생님을 연사로 모셨다는 거였다.

분명히 말하거니와 나는 물자 절약의 전문가가 아니요, 부정 부패 척결 또는 광정(匡正)의 전문가도 아니다. 이럼에도 주최측이 어째서 내 이름 밑에 물자 절약 전문가니, 부정 부패 전문가니 하는 닉네임을 붙였을까.

알 만한 사람은 다 알겠지만 나는 그 동안 신문에 수백 편의 칼럼과 수천 편의 논설(사설)을 써왔다. 이 많다면 많은 논설과 칼럼 중에 물자 절약과 부정 부패에 대해 쓴 글이 상당수를 점하고 있다. 물론 정치·경제·사회·문화·교육·종교·예술·의료·국방·관광·노동·복지·

환경·도덕·외교·효도·예절 등등 다루지 않은 부분이 없다시피 다뤘
지만 물자 절약과 부정 부패 문제, 그리고 도의 도덕과 효도(불효) 문제
만큼 많이 다루진 않았다.

이러는 사이 나는 나도 모르게 물자 절약 전문가에, 부정 부패 전문가
가 돼 있었고, 도의 도덕 전문가에 효, 불효 전문가가 돼 있었다. 그래서
인지 강의 청탁 내용도 이 범주에서 크게 벗어나지 않아 대학이나 그 밖
의 전문기관에서의 문학강의 청탁이 아니면 으레 도의 도덕과 효·불효,
부정 부패와 물자 절약에 관한 청탁이 주류를 이루고 있다.

이날도 나는 당연히 목청을 높여 큰 소리로 성토할 위인들은 성토하고
상찬할 사람은 상찬하면서 신나게 강의를 하고(사람들은 이런 내 강의를
열강이라 하는데 글쎄, 나는 이게 열강인지 발광인지 잘 모르겠다) 단을
내려왔다. 그러나 나는 곧 어느 농부의 다음과 같은 냉소와 자조 섞인 말
에 무연함을 느꼈다. 다과회 석상에서였다.

"선생님 명 강의는 잘 들었습니다. 하지만 선생님은 헛수고 하셨습니
다. 왜 그런지 아십니까? 부정 부패 문제는 저희 시민이나 농민들한
테 강의하실 게 아니라 높은 양반들한테 하셔야 합니다. 더 솔직히 말
씀드리면 나라 망친 사람들, 나랏돈 수십 억, 수백 억, 수천억 원씩 들
어먹고도 양심의 가책 하나 안 받는 사람들한테 하셔야 한다 이런 말
입니다. 헌데 우리 같은 힘도 돈도 없는 민초들한테 백 날 천 날 강의
해 봤자 입만 아프십니다. 우리가 도둑질을 했습니까, 나라를 망쳤습
니까. 그리고 우리가 높은 사람들처럼 물자 아끼지 않고 함부로 펑펑
써댔습니까. 부정 부패요? 그거 이런 식으로 정치해서는 절대로 안
없어집니다. 부정 부패 없애려면 높은 양반들 도둑질한 돈 몽땅 뺏어
가난한 사람들 집도 지어주고, 정직한 사람들 잘 살게도 해줘야 합니
다. 그런데 지금 세상 돌아가는 꼬라지가 어떻습니까. 가난한사람은

씨가 있는지 만날 가난하고, 잘 사는 사람들은 날이 다르게 돈이 늡니다. 우리 농민이나 서민들은 가령 고추 한 근, 마늘 한 접만 훔쳐도 붙잡혀 가 죽살이를 치는데 어떻게 나랏돈 몇 십억, 몇 백억, 몇 천억 원씩 훔친 사람들은 여봐란 듯 곤댓짓하며 잘 사나요. 서양의 누구 말처럼 법은 그물과 같아서 힘센 고기는 뚫고 나가고 힘없는 고기만 걸려들어서 그런가요? 신생님! 오늘 같은 강의는 저희들한테 하실 게 아니라 높은 사람들한테 하셔야 합니다. 선생님이 신문에 호통치며 쓰시는 칼럼처럼 그렇게 도도하고 당당하게 말씀입니다."

농민은 조용조용 말했지만 그것은 무서운 포효요, 성난 절규였다. 이날 나는 왠지 벌 받는 기분이었다.

— 2002년 10월 7일

칼럼집
너무도 아름다워 눈물이 난다

인쇄일 초판 1쇄 2003년 03월 28일
　　　　2쇄 2017년 05월 15일
발행일 초판 1쇄 2003년 03월 28일
　　　　2쇄 2017년 05월 25일

지은이 강 준 희
발행인 정 찬 용
발행처 국학자료원
등록일 1987.12.21. 제17-270호

서울시 강동구 암사동 463-25 2층
Tel : 442-4623~4 Fax : 442-4625
www. kookhak. co. kr
E- mail : kookhak2001@hanmail. net
ISBN 978-89-541-0038-0 *03800
가 격 11,000원

*저자와의 협의 하에 인지는 생략합니다.